AF140185

Bibliografische Information der
Deutschen Nationalbibliothek:
Die Deutsche Nationalbibliothek verzeichnet diese
Publikation in der Deutschen Nationalbibliografie;
detaillierte bibliografische Daten sind im Internet über
http://dnb.dnb.de abrufbar.

Herstellung und Verlag:
BoD – Books on Demand, Norderstedt

ISBN: 978-3-7407-6221-6

Korrektorat: Brigitte Bausch
Coverfoto: Gladys Fernández
Autorenbild: Rainer Simon

für die echte Loretta

Invan si pesca se l'amo non ha l'esca.
Angeln lohnt nicht, wenn man keinen Köder hat.
(italienisches Sprichwort)

Prolog

Die kleine Tasse war vielleicht noch das Beste. Immerhin eine Espressotasse. Die eher grazile Feder des Füllfederhalters würde er allerdings beim Schreiben sicher schnell verbiegen. So ein Ding hatte er schon seit Ewigkeiten nicht mehr benutzt. Seine Handschrift war durch den jahrzehntelangen Gebrauch von Kugelschreibern längst verdorben. Mit so etwas Edlem müsste er erst wieder schreiben lernen. Vielleicht würde es sich lohnen, schließlich war das gute Stück mit seinem Namen graviert. Den Blumenstrauß, kleine Sonnenblumen glaubte er in den Blüten zu erkennen, stellte er auf den niedrigen Aktenschrank. Noch einmal schnüffelte er an ihnen. Rochen Blumen immer so erdig? Dann öffnete er den Umschlag. *Benvenuto!* Daneben ein Smiley. Eine Willkommenskarte. Von allen unterschrieben. Er kniff die Augen ein wenig zusammen und drehte die Karte immer ein Stück, um all die Namen lesen zu können. Nicht jede Unterschrift konnte er entziffern und zuordnen. Wer um Gotteswillen war Silvia Esposito?

Ach, da war ja noch etwas in dem Umschlag! Berlingui zupfte drei bunte, maschinenbedruckte Zettel heraus. Zwei Eintrittskarten für ein Jazzkonzert im *Teatro Verdi* mit Sitzplätzen in der Mitte der zweiten Reihe und ein Gutschein für ein Essen zu zweit im *Aubergine* in Abano Terme. Ein Betrag war nicht genannt, aber *Fünf Gänge* stand von Symbolen und Blümchen umrahmt in der Mitte. *Piero, da müssen Sie unbedingt hin,* hatte Sfarzi gesagt, als er mal mit seiner Laura dort gewesen war. Die Kollegen hatten sich also ganz schön ins Zeug gelegt. Er war extra früh gekommen, weil er all das geahnt hatte, und verzog anerkennend das Gesicht, lehnte sich zurück und legte seine Hände auf den Schreibtisch.

Vor drei Tagen waren sie aus Mallorca zurückgekommen. Früher als geplant. Das Telefonat mit seiner Mutter ließ Schlimmstes vermuten, obwohl sie, wie so häufig in prekären Situationen, gefasst klang. Carla war es dann, die den Rückflug organisierte. Die Maschine nach Rom war allerdings ausgebucht. Und auch nach Mailand, Bologna oder Venedig gab es keine Verbindungen. Doch kamen sie schneller als gedacht nach Pisa und von da nach Padua. Morgens um acht saßen sie im Flieger und schon am Nachmittag um halb fünf standen sie neben seinem Bett im Krankenhaus. Berlinguis Vater saß aufrecht darin, schaute sie mit einem herrlich blauen Auge und einem riesigen Pflaster mitten im Gesicht unerwartet vergnügt an und Mutter zuckte nur mit den Schultern und meinte: *Vor zwei Tagen sah es noch ganz anders aus.*

Gott sei Dank hatte sein Vater keinen Herzinfarkt gehabt, sondern wie so viele alte Menschen an einem der letzten warmen Tage wie die Tage zuvor einfach nur zu wenig getrunken und einen exorbitanten Schwächeanfall erlitten, der einer schweren Herzattacke geglichen hatte. Dabei war er gestürzt und war mit dem Gesicht ausgerechnet auf die teilweise vergoldete Empire-Konsole aus Schweden gefallen. Das grazile fast zweihundert Jahre alte Möbel war eines der Lieblingsstücke seiner Mutter. Doch in diesem Moment spielte es keine Rolle, dass ausgerechnet dieses Stück nun zu Bruch gegangen war. Seine Nase war gebrochen und sein Gesicht sah aus, als hätte er sich stundenlang geprügelt.

Gestern schon durfte er wieder aus dem Krankenhaus nach Hause und hatte mit erhobenem Finger mit auf den Weg bekommen, nicht zu vergessen, an regelmäßiges Trinken zu denken. *Sie sind ein alter Mann, mindestens zwei Liter müssen Sie trinken, das müssten Sie eigentlich wissen.* Er musste wohl etwas skeptisch geschaut haben, vor allem, weil er als alter Mann bezeichnet worden war, aber Schwester Ivana, die eigentlich aus der Nähe von Požega in Kroatien stammte, schenkte ihm, ohne ein tröstendes oder korrigierendes Wort, einen großen Plastikbecher voll ein und bestand darauf, dass er ihn sofort auszutrinken habe. Sie wolle es mit eigenen Augen sehen.

Als Berlingui die Geschichte hörte, überhörte er den Unterton, der all die Möglichkeiten und Schicksalsschläge des Alters beinhaltete. Denn natürlich war er hauptsächlich über den glimpflichen Ausgang erleichtert. Angesichts der Schilderungen konnte er sich aber dennoch nicht ein lautes Lachen verkneifen. Auch wenn sein Mallorca-Urlaub dadurch die paar Tage kürzer geworden war.

In Gedanken daran schüttelte er wieder mit einem Grinsen den Kopf. Selbst seine Schwester Ana-Laura, die von Vaters Krankenhausaufenthalt erst am Tag seiner Rückkehr erfahren hatte, meinte: *Und nun werden sie wohl ganz schnell alt. – Wer von beiden?,* fragte er. *Vielleicht ist es auch nur Mutter,* und schaute sie an. Sie nickte nur und stupste ihn an der Schulter. Lange Zeit hatte seine Schwester ihn damit aufgezogen, dass er Mutter ja zweifach hätte, weil Carla ihr ähnlich sähe. Nur, hoffte er, nicht, was das Alter betraf. Aber wer wusste schon, was in dreißig Jahren sein würde.

Langsam glitt sein Blick dabei über die Gaben und mit einem zufriedenen, ja, glücklichen Lächeln verschränkte er die Arme vor seinem Körper. Er war ganz schön gewürdigt worden. Aber jetzt begann wieder der Alltag. Hoffentlich konnte er diesem standhalten, wenn er wieder Detektiv spielen durfte und versuchte die Welt von den Unholden zu befreien. So ähnlich hatte es damals der Professor gesagt, nachdem er seine Urkunde erhalten hatte. *Befreien Sie die Welt von den Unholden und Sie werden bald merken, dass die etwas Animalisches haben. Sie vermehren sich unaufhörlich und überall.* Ja, sogar auf Mallorca, wie er in den letzten Wochen feststellen konnte. Statt dort einen normalen Urlaub zu verbringen, galt es nach ein paar Tagen, einen Mädchenhändlerring zu sprengen. Kaum waren die Täter gefasst, kam der Anruf seiner Mutter und mit diesem der Grund für seine Rückkehr. Erholung war somit kaum dabei. Ohnehin hatte ihm gereicht, den Anschlag überlebt zu haben. – Und die Kollegen hier? – Waren wahrscheinlich nur glücklich darüber, dass er endlich wieder da war und loslegen konnte. *Piano, amici!* Langsam!

Der Blick in den eigenen Spiegel nach dem Krankenhausbesuch bei seinem Vater hatte nämlich gereicht. Zwar sonnengebräunt, aber dennoch müde. Daran hatten auch die durchgeschlafenen Nächte im Urlaub nichts geändert. Der Kopf war grundsätzlicher freier, aber das Gemüt – Psyche war ihm ein zu großes Wort, auch weil er nicht als psychisch Kranker gesehen werden wollte – noch nicht in dem Zustand, den er sich gewünscht hatte. An manchen Tagen hatte er das Gefühl, nur durch die Hand von Carla durchs Leben zu gehen. Manche dieser Tage waren glasklar, dank ihr, manche wie ein Nebel, der immerhin auch das Üble verhüllte, aber dennoch die Sicht nach vorne verstellte.

Als wolle er nun alle Kollegen und ihre Erwartungen deshalb bremsen, hob er die Hände und öffnete dann die unterste Schublade seines Schreibtisches. Nichts war verändert worden. Sogar drei, vier alte Zeitungen lagen noch in ihr. Er nahm die oberste heraus. Eine *Corriere della Sera* vom 7. April des Jahres. Ein halbes Jahr und ein Tag her. Sofort stutzte er. Es war nicht die, die er von Vio bekommen und hineingelegt hatte. Die mit dem Bericht über Fabrizio Gibellato. Denn zu diesem Zeitpunkt, 7. April, lag er ja schon auf der Intensivstation und konnte sich die folgenden Tage an kaum etwas erinnern. Wochenlang schnippelten sie dann an ihm herum und flickten ihn wieder zusammen. Er schob die Sachen vor sich zur Seite und breitete stattdessen die Zeitung aus. Gleich unten rechts war die Meldung: *Commissario der Polizia di Stato bei Mordanschlag lebensgefährlich verletzt.* Berlingui zog die Augenbrauen zusammen und las den Artikel. Verfasser Salvatore Lombardi. Kollege von Violetta. Sie hatte ihn einst kurz erwähnt, als es um die Sache mit dem Stadion ging. Auch jetzt gut recherchiert und geschrieben. Kurz wunderte er sich, woher er all die Details wusste. Aber dann fiel ihm ein, dass es an diesem Tag genug Zeugen gegeben hatte, als er mit Blaulicht an den ins Wochenende fahrenden Autos, die die Straße hoffnungslos verstopften, vorbeigebraust war, um diesem verfluchten gelben Motorrad zu entkommen. Komisch, jetzt hatte er sogar wieder die Melodie des Songs im Kopf: *Buonanotte all'Italia che si fa o si muore o si passa la notte a volersela fare ...,* der damals in diesem Moment aus den Lautsprechern seines Wagens dröhnte. Ein Lied von Ligabue, als es in den bombastischen Instrumentalteil überging und für einen kurzen Moment der Glitzerregen vor ihm herunterfiel. – Eine Sekunde später war alles schwarz.

Er schüttelte den Kopf und versuchte in den Bildern der Vergangenheit Bekanntes zu finden. Weitere Geschehnisse. Gesichter. Namen. Schon war der erste da. Tiziana. Tiziana Gibellato. Vielmehr Contessa Tiziana Gibellato. Er lächelte, wiegte den Kopf hin und her und sah sie vor sich. Erst ihre sportliche, fast jugendlich wirkende Figur, dann der müde, aber neugierige Blick. Überhaupt ihre eher spärliche Kleidung, wie sie diese auszog, um ihm die Brandmarke auf ihrem Rücken zu zeigen, und er sich dazu hinreißen ließ, diese zu küssen. Dann dieses Bild am folgenden Morgen, sie auf ihrem Bett liegend. Schön, wieder nahezu nackt, mit dieser leichten Bräune, jedoch leblos. Wie viel älter als er war sie noch gewesen? In den letzten Wochen, sogar Monaten hatte er so gut wie nie an sie gedacht. Und nun war alles wieder da. Dieses ungewöhnliche Gespräch, das sie von Anfang an mit ihrem Sex-Appeal bestimmte und das deswegen einen ganz anderen, überraschenderen Verlauf genommen hatte, als vermutet. Denn am Ende servierte sie ihm quasi die Lösung auf einem Tablett mit Grappa und Biscotti.

Die Zeitung war vom 7. April. Von ihr musste also rein theoretisch auch etwas drinstehen. Er lächelte wieder, schloss nochmals kurz die Augen und blätterte dann vor. Im lokalen Teil auf Seite 5 die passende Meldung. Verfasser wieder dieser Salvatore Lombardi. Drei Spalten à 20 Zeilen. Kaum zu glauben, welche Details er auch da untergebracht hatte. Ihre ganze Geschichte von der Hochzeit bis zur Eröffnung der Rennsaison im April. Von Kloster bis Glamour. Vom Haus des reichen Vaters bis zu ihrer Wohnung im Stadtpalais. Ihre Beziehung zu Tomè fehlte allerdings sowie die Gründe für ihren Freitod. Auch das vorausgegangene Blutbad, das sie im Keller an ihrem Mann angerichtet hatte, ließ er unerwähnt.

Berlingui studierte den Rest der Seite und las einen weiteren kurzen Artikel über die Festnahme eines wohl russischstämmigen Verdächtigen, der unter dem Verdacht, in einem Drogenhandels- und Zwangsprostitutionsgeschäft mitgewirkt zu haben, verhaftet, aber wieder freigelassen worden war. Außer der Aussage einer Zeugin konnte man ihm nichts nachweisen. Er verzog das Gesicht. Diese Typen sorgten meist rechtzeitig dafür, dass es immer zu wenig Zeugen gab. Jetzt waren diese Banden also auch schon hier zugange. Obwohl? Gab es seinerzeit in Abano nicht einen ähnlichen Fall? Nein, er überlegte nur kurz und schüttelte den Kopf, das war damals ein Eifersuchtsdrama gewesen. Zwischen einem nach Italien geflüchteten Kosovo-Albaner und dessen Schwiegervater.

Der Commissario erinnerte sich an den leitenden Carabiniere von damals, Messedaglia, und an dessen Worte. *Schauen Sie sich hier doch mal um. Sie sehen kaum noch Italiener. Die Bar gehört Asiaten und die Kunden kommen aus dem gesamten Osten Europas oder sind Kurgäste. Hier treffen sich die niedrigsten Tätigkeiten der Branche, die diesen Ort in Gang halten.* Berlingui war beruhigt. Wenigstens der Name und was dieser gesagt hatte, war ihm auch sofort eingefallen. Sein Kopf funktionierte also noch. Der Rest waren die üblichen Nachrichten aus Wirtschaft und Kultur: Italien und seine Politik am Abgrund und das Theater Soundso ohne Intendant. Bei den einen ging es genauso zu wie bei den anderen.

Er faltete die Zeitung wieder zusammen und nahm die nächste heraus. Wieder nicht die, die er nach Vios Besuch hineingelegt hatte. Nun vom 11. April. Hatten sie die Motorradfahrer identifiziert? Draußen auf dem Gang hörte er die ersten Stimmen. 6 Uhr 45. Gewöhnlich kam er erst um 8. Bald wäre es mit seiner Ruhe vorbei. Dann würde er von den ganzen Kollegen über den Stand der Dinge aufgeklärt werden. Wer, wie, wann, wo umgebracht, welche Raubüberfälle aufgeklärt und welche Fälle noch nicht abgeschlossen worden waren. Sicher war auch ein neuer dabei, den er sich nun vorzuknöpfen hatte. So blätterte er die Zeitung schneller durch. Auf Seite 5 wieder ein Artikel von diesem Lombardi. Kurz und knapp. Männliche Leiche mit tödlicher

Schussverletzung in der Nacht auf den 10. April in unmittelbarer Nähe vom *Duomo* gefunden. Nichts weiter. Kein Alter. Keine nähere Beschreibung der Schussverletzung. Er schaute die Seiten durch und fand keine weiteren Informationen. Ein weiteres Mal nur Wirtschaft, Kultur und Sport. Die alte Reihenfolge. *Venezia* hatte nur 2:2 gespielt und *Calcio Padova* hatte wieder verloren. Damit konnte man keinen Blumentopf gewinnen. Aus den hochfliegenden Plänen würde also nichts werden. Und die *Serie A* blieb in weiter Ferne. Das Stadion war einfach eine Nummer zu groß geraten für ein derartiges Vorhaben. Noch ein Blick in die Schublade. *Non c'è due senza tre.* Aller guten Dinge sind drei. Die nächste Zeitung. Dieses Mal vom 15. April. Er hob sie hoch und sah darunter endlich die, die Vio ihm gegeben hatte. Er ließ diese liegen, kickte die Schublade mit einem Fuß zu und studierte die vom 15. April.

Er musste nicht weit blättern. Der Leitartikel im lokalen Teil vermeldete es an erster Stelle. *Wie bereits gemeldet, war der mit einem MG bewaffnete Sozius bei dem Anschlag sofort ums Leben gekommen.* Und, wie nun Berlingui weiterlas, der auf dem Motorrad nur eine Woche später. *In der Nacht vom 13. auf den 14. ist nun auch der zweite am Anschlag auf den leitenden Commissario der paduanischen Polizei beteiligte Täter seinen schweren Verletzungen erlegen.* Mehr nicht. Nichts darüber, ob er vorher noch bei Bewusstsein war und eine Aussage machen konnte. Nichts über weitere Beteiligte oder Verantwortliche. Dabei hatte er gehofft, jetzt ein paar Details mehr darüber zu erfahren, wer hinter diesem Anschlag gesteckt hatte.

Aber schon im Krankenhaus und in den Wochen danach blieb man ihm die Antwort schuldig, wenn kollegialer Besuch kam. Außer einem Schulterzucken oder einem „Wir wissen es wirklich nicht" oder „Bislang können wir uns keinen Reim darauf machen" war nichts herauszubekommen. Lediglich, dass es sich um ein Motorrad einer Verleihfirma gedreht hatte, wusste er inzwischen und dass die Ausweise wohl gefälscht waren. Denn Francesco Rossi und Lorenzo Ferrari gab es so häufig wie Sandkörner in einer Wüste.

Der Rest des Artikels war gleichermaßen informationslos geschrieben. Der Text hätte zu weiß was für Anschlägen passen können. Man musste nur Ort und Werkzeuge austauschen. So war es eine Todesnachricht über einen tragischen Verkehrsunfall. Nur das MG störte. Statt des Namens eines Journalisten dieses Mal lediglich die Abkürzung, die erkennen ließ, dass es sich um eine Meldung der Polizei handelte. Es also unter Umständen doch noch weitere Informationen geben könnte. Sobald als möglich wollte er Collasso fragen.

Direkt hinter der Tür vernahm er Stimmen. War da nicht auch Sfarzis zu hören? Als er aufstehen wollte, um ihn zu begrüßen, sah er links an der Korkwand eine ihm unbekannte Postkarte hängen. Die war neu. Neugierig nahm er sie auf dem Weg zur Tür ab, rammte mit einem Oberschenkel das Eck seines Schreibtisches und fluchte unfein. Das Bild zeigte ihm eine unbekannte Stadt unter unverschämt blauem Himmel und einen breiten von blühenden Bäumen gesäumten Boulevard aus der Vogelperspektive, fähig eine Sehnsucht zu erzeugen. Er drehte die Karte um und erwartete einen Urlaubsgruß eines Kollegen aus einem fernen Land, der ihm genau das mitteilen würde. Doch die Schrift war schwungvoll und deshalb zu weiblich:

Caro Signor Berlingui, Sie erinnern sich sicher noch an mich. Ich bin Ihnen zu großem Dank verpflichtet und schreibe Ihnen nun, damit Sie wissen, dass ich nicht mehr in Italien weile. Kurz nach den aufwühlenden Ereignissen rund um meinen Bruder bin ich weggezogen. Mir geht es gut inzwischen. Sinceramente Vittoria Mistretti. Kein Datum, nur der Poststempel verriet, wann die Karte abgeschickt worden war. 19. August. Drei Wochen bevor Sfarzi ihn in den Urlaub geschickt hatte. Und von wo. Buenos Aires, Argentinien.

Ja, er erinnerte sich, aber nicht unbedingt im Guten. Nein, er hatte keine Lust, weiter darüber nachzudenken. Nicht über einen Fall, der so lange her war. Als er sie wieder zurückhängen wollte, sah er einen kleinen weiteren Ausschnitt aus einer Zeitung:

6. Oktober des Jahres. Spanischer Bürgermeister kontrollierte Mädchenhändlerring. Was für eine Headline! Berlingui musste schmunzeln. Sie hatten den Artikel mit einem dicken Filzstift rot eingerahmt. Darunter stand in Handschrift: *... aber von <u>unserem</u> Commissario aufgeklärt!!* Das „unserem" dreimal unterstrichen und mit Ausrufezeichen versehen. Er pinnte die Karte wieder an die Korkwand und gleichzeitig schob er den Artikel in die Tasche seines Hemdes. Dann ging er an die Tür und legte vorsichtig ein Ohr auf das Türblatt und – lauschte:

„Ausgerechnet heute habe ich keine Zeit. Fast wäre es besser, wenn ich gar nicht da wäre. Aber im Grunde genommen, wäre das unverzeihlich. Nur weil ich ..."
Sfarzi. Wer sonst? Der Commissario grinste und rollte mit den Augen.

„Nein, natürlich nicht", entgegnete Sfarzi einer weiblichen, überaus sympathisch klingenden Stimme, „ich komme selbstverständlich kurz mit rein."

10. Oktober, 7 Uhr 45

„Ah, Piero! Fast bin ich versucht, *endlich* zu sagen. Ich hoffe, Sie haben sich gut erholt und Abstand gewinnen können. Sie müssen mir alles irgendwann mal haargenau erzählen. Laura und ich haben uns vorgenommen, dort auch einmal Urlaub zu machen. Tut mir leid, wenn ich jetzt keine Zeit für eine derartige Plauderei habe ...“ Sfarzi hüpfte ungeduldig von einem Bein aufs andere, so nervös war er, was Berlingui verblüffte, weil er ihn gar nicht so kannte, dies ihm jedoch gleichzeitig erklärbar wurde, wenn das Bild in seinem Augenwinkel nicht trog. Laura war es nicht, das sah er, dafür eine andere gut aussehende Frau, hatte Sfarzi etwa ...?

„... aber ich möchte Ihnen schnell jemanden vorstellen, der in den letzten Wochen versucht hat, mehr Licht ins Dunkel zu bringen. Das ist Signora Sottotenente Loretta Dugiorni, nahezu frisch von der *Accademia Militare di Modena*, sie hat sich als frischgebackener Leutnant zusammen mit Ispettore Collasso auf ihre vielen Aufzeichnungen gestürzt und den Fall, den Sie leider nicht gänzlich abschließen konnten, durchgearbeitet und eine unerwartete Variante zutage gefördert.“
Endlich nahm Sfarzi Luft und Berlingui konnte die junge Frau, die neben ihm stand, etwas mehr in Augenschein nehmen. Tatsächlich in der Uniform der Carabinieri. Sogar mit dem weißen Täschchen über der Schulter, in dem immer ein Paar Handschellen waren. Aber ohne die übliche Kopfbedeckung. Sofort stockte ihm ein wenig der Atem, denn er glaubte, einer Zwillingsschwester seiner zukünftigen Schwiegertochter Alessia gegenüberzustehen. Allerdings mit vortrefflich blau gefärbten halblangen Haaren – ging das bei den Carabinieri? – und, wenn auch nur ein wenig, älter als sie.

„*Buondì! Signora!*" Berlingui musste sich räuspern, um fortzufahren: „Entschuldigen Sie bitte meine Verblüffung, aber in ... wie soll ich sagen ... dieser Umgebung haben wir selten mit ... äh ... Kolleginnen zu tun. Vor allem mit diesem ..."

Wieder räusperte er sich – lieber jetzt. Sicherheitshalber. Signora Sottotenente Loretta Dugiorni war auch ein guter Grund dafür. Nur etwas mehr als einen halben Kopf kleiner als er war sie allein durch ihre Größe eine echte Persönlichkeit und ihr strahlendes Lächeln hatte zugleich etwas Herzliches wie auch etwas von einer gesunden Distanz. Ihre Nase hätte zu einer Griechin gepasst, lang, schön und gerade, wie von einem Lineal gezogen. Breite, makellos in Form gezupfte Augenbrauen. Darunter fröhliche, vor allem aber wache Augen.

„*Buongiorno, Signor Commissario*", und eine weiche und zugleich selbstbewusst klingende Stimme, die er hoffte noch öfter hören zu können, „es freut mich, Sie endlich kennenzulernen. Ich habe in den letzten Wochen so viel von Ihnen gehört. Aber Sie nun endlich persönlich zu treffen, ist doch etwas anderes."

Es würde ihm schwerfallen, dieser unvermutet weiblichen Ausgabe eines Carabiniere, obendrein mit der guten Figur einer Sportschwimmerin, jemals zu widersprechen oder ihr einen Wunsch auszuschlagen. Schon waren die maximal drei oder vier Sekunden, die ihm für diese Urteilsfindung zur Verfügung standen, vorbei, denn:

„Piero, ich sehe, Sie werden sich verstehen. Daher haben Sie sicher Verständnis, wenn ich Ihnen Signora Dugiorni – natürlich mit einem schlechten Gewissen – jetzt quasi überlasse und ich an meinen Schreibtisch zurückkehre. Obwohl ich Ihnen jetzt viel mehr Zeit widmen müsste. Aber die letzten Tage ... Sie verstehen sicher ... also ... was ich damit sagen möchte: Signora ist heute eine viel bessere Tagesbegleitung als ich, vor allem eine nicht so ungeduldige. Ich darf noch anmerken, dass sie ihren Abschluss mit besten Noten gemacht hat und fließend Koreanisch, Englisch, Französisch, und was für diesen Fall auch wichtig war, fließend Deutsch spricht. Darüber hinaus werden Sie nicht nur heute miteinander zu tun haben. Sie werden jetzt sozusagen vorab informiert und sind dann auf dem gleichen Wissensstand wie ich. Und Collasso stößt sicher auch noch im Laufe des Tages dazu. Es wundert mich, dass er nicht schon hier ist. Somit treffen wir uns demnächst wieder. Nein, was rede ich denn?! Gleich morgen früh, damit wir über alles Weitere sprechen."

Über alles Weitere. Morgen früh. Warten wir's ab! Die vorherigen drei oder vier Sekunden hatten jedenfalls eine Vertragsverlängerung mit unbestimmter Laufzeit erhalten. Berlingui hob die Augenbrauen und versuchte ein ehrlich gemeintes Lächeln, das Loretta mit einem wesentlich ehrlicheren beantwortete.

„Ein frischgebackener Leutnant also." Berlingui klang wirklich beeindruckt. „Und nun hier bei uns?! Ob das gut für Ihre Karriere ist?", kommentierte er mit einem humorvollen Unterton.

„Es hat sich so ergeben."

„Wissen Sie, wir haben hier wenig Frauen. Wenn meist nur *in* den Büros. Nur wenige sind als Polizistinnen auf Streife oder mit uns unterwegs. Somit sind Sie auf jeden Fall ein Gewinn – auch optisch." Wahrscheinlich sah sie, wie er nun rot wurde, und er wandte sich deshalb ab. „Nehmen Sie doch Platz!"

„Danke, aber ..."

Er überhörte den beginnenden Einwand und schob einen Stuhl zurecht.

„Woher kommen Sie?"

„Meine Familie stammt aus Apulien. Aus der Nähe von Gallipoli. Klingt, als wenn wir nun alle hier leben würden. Aber eigentlich bin nur ich diejenige, die nun nicht mehr in Sannicola lebt, weil ich meinen Kopf bezüglich meines Berufswunsches durchgesetzt habe. Insgeheim wollte ich nämlich schon immer zur Polizei. – Am liebsten in eine Hundestaffel", ergänzte sie mit einem kurzen Lachen, „ich mag Tiere. Unsere Familie hat genug davon in Süditalien. Dort hat sie größere Ländereien. Vielleicht haben Sie schon mal etwas von der Abtei des Heiligen Moritz gehört?"

„Nein, tut mir leid. – Und nun in Padua."

„Nach meiner Ausbildung in Rom habe ich in Genua statt einer Hunde-, die Hubschrauberabteilung und das Taucherzentrum besucht. Nichts gegen das Fliegen, aber das Tauchen hat mir besonders gut gefallen. Daher die blauen Haare, mit denen ich Sie wohl erschreckt habe. Das Meer hat es mir angetan."

Der Commissario lächelte, weil ihm nicht sofort eine Antwort einfiel. Erschreckt hatte sie ihn nicht. Eher ertappt, in seiner anscheinend konservativen Einstellung. So schüttelte er nur den Kopf und meinte:

„Das sieht gut aus. Ich sagte ja, in unserer Umgebung, damit meinte ich die Abteilung, haben wir selten mit Kolleginnen zu tun. Seit zwanzig Jahren bin ich mehr oder weniger mit Männern und Ispettore Benito Collasso unterwegs, den Sie ja schon kennengelernt haben."

„Er hat mir unendlich viel beigebracht und geholfen. Die praktische Tätigkeit der Polizei sieht doch ganz anders aus, als an den Schulen der Carabinieri gelehrt wird. – Und er hat mir sehr viel von Ihnen erzählt. Über Ihre intuitive Art, Fälle aufzuklären."

Berlingui fühlte sich unerwartet geschmeichelt und wurde ein weiteres Mal rot, ging aber über dieses Lob hinweg und meinte stattdessen:

„Sie fliegen Hubschrauber? Sind in der Taucherstaffel gewesen? Sprechen Koreanisch? Was haben Sie noch vor in Ihrer Karriere?"

„Ich habe immer schon gerne gelernt. Das Wissen dann anwenden zu dürfen, ist nicht immer einfach, wie ich in den letzten Monaten erfahren habe. Aber als ich das Angebot bekam, wollte ich wenigstens versuchen, alles nach und nach anzuwenden. Gut, Hubschrauber musste ich hier nun nicht fliegen und zum Tauchen bin ich leider noch nicht gekommen, auch meine militärischen Kenntnisse, die man während der Ausbildung erhält, sind hier eher ungeeignet", lächelte sie verschmitzt, „aber ich denke, die psychologische Ausbildung hat mir in diesem Zusammenhang ganz gut geholfen. – Ich würde gerne mit Ihnen über all das mal reden. – Wenn Sie Zeit haben!?"

Nun lächelte der Commissario, erstens weil ihm plötzlich eingefallen war, wer Silvia Esposito war, nämlich die neue Abteilungssekretärin, die wenige Wochen vor dem Attentat ihren Dienst begonnen hatte, und zweitens, weil Signora Dugiorni immer noch nicht Platz genommen hatte. So entschied er sich, auch weil er seine alte Sucht nach dem besten Espresso der Welt wieder spürte, für einen anderen Ablauf:

„Vielleicht darf ich Sie zu einem Kaffee einladen? So könnten wir anfangen, über alles zu reden."

„Gerne! Ich kann zwei Tassen besorgen. In Benitos Büro steht ja diese kleine *Panafe*. Warten Sie einen Augenblick!"

„Nein! Verstehen Sie mich nicht falsch, aber ich denke, heute dürfen wir uns noch etwas Besonderes leisten. Es gibt hier ganz in der Nähe eine kleine Bar.

Filippo macht dort wirklich den besten Espresso weit und breit."

Kaum hatte er seinen Satz beendet, ärgerte ihn die Wahl. In Filippos Bar in der *Via Rudena* gab es mit Sicherheit den besten Espresso der Welt, aber mit Sicherheit war es nicht die schönste Bar der Welt, nicht mal Paduas. Der alte, inzwischen gammelig schwarze Wasserfleck über seinem Stammplatz war nichts, was man Gästen zeigen konnte. Obwohl? Er fuhr sich mit einer Hand über das Kinn, das edle und viel schönere *Pedrocchi* ging auch nicht. Bei seinem Glück säße sicher Vio dort. Und egal, wie die Situation zwischen ihnen mittlerweile war, sie hätte keine Scheu, ihn anzusprechen und zu desavouieren. *Hätte ich mir ja denken können! Kaum aus dem Urlaub zurück und schon schnappst du dir eine neue, vor allem schöne Kollegin und gehst mit ihr Kaffeetrinken.* Fließend Koreanisch fiel ihm wieder ein und er überlegte, ob es in Padua etwas Koreanisches gab. Aber außer dem *Perla d'Oriente*, in dem die Tische auf einem gläsernen Boden über darunter befindlicher Deko zu schweben schienen, fiel ihm nichts ein. Schon war er an ihr vorbeigegangen, öffnete die Tür und ging mit ihr hinaus auf den Gang. Sie würde schon mitkommen.

Nach genau eineinhalb Metern öffnete sich auf der anderen Seite des Flurs eine Tür und Ispettore Benito Collasso trat wie selbstverständlich heraus. *Und Ispettore Collasso stößt sicher auch noch im Laufe des Tages dazu.* Natürlich frisch vom Friseur und, wie kaum anders zu erwarten, in Uniform. Obwohl es in seinem Fall keine solchen Verpflichtungen gab. Im Gegenteil, das *untersuchende Personal* war in Zivil. Aber Collasso war selbst an seinen freien Tagen und wenn er den Commissario im Krankenhaus besuchte in Montur.

„Gibt's den eigentlich auch als Jogginganzug?", zog Berlingui ihn dann auf.

„Der ist gerade in der Wäsche", antwortete der Ispettore schlagfertig und stellte eine volle Espressotasse auf das Tischchen neben das Krankenbett.

Statt Blumen oder anderem nutzlosem Zeug brachte er vom ersten Tag an eine gefüllte Espressotasse. Mal aus dem Bistro des Krankenhauses, mal von einer der kleinen Maschinen aus einem der Schwestern- oder Ärztezimmer. Vermutlich ohne Probleme, weil ihn die Uniform zu allem legitimierte. Berlingui fragte nie nach. Allerdings musste er jedes Mal raten, woher der Kaffee stammte.

„So was kann sich nur ein Arzt leisten. Der ist gut."

„Tut mir leid. Kommt aus der Unfallchirurgie."
Und beim nächsten Mal.

„Um Himmels willen, Benito, was ist das für einer? Urologie etwa?"

„*Scusa!* Bistro."

„Dafür sollen die Leute zahlen? Grausam! Da trink ich lieber einen Putzeimer aus! Haben die schon mal was davon gehört, die Maschine regelmäßig zu reinigen? Da hilft der beste Kaffee nichts."
Es folgten ein minutenlanger Vortrag über die Pflege von Espressomaschinen und der Hinweis, dass die alte Maschine bei ihm zu Hause im Lauf der Jahre eher bessere Kaffees zauberte als schlechtere. Nur Filippo könnte einen noch besseren brühen.

Einmal war Sfarzi mit dabei. Schick gekleidet, ohne den üblichen Dreitagebart, als wolle er anschließend noch in die Oper. Berlingui hoffte, nicht wegen ihm, weil er ein baldiges Begräbnis erwartete. Aber es stellte sich heraus, dass der Vice Questore an diesem Abend wieder einmal etwas Großes mit Laura vorhatte.

„Den kenn ich. Das ist der aus unserem Schwestern- zimmer. Inzwischen bekomme ich ihn wie ein Medika- ment. Dreimal am Tag. Nach den Mahlzeiten! Er ist lei- der nicht viel besser als der aus der *Panafe.* Wenn ich hier rauskomme, kaufe ich denen einen kleinen Vollau- tomaten. Das haben die verdient."

Beide lachten und freuten sich. Der Commissario war wieder der Alte. Er hatte den Espresso richtig erraten, den Schuldigen sozusagen gefasst, und nörgelte gleich- zeitig wie früher. Als er nach den aktuellen Fällen fragte, schauten sie sich nur kurz an und meinten:

„Aktuell gibt es wirklich nichts Besonderes. Alle Mörder warten darauf, dass Sie sich persönlich um sie kümmern."

„Die müssen noch etwas warten", erwiderte er fast beleidigt: „Heute Morgen sagte man mir, dass ich viel- leicht Ende nächster Woche wieder längere Wege lau- fen darf. Die Heilung sei zwar abgeschlossen, aber die Muskeln ... ich komme mir vor wie ein Pudding."

„Vielleicht hilft eine höhere Dosis?", orakelte der Ispettore, nahm die leere Espressotasse und ging hinaus.

„Schleimer", rief Berlingui ihm hinterher und lachte.

„Der will doch nur, dass ich schnell wiederkomme und er den Kram nicht alleine machen muss."

„Wir freuen uns alle, wenn Sie wieder da sind, Piero. Grüße auch von Laura", meinte Sfarzi erleichtert.

Und jetzt hatte der also wieder mal recht. Hatte Benito etwa gelauscht und nur auf den richtigen Moment sei- nes Auftritts gewartet?

„Ah, Commissario! Wie schön! Fast hätte ich *endlich* gesagt." Collasso strahlte über das ganze Gesicht und Berlingui verzog seines. „Wie ich sehe, haben Sie Lo- retta bereits kennengelernt. Wir haben ..."

„… ich wollte gerade mit Signora Dugiorni zu Filippo und bei einem Kaffee alles Weitere besprechen", unterbrach ihn Berlingui in gewohnter Weise.

„Filippo?" Collasso verzog das Gesicht: „Ja, was soll ich sagen? Sie waren also in den letzten Tagen noch gar nicht bei ihm und wissen es daher noch nicht? Nun, Filippo hat geschlossen. Er will renovieren und hat für die nächsten drei Monate zugemacht. Aber im *Café Pedrocchi* wartet schon Signora Baù. Ich hatte ihr erzählt, dass Sie ab heute wieder da wären. Kommen Sie! Auch Sie hat ein paar Neuigkeiten für Sie."

Collasso ergriff freundschaftlich den Oberarm und schob Berlingui in Richtung Ausgang. Genau in diesem Moment erinnerte sich der Commissario, dass er Collasso inzwischen eigentlich duzte:

„Be-ni-to!" Er sprach jede Silbe des Vornamens deutlich aus und sein Tonfall war unmissverständlich genervt: „Ich bin jetzt etwas mehr als eine halbe Stunde da", log er, „und schon nicht mehr Herr über meine Zeitplanung und Dienststelle."

„Signor Commissario", meinte nun die junge Dame in der Leutnantsuniform hinter ihm, „wir können auch noch heute Mittag oder morgen darüber reden. Auf diesen einen Tag kommt es doch nun auch nicht mehr an. Aber Vice Questore Sfarzi wollte mich Ihnen heute unbedingt …"

Berlingui unterbrach sie mit einem lauten Räuspern, das aber nur verhindern sollte, laut loszuprusten. Vice Questore! Selbst der ständig korrekte Collasso hatte Sfarzis Namen, so lange sie sich kannten, und das waren ja jetzt schon mindestens achtzehn, nein, über zwanzig Jahre, noch nie mit dem Titel genannt. Berlingui grinste sie merkwürdig an und wedelte mit einer Hand, damit sie weitersprechen würde.

Sie glaubte zu verstehen, räusperte sich nun ihrerseits, etwas verlegen geworden, und fuhr mit einem etwas verstörten Blick, der zwischen dem Ispettore und Commissario hin und her wanderte, fort:

„Ja, Vio habe ich bereits kennengelernt. Und auch sie war mir in den letzten Wochen in den Archiven der Zeitungen sehr behilflich. Vielleicht sollte sie deshalb tatsächlich als Erste berichten. Und wenn ich sie richtig verstanden habe ..."

Berlingui ahnte, dass der Tag nun ohnehin ganz anders verlaufen würde, und winkte ab:

„Nein! Egal! Ihr kommt jetzt beide mit. Ich brauche dringend einen Espresso und ihr zwei werdet ein anderes Mal dafür büßen müssen. Vielleicht mache ich dann einfach noch mal Urlaub und ihr dürft mich wieder vertreten. Sfarzis Segen habt ihr sicher jetzt schon."

Schon schwang er die Arme und trieb sie wie zwei ungezogene Kinder vor sich her. Wenige Schritte später wendete er sich an den Ispettore und tippte ihm mit einem Finger fest gegen den Oberarm:

„Stimmt's? Natürlich kennt sie auch schon längst das ganze Haus, unsere Pathologie, also Pantatti und Ravanelli, sämtliche Kollegen, ihre Chiara und vielleicht sogar meinen Sohn Allessandro."

Collasso blieb stehen, kratzte sich verlegen am Kopf und schaute auf den Boden vor sich.

„Ja! – Nein! – Ihn noch nicht. Ihren Sohn, meine ich. Aber er war vor ein paar Tagen da und teilte uns mit, dass sie vorhaben, gleich heute kommen zu wollen."

„Jetzt verstehe ich auch das nette Sammelsurium auf meinem Schreibtisch, für das ich mich bis jetzt nicht einmal bedanken konnte, weil ihr alle wie aufgescheuchte Hühner herumlauft."

Dann schüttelte er den Kopf und lachte laut los.

10. Oktober, 23 Uhr 45

Via San Martino e Solferino, Ecke *Piazzetta del Ghetto.*
Sottotenente Loretta Dugiorni sah lächelnd den beiden
Männern hinterher. Deren selbst gestellte Aufgabe war
erfüllt. Vor dem Haus stehend hatten sich beide umge-
schaut, als müssten sie kontrollieren, ob das hier auch
wirklich eine sichere Gegend war. Je länger der Abend
dauerte, umso väterlicher wurden sie nämlich. Irgendwann fragte der Commissario: *Wo wohnen Sie denn
jetzt? Auch in Padua? – Ja, sogar ganz in der Nähe. Ich
hab' dort eine kleine Dachwohnung. – Ach, dann werden
wir Ihnen natürlich noch Geleitschutz geben, oder Benito?*
Ohne eine Antwort abzuwarten, ging er voraus. Und es
hatte geklungen, als würde er sich tatsächlich Sorgen
machen. Vielleicht lag das auch am Wein, dem er zuge-
sprochen hatte und der ihn sentimental werden ließ.
  Andererseits war es wirklich spät geworden. Zumindest, wenn man den Tag als Arbeitstag sehen
wollte. Was er am Ende durch den Inhalt der Gespräche
manchmal auch gewesen war. Obwohl sie gar nicht die
Chance hatte, alles gut darzustellen, denn abends nach
dem dritten Wein war Collasso viel zu sehr an den Ge-
schehnissen auf Mallorca interessiert oder erzählte voller Enthusiasmus, was Chiara, seine Freundin, über bestimmte Stammgäste des *Chez Silvie* mal wieder
herausbekommen hatte, und Berlingui erzählte wiederum etwas umständlich und unwillig, was er erlebt
hatte.
  Doch zunächst ging es ins *Café Pedrocchi,* dann von
dort zusammen mit Violetta Baù kreuz und quer durch
die Stadt, weil sie sich in der Szene auskannte, wie der
Commissario meinte. Die nächste Station war deshalb
das *Caffè Cavour* an der gleichnamigen Piazza, wegen
der süßen, unvergleichlich guten Stückchen, dann ging

es durch die *Via Sant' Andrea*, vorbei an der Säule mit dem ramponierten venezianischen Löwen, weiter durch die schmale *Vicolo Sant' Andrea* ins *La Folperia* an der *Piazza della Frutta*, eher ein Marktstand als ein richtiges Restaurant, dafür mit außergewöhnlichen und sehr leckeren Kleinigkeiten, anschließend folgte das *Box Caffè* am *Prato della Valle*, sozusagen am Tatort, und am Ende noch – lassen Sie uns doch einen kleinen Absacker nehmen – das *Caffè Boetto* in der *Via Tadi*, direkt am Kanal. Violetta war bereits vorher gegangen. Sie gab vor, noch einen Termin zu haben. Somit zog sich der Abend auf drollige Weise in die Länge.

Sie hatten ohnehin alles durchgekaut, in Kürze den Anschlag mit dem gelben Motorrad und die Zeit voller Operationen im Krankenhaus, dann länger die Wochen in Mallorca, gespickt vom Kriminalfall, der es sogar in die Zeitungen Paduas geschafft hatte, am Ende noch die Storys aus dem *Chez Silvie*. Nur nicht ihre *Variante*.

„Und von den beiden Typen auf dem Motorrad weiß man tatsächlich nichts?", fragte Berlingui dennoch nach: „Der Artikel in der Zeitung war ja wirklich mehr als dürftig."

Beide, Collasso und die Sottotenente schauten sich mit zusammengekniffenem Mund an und schüttelten den Kopf.

„Die Ausweise waren gefälscht. Und sie waren sicher keine Italiener", meinte der Ispettore.

„Ravanelli und seine Leute glauben, dass sie aus dem Osten stammten. Eventuell auch aus Griechenland oder so", ergänzte die Sottotenente.

„Oder so", wiederholte Berlingui seufzend und sah enttäuscht in sein Glas. Etwas mehr hätte er schon erwartet und seine Attentäter gern näher kennengelernt. Vor allem deren Auftraggeber.

„Über die Hintergründe hab' ich auch nichts Weiteres in den Blättern gefunden", stellte er deshalb halblaut fest.

„Wir denken, dahinter steckt derjenige, der auch für die Morde auf dem *Prato* verantwortlich ist."

Berlingui schaute auf und runzelte die Stirn.

„Das erscheint ziemlich logisch. Trotzdem hätte ich das ein oder andere gerne gewusst, statt nur eine Vermutung zu haben. Da ihr ja in dem ganzen Fall andere Zusammenhänge seht, könnten sich diese ja hier auch ganz anders darstellen."

Nachdenklich fügte er hinzu:

„Diese Maschine habe ich damals nicht im Rückspiegel zum ersten Mal gesehen, sondern vorher schon von meinem Büro aus."

„Man hat Sie also beobachtet", stellte die Sottotenente fest: „So wie Sie damals den Fall untersuchten, wundert es mich nicht. Solche wie wir sind schnell unbeliebt", meinte sie noch.

„Dabei haben wir versucht, so leise wie möglich an diesen Fall heranzugehen. Wir haben absichtlich keine Durchsuchungen oder dergleichen beantragt."

„Aber sich Gibellatos Baustellen angeschaut."

„Eine!", verbesserte Berlingui.

„Könnte ein alter Bekannter in dem Fall involviert gewesen sein?", wollte die junge Frau mit den hellblauen Haaren wissen.

„Das hieße, es wäre jemand mit hineingezogen worden", korrigierte Berlingui: „Sie meinten sicher, dahintergesteckt haben."

„Dieser könnte es nicht freiwillig getan haben. Dann wurde er mit hineingezogen", ihre Antwort. Gleich darauf war sie diejenige, die ihr Glas fixierte. Denn sie hatte nicht vorgehabt, den Commissario zu belehren.

Der sah aber nur Collasso an und meinte: „Da fällt uns immer nur ein Name ein. Aber bislang glaubten wir, er wäre eher auf der Seite der Drahtzieher."

„Wer weiß, wer hinter ihm steht?!", gab dieser zurück: „Sie wissen, welche spezielle Meinung die Baù zu ihm hat. Er würde für seine Karriere alles tun. Sehen Sie sich Violetta an!"

Berlingui nickte.

„Sie haben recht. Ich bin gespannt, was ihr mir alles noch erzählen werdet. Auf jeden Fall müssen Sie und ich in ein verdammt großes Wespennest gegriffen haben, dass sie so zurückgeschlagen haben."

Kurz dachte er daran, sein Hemd aufzureißen, um ihnen diese eine Narbe auf dem Bauch zu zeigen. Doch beließ er es dabei, mit einem Finger auf den Bauch zu tippen. Dann bestellte er die nächste Runde Getränke und beendete damit diesen Teil des Gesprächs.

Wenig später klingelte Berlinguis Handy. Beim ersten Mal war das *Azzurro* so laut, dass alle zusammenzuckten. Nur Loretta summte unerschrocken die nächste Zeile mit einem milden Lächeln mit: *Mi accorgo di non avere più risorse senza te,* ich merke, ich hab' nicht mehr genug Power ohne dich. Berlingui verzog wie zur Entschuldigung das Gesicht und wendete sich etwas ab. Seine Mutter war dran und erkundigte sich, wie es ihm ginge. Und als sie erfuhr, dass er um diese Zeit noch im Dienst sei, fragte sie im unmissverständlich mütterlichen Ton, ob er sich nicht übernehme, schon gleich am ersten Tag voll einzusteigen. Er müsse auf sich aufpassen. Gerade sein Detektiv-Urlaub mache ja nichts ungeschehen. Wie ein auf frischer Tat ertappter Junge wand er sich auf seinem Stuhl hin und her und meinte, dass alles in Ordnung sei. Und:

„Pass du auf Papa auf, er muss regelmäßig trinken, du weißt, was Ivana gesagt hat."

Prompt erwiderte seine Mutter so laut, dass man ihre Stimme aus dem Handy schallen hörte:

„Ivana. Du kannst dich an ihren Namen erinnern? Hab ich's mir doch gedacht. Ihr Männer seid alle gleich. Gibt es eine andere schöne Frau, verdreht ihr gleich die Augen und guckt ihr hinterher. Vollkommen egal, wie krank ihr seid. Ihr könntet sogar im Sterben liegen. Papa redet auch die ganze Zeit von ihr. Ich muss mit Carla mal von Frau zu Frau sprechen."

„Sie freut sich sicher, wenn sie hört, wie gut es euch geht", gab er leise und gar nicht belustigt zurück und rollte dabei mit seinen Augen. Mit einem kurzen Blick versuchte er Lorettas Reaktion herauszufinden. Doch sie und Benito taten so, als hätten sie nichts davon mitbekommen und erzählten sich irgendwelche Anekdoten oder Witze. Und er tat seinerseits wiederum so, als hätte er *das* nicht mitbekommen.

Minuten später sang sein Handy ein zweites Mal *Azzurro*. Nun nicht mehr so laut. Wieder war seine Mutter dran:

„Du hast eine neue Kollegin?", fragte sie.

„Ja", gab er kurz angebunden zurück.

„Carla hat es mir erzählt. Und schon bist du am ersten Tag mit ihr unterwegs?"

Er wusste nicht, ob er es als Frage verstehen sollte.

„Sie hat dir sicher auch gesagt, dass wir einiges zu besprechen haben. Dienstlich, wohlgemerkt."

„Und ich sage nur: Männer! Ich hab's ja gesagt."

„Geht's Vater gut?", wollte er wissen.

„So gut wie dir! Stell dir vor, er hat mir vorhin, als ich ihm das Glas Wasser gebracht habe, auf den Po geklopft und *Grazie Ivana* zu mir gesagt."

„*Fato bene!*" Der Commissario konnte ein lautes Lachen nicht verhindern. „Dann ist er ja tatsächlich auf dem Weg der Besserung. Ich würde mich in Acht nehmen heute Nacht! Wir kommen demnächst mal wieder vorbei."

„Demnächst. Ja! Ja! Wir warten es ab."
Seine Mutter klang hingegen etwas eingeschnappt, denn sie legte einfach auf. Berlingui schaute das Display an, schüttelte grinsend den Kopf und sah zu den anderen beiden.

„Ihre Mutter", stellte Loretta fest.

„Ja", erwiderte er und zog die Augenbrauen hoch.
Loretta nickte. Gut so, dachte sie. Gut so, dass Mütter so sind.

„Meine Mutter hat mir am letzten Tag, bevor ich nach Rom fuhr, aufgetragen, ich solle auf mich aufpassen."

„Und haben Sie es getan?"

„Ich denke schon. Ich bin ja inzwischen *sotto la tua ala*, unter Ihren Fittichen."

„Und unter meinen!", kam als Einspruch von Collasso mit erhobenem Zeigefinger.

„Dann sollte ab jetzt ja nichts mehr schiefgehen", meinte Loretta lachend.

Berlingui verschränkte die Arme vor seiner Brust und lächelte milde, dabei schaute er für zwei, drei Sekunden an ihr vorbei. Schiefgehen. Nein, das sollte es bei dir wirklich nicht, hoffte er, sah kurz in ihre fröhlichen Augen und seufzte leise. Aber wie schützt man sich davor? In meinem Beruf bin ich bislang immer zu spät gekommen. In meinem Beruf hechelt man diesem Schutz immer hinterher. Da hab' ich alle Facetten der Grausamkeiten kennengelernt. Wieder seufzte er, weil ihm die bösen Zufälle und Attentate im und auf das Leben einfielen. All die Fälle, in denen die Opfer vorher auch nicht an solche Einschnitte dachten. Der ermordete Vater in Abano, Tossatello, der Anschlag auf ihn und all die Leichen im aktuellen Fall.

„Wir stellen uns wie eine Wand vor Sie", antwortete er ungewöhnlich ernst.

„Das weiß ich längst", prostete sie ihm zu.

„Sie haben also zugestimmt?", lenkte er ab.

Loretta wusste sofort, worauf er anspielte.

„Ja." Loretta zögerte dennoch. „Man schilderte mir die Situation als prekär genug, den Kollegen der *Polizia di Stato* in Padua dabei zu helfen, einen, also diesen Fall abzuschließen – immerhin wäre ich doch jetzt befördert und es sei ja etwas Außergewöhnliches, sich in solche Ermittlungen einschalten zu können."

„Ungewöhnlich, aber sehr kollegial. Vermutlich kam der Wunsch von oben."

„Ich meinte noch: Aber das ist doch nicht mein Fall und erst recht nicht meine Dienststelle."

Kaum hatte sie ihren Einwand geäußert, wusste sie aber auch, woher der Wind wehte. Vielmehr, wohin er sie wehen sollte. Ein Sprungbrett durch Loswerden. Es war zu offensichtlich, dass man es ihr auf diese Weise schmackhaft machen wollte. Sie lächelte ihre Vorgesetzten an, weil sie alles durchschaute, und stimmte trotzdem zu, innerlich verdrehte sie die Augen. Im Nachhinein konnte sie der Mutter des Commissarios recht geben, auch hier waren alle Männer gleich. Frauen wie sie waren bei den Carabinieri einfach nicht für höhere Aufgaben vorgesehen. Zu selbstständig, selbstbewusst und strebsam. Und die gefärbten Haare konnten zwar nicht verboten werden, waren aber nicht gerne gesehen. Aber man wollte sie auch nicht für Kleinteiliges missbrauchen.

So ließ man sie bei der *Polizia di Stato* starten, statt bei Kollegen der Carabinieri. Außergewöhnlich genug.

Aber: *Ein wirklich guter Einstieg,* wie man glaubte, betonen zu müssen. *Danach werden wir Sie für anständige Aufgaben in unsere Verwaltung zurückholen,* noch so eine Aussage, der sie erstens keinen Glauben schenken und zweitens als Aufgabe nicht nachkommen wollte. Ihre Ausbildung war eher für anderes gedacht.

Gleich vom ersten Tag an fühlte sie sich in der Welt der *Polizia* wohler. Keiner, der meinte, eine Uniform würde jemanden zu einem besseren Menschen machen. Keiner, der meinte, das Heil des Landes sei von seiner Tätigkeit abhängig. Keiner, der meinte, sie sei als Frau höchstens eine *ragazza.*

Wenige Tage später saß sie mit Vio im Archiv der Zeitung und sie suchten die inzwischen ein paar Wochen zurückliegenden Artikel zu dem Fall heraus. Während sie sich Notizen machte, erzählte die Baù von sich, von ihrer Beziehung zum Commissario, die keine solche war, wie manche im Kommissariat dachten, klärte sie über skurrile Männer und deren Machenschaften auf und versuchte aus Loretta alles Mögliche herauszubekommen.

Die Sottotenente musste jedes Mal über so viel Neugier schmunzeln und beantwortete mal ausführlich mal zurückhaltend die Fragen. Nein, im Moment würde niemand auf sie warten. Nein, sie hatte noch keine echten beruflichen Erfahrungen sammeln dürfen. Ja, sie sei glücklich hier zu sein, weil es ganz anders wäre, als man ihr gesagt habe. Natürlich würde sie ihre Heimat vermissen, aber sie sei schon viel zu oft in der Welt herumgereist. Ja, die Carabinieri seien schon ein eigenes Volk, es gäbe ja auch rechtliche Aspekte. Nein, sie habe das Gefühl, dass man sie nicht unbedingt haben wollte.

Überhaupt, hätte Vio im *Pedrocchi* nicht davon angefangen, wäre *das* mit ihr auch gar nicht zur Sprache gekommen, aber so wurde es zum Thema des Abends.

„Das geht natürlich überhaupt nicht!", hatte der Ispettore eingeworfen und dachte im Stillen an Chiara, deren Profession, wie sich Berlingui manchmal ausdrückte, anfangs zu Schluckbeschwerden im Kommissariat geführt hatte.

„Da werden wir denen mal das Gegenteil beweisen!", wandte der Commissario lachend ein und dachte an Alessia, die mit ihrem Selbstbewusstsein Schluckbeschwerden der ganz anderen Art provozierte.

Natürlich hatten sie auch über den Fall gesprochen, über das, was sie zusammen mit Collasso aus den Aufschrieben herausgelesen hatte. Das wiederum ließ Commissario Berlingui sichtlich stutzen und im Verlauf des Abends stiller werden.

„Meinen Sie das wirklich? Oder ist das nur eines der möglichen ...", er suchte nach einem passenden Wort, „... Konstrukte?"

Nun saß Loretta auf ihrem Bett, hatte die Uniform auf dem Sessel abgelegt, ein Kissen hinter den Rücken gestopft und schaute sich die vollgehängte Pinnwand neben dem leuchtenden Globus an. Auf diesem hatte sie seinerzeit mit einem Filzstift fünf schwarze Punkte gemacht. Einen in Süditalien, einen irgendwo im Norden und drei im Südosten Asiens. Darüber manches Bild, das an diese Zeiten erinnerte. Dinge, die sie dann doch aus ihrem Zimmer in Gallipoli mitgenommen hatte, obwohl sie mit ihrer Berufsausbildung ein neues Leben starten wollte. Doch schon nach wenigen Tagen war klar, dass das Leben hier im Norden Italiens teurer war, als ihre Ersparnisse es erlaubten.

Anfangs konnte sie sich noch mit Babysitten und Nachhilfe über Wasser halten. Die Termine waren allerdings so unregelmäßig, dass sie sich nach anderen

Dingen umschauen musste. Sie landete in einem Altenheim und kümmerte sich am Wochenende in 24-Stunden-Schichten um eine Handvoll alte Menschen, die erstaunt darüber waren, dass es tatsächlich jemanden gab, der sich ihnen zuwandte. 24 Stunden lang, wie in einem ihrer Lieblingssongs: *I'll be there to listen anytime* ... Prompt lief der Song in ihrer kleinen Anlage. Vielleicht kam sie auch nur gerade deswegen wieder darauf, weil sie die Scheibe vorher hineingetan hatte. Sie summte den Rest des Songs der Neighbourhoods mit und schüttelte den Kopf, weil ihr leider noch etwas anderes eingefallen war.

Nach einer langen Nacht im Heim, eine Kollegin war angeblich krankheitshalber ausgefallen, saß sie morgens entsprechend müde im Unterricht, oder war es vor irgendeiner Übung? Ihr Chef quittierte dies jedenfalls mit einem eindeutig vorwurfsvollen Blick, der aber gleichzeitig ganz andere Erwartungen an sie beinhaltete, damit keine weiteren Konsequenzen erfolgten. Diese Erwartungen waren schnell klar, als er sie in seinem Büro mit einer ziemlich eindeutigen Umarmung zur Seite nahm. Eine Geste, der vielleicht die ein oder andere verfiel, der sie sich aber widersetzte, indem sie ihn fortstieß und aus dem Büro hinausrannte.

Tagelang wartete sie darauf, nun eine Art Abmahnung oder Ähnliches zu erhalten, aber ihr Schutzengel hatte eine andere Lösung gewählt und ihm wohl eine willigere der vier möglichen Unteroffizierinnen ins Büro gebracht. Seine Missachtung in den nächsten Monaten nahm sie gerne hin. Auch wenn sie die Angst erst in Genua, ihrer nächsten Station, ablegen konnte.

Sie sah wieder zu dem Globus, der in diesem Moment die einzige Lichtquelle im Raum war und mehr schlecht als recht die ganzen Erinnerungen, Bilder, Fotos und Zettelchen erhellte. Lesen musste sie keinen mehr davon. Sie kannte jeden einzelnen auswendig. Auch die, die sie erst in den letzten Wochen während ihrer Recherchen dazugehängt hatte.

Auf dem größten oben links die Namen aller Beteiligten, sofern die Namen bekannt waren. Denn fünf Linien darunter beinhalteten nur Fragezeichen. Die der unbekannten Opfer. Vermutlich stünden dort ansonsten irgendwelche afrikanische Namen, so wie in den ersten drei Zeilen davor mit denen von John-Bo und dessen beiden Kollegen. Die hatte sie nur durch die Personallisten der Bauunternehmen identifizieren und dazuschreiben können. Beide waren schon länger auf dieser Baustelle tätig. Die anderen fünf kannte weder dort noch sonst wo jemand oder niemand wollte sie kennen, nicht mal einer von den eigenen Leuten, oder sie waren tatsächlich irgendwo anders umgebracht und, warum auch immer, mit in diesen Fiat Bravo gequetscht worden. Flüchtlinge, die irgendeinen Durchgeknallten störten oder die man absichtlich dafür ausgesucht hatte, um alles zu verkomplizieren.

Loretta überlegte und sah hoch. Neben der Pinnwand hingen kreuz und quer ein paar Ansichtskarten aus aller Welt, eine mit einem Spruch, eine andere war eine Eintrittskarte, daneben Fotos von zu Hause. Darauf ihre Eltern und Geschwister. Der Hund der Nachbarn. Ihre drei Freundinnen aus der Schule, Sylvia, Alexa und Tess. Und sie in einem schicken Trägerkleid mit Blumen, aufgenommen wenige Tage, bevor sie nach Rom ging, und Bilder von weiteren Freunden, die sie viel zu lange schon nicht mehr gesehen hatte.

Sie legte die Liste mit den Namen zur Seite und nahm die Familienfotos ab. Die vielen Löcher und Knicke in den Ecken bewiesen, dass sie nicht zum ersten Mal ihren Platz verlassen hatten. Nachdenklich seufzend und mit ein bisschen Wehmut betrachtete sie die

Bilder. Eines schien besonders gut zu ihrem Fall zu passen. Denn ihre ältere Schwester hatte vor Jahren einen Mann aus Afrika kennengelernt. Nur ein Jahr später fiel Loretta ihrem frischgebackenen Schwager aus Äthiopien um den Hals. Einst war er mit seiner Mutter und Schwester geflüchtet, bevor der Krieg zwischen seinem Land und Eritrea mit aller Gewalt die kleine Stadt erreicht hatte, in der sie jahrelang zuvor in Frieden gelebt hatten. Nur zwei-, dreimal berichtete er von dieser Flucht und den *Beschwerlichkeiten*, wie er sie nannte, und sie wusste jedes Mal, dass er nur einen Bruchteil schilderte und sie sich kaum die echten Geschehnisse vorstellen konnte.

Trotzdem oder gerade deswegen war er allen Vorurteilen zum Trotz ein sympathischer, immer lachender und freundlicher Typ geblieben, der scheinbar unbeeindruckt von diesen *Beschwerlichkeiten* alle mit seinem positiven Wesen für sich gewann. An ihm war nichts Falsches, nichts, was den Vorbehalten vieler Nachbarn entsprach. Im Gegenteil, er öffnete mit seiner Art seiner direkten Umgebung die Augen. Jede Feier bei seiner Familie war durch pure Gastfreundschaft gekennzeichnet und nicht durch irgendwelche Vorwürfe, dies oder jenes unterlassen zu haben. Warum gab es nur so viele verblendete Zeitgenossen um sie herum?

Loretta schloss die Augen und sah kurz eines der Bilder des ausgebrannten Wagens vor sich. Diese Fotos hatte sie längst entfernt, denn allein die Vorstellung erschreckte sie, da sie immer wieder ihren Schwager in ihnen sah. Auch hatte Benito ihr viel zu viel Details dieser schrecklichen Nacht geschildert, sodass sie die nächsten Nächte kaum richtig schlafen konnte. Als würde sie ansonsten das Nichterzählte in solche Bilder verwandeln können, die sein Schicksal dann tatsächlich verdeutlichen könnten, hatte sie sie ihn einen Umschlag versteckt. Durch die Erinnerung daran entsetzt sah sie hoch, schüttelte, als könne sie sich dadurch davon befreien, den Kopf und nahm einen weiteren Zettel von der Wand, den sie zusammengefaltet daneben gehängt hatte. Langsam breitete sie ihn auseinander. Auf ihm hatte sie alles zusammengefasst, was die anderen Bilder und Zettel als einzelne Notizen und Informationen beinhalteten. Er glich deshalb eher einer selbst gemalten Landkarte oder einer Routenbeschreibung. Dieses Blatt musste sie mitnehmen, damit sie dem Commissario alles erklären konnte.

Ihr Blick blieb nicht an ihren Bemerkungen oder Kommentaren, sondern an den Pfeilen hängen, die zwischen all den Eintragungen, den obersten dieser ungewohnten Namen mit zwei weiteren auf dieser Notiz verbanden: Flaviano Tomè und Fabrizio Gibellato. Als sie diese Verbindungen dem Commissario nannte und ihre Sicht auf die vielleicht tatsächlichen Zusammenhänge versuchte aufzuzeigen, hatte sie kurz den Eindruck, dass er ihre Darstellung belächelte und er sie nun zurechtweisen würde. Doch in der Sekunde darauf war sein Blick viel zu überrascht und ernst.

Plötzlich zuckten seine Augenbrauen. Eine leise, ihr unbekannte Ahnung schien sich bei ihm plötzlich zu bestätigen. Sie wollte fortfahren, doch Vio platzte dazwischen und begann sich nun auch, wie Benito zuvor, nach Berlinguis Urlaub auf Mallorca zu erkundigen und nach dem, was er dort als Fall an Land gezogen hatte. Das zog sich hin. Deshalb war der Abend gelaufen. Wieder musste der Commissario von vorne anfangen und alles über dieses ermordete Mädchen, die junge Kolumbianerin Cristina und den Rumänen Florin aus dem Kinderheim, der in die Hände der Securitate gefallen war, erzählen.

Als sie den Zettel wieder anpinnen wollte, sah sie das Foto von John-Bo, eigentlich Jonathan Buruk Bekele, geboren vor 38 Jahren in Berhale, Region Afar, im Nord-Osten des Landes, eine eigentlich als sicher geltende kleine Stadt, wenn all die Angaben stimmten, die sie herausgefunden hatte. So sicher wie die Stadt ihres Schwagers. Doch Kriege sind keine Lebewesen und kennen daher niemals Skrupel. Kennen kein Zurück und kein schlechtes Gewissen. So kam er 2010 oder 2011 mit einem der damals von den Medien noch nicht so beachteten Flüchtlingsboote und nach weiteren Irrwegen in Italien an und hatte es nach ein paar Monaten sogar geschafft, sich legal – soweit sie das beurteilen konnte – nach und nach auf verschiedenen Baustellen zu verdingen. Mal baute er die Verschalungen für den Beton, mal buddelte er mit einem Bagger irgendwelche Löcher, mal besorgte er nur das Essen. Die Gründe für seine Flucht waren weder notiert, noch in den bisherigen Unterlagen zu finden gewesen. Wahrscheinlich waren sie in den Archiven der Ämter verschwunden.

Kerzengrade, ja geradezu steif stand er in dem Foto da. Sein Gesicht ausdruckslos. Und erinnerte sie so an ein Bild, das sie im letzten Jahr auf einer Reise durch Südostasien im Museumsdistrikt von Peking gesehen hatte. Sie war seinerzeit verwundert, in diesem Land eine Ausstellung mit dem Thema Unglück vorzufinden, aber diese war so interessant – vielleicht auch, weil sie an die Geschehnisse während der Ausbildung mit diesem Offizier denken musste –, dass sie den Besuch nicht bereute und ihr die Bilder, alles Schwarz-Weiß-Fotos, aber besonders dieses eine, im Kopf geblieben war: Das eines jungen Mannes in Norwegen, der genauso aufrecht wie der Afrikaner, einem Fremdkörper gleich, vor einem dunklen Gang eines Gebäudes stand, als würde dieser schwarze Tunnel in seine unumkehrbare Zukunft führen. Sein Blick genauso unglücklich wie der von John-Bo.

Sie reckte sich hoch und sah aus dem Dachfenster, das fast genau nach Norden ging und durch das in diesem Jahr deshalb erst Ende Mai die Sonne richtig geschienen hatte. Dafür waren die Temperaturen in ihrer Wohnung im Sommer auszuhalten gewesen. Sie hoffte, dass sich das im kommenden Winter nicht verkehrte und sie hier oben fror, denn die Wohnung unter ihr war zurzeit nicht bewohnt und in der Ecke stand nur ein kleiner elektrischer Heizkörper.

In der Scheibe sah sie dann das Spiegelbild ihres müde gewordenen Gesichts und durch das Glas in die dunkle Nacht hinaus. Sie wusste, es würde wieder lange dauern, bis sie endlich richtig in den Schlaf finden würde. Egal wie müde sie war. Unter ihr die zusammengeklappten Schirme des kleinen Cafés, in dem sie ab und zu saß und ihre stets ungesüßten Espressi trank. Gegenüber ein kleiner Ausschnitt der schmalen *Via Fabbri*. Der schwache Lichtschein einer Lampe beleuchtete ein ungewohntes Nichts an Leben in ihr. Das erste Mal, seit sie hier wohnte, schien dieses enge Sträßchen mit seinen mittelalterlichen Arkaden tot. Sonst wälzte sich ein Konglomerat aus Touristen, schicken Büroleuten – vermutlich Angestellte der Behörden oder der Universität – und Studenten durch den meist schattigen Canyon der Häuser.

Vor einem halben Jahr, sie war gerade in ihre kleine Wohnung gezogen, tönten gerade diese ihre unflätigen Verse, dabei hatten sie gerade erfolgreich ihr Diplom oder Ähnliches in der Tasche: *Dottore, Dottore, Dottore pal puso del cul, vaffan cul, vaffan cul ...* Keiner von denen hatte eine Ahnung, in welche Geschichten, Gefühle und Gefilde man nur ein paar Meter weiter über ihnen

41

absteigen konnte, als sie versuchte, hinter die Namen der acht Toten zu kommen. Die da unten wohnten in aufgeräumten Verhältnissen. Denen kackten höchsten die Tauben auf die Windschutzscheiben ihrer BMWs oder Alfas, mit denen sie zur Uni fuhren. Von den Eltern oder Großeltern spendiert. Deren Straßen waren keine Häuserzeilen, die wie verrottete Zähne aussahen und deren Parodontose von Müllbeuteln, Tausenden Zigarettenkippen und aus dem Fenster geworfenen Fernsehern, Schuhen und anderem Müll garniert wurden. Was Krieg und Vertreibung anging, brauchte sie solche gar nicht fragen. Sie hingegen kannte genug Geschichten über Fremdsein, die Ängste, die mit ihnen verbunden waren, selbst wenn man sich in Sicherheit wähnte, die Aber, die daraus entstanden – und den Hass.

Sie streckte sich noch etwas mehr, um in die *Solferino* hinunterzuschauen, dabei stieß sie den Stapel Bücher um, der immer noch keine Heimat in ihrem Regal gefunden hatte. Eine bunte Mixtur aus Fantasy, Liebesromanen, unblutigen Psycho-Krimis und Fachbüchern. Obenauf lag *Pino Cacuccis, Tina*. Ein über zwanzig Jahre altes Buch über eine Frau, die sie sofort fasziniert hatte, als sie die Inhaltsangabe las, und das sie in einem kleinen Antiquariat unweit von hier in der *Via Fiume* oder *Boccalerie* gekauft hatte. *Nein, Julio, du bist zu jung, du kannst so nicht sterben ...* erinnerte sie sich an eine Zeile. Doch der Tod fragt nicht danach, was einem gefällt.

Schnell hatte sie den Stapel wieder aufgerichtet, das Buch dabei in die Hand genommen und gleich darauf wieder zurückgelegt. Dann lehnte sie sich wieder zurück und studierte die kleine Weltkarte an der Dachschräge. Voller solcher Geschichten. An der linken unteren Ecke neben den kleinen Bildchen ihrer Eltern,

Geschwistern und ein paar Freunden, die wenigen Fotos, die mit *ihrem* Fall zu tun hatten. Aufnahmen des damaligen Tatorts auf dem *Prato della Valle* und die zwei unversehrten Gesichter der insgesamt acht Opfer. Also auch wieder das von John-Bo. Nur seinen und die zwei anderen Namen hatte sie trotz aller Versuche noch herausgefunden. Sonst nichts.

Sie beugte sich nochmals vor und legte eine CD in den Rekorder, damit sie wach blieb. Coldplay, *A Head Full of Dreams.* Weil sie so, mit einem Kissen im Rücken, schon häufig im Sitzen eingeschlafen war, sogar in der Schule. Und wenn sie ihre Großeltern besuchte und sie plötzlich am Tisch einnickte, lachte jedes Mal ihr Opa und meinte: *Come è il padre, tale è il figlio,* der Apfel fällt halt nicht weit vom Stamm.

Morgen früh, vielmehr nachher, würde sie mit Commissario Berlingui hoffentlich die Details ihrer *Einschätzungen* zu dem Fall besprechen können. Vielmehr das, was sie und Ispettore Collasso sonst noch herausgefunden hatten. An anderer Stelle hatte das immerhin dazu geführt, dass mit Unterschrift des Vice Questore Sfarzi bereits ein Bericht vorgelegt werden konnte. Bei dem Durcheinander vorher zwischen Benitos Neugier und Vios Fragen kam kein genügend ernsthaftes Gespräch darüber zustande, so war es in den Bars und Restaurants mehr oder weniger nur bei Andeutungen geblieben. Sie fühlte sich zu neu im Team, als dass sie es hartnäckiger versucht hätte.

Und kaum im *Caffè Boetto* angekommen, hatte der Absacker längst für den anderen Gesprächsstoff gesorgt. Da musste sie Benitos Neugierde bezüglich ganz anderer Dinge stillen, obwohl er doch seit Wochen schon alles wissen musste: *Und, was machst du sonst in deinem Leben? Ist ja eine Schande, dass wir dich erst jetzt kennenlernen durften. Bleibst du in Padua oder schreit dein Freund nach dir?* Die meisten Fragen konnte sie daher auch da nur mit einem *Non!*, einem klaren Nein, beantworten. Bis sie am Ende abwinkte und lachend meinte: *Magari! Magari!* Schön wär's!

11. Oktober, 0 Uhr 10

„Du kommst spät!"

„Jetzt, wo du das sagst, fällt mir auf, dass ich heute überhaupt nicht mitbekommen habe, was hier in den letzten Monaten los war und herausgefunden wurde. Wie sie in dieser Zeit weitergearbeitet, worauf sie die ganzen Untersuchungen gestützt haben und ich auch nicht deren genauen Ergebnisse weiß, obwohl wir heute den ganzen Tag geredet haben."

„Ich versteh' nicht."

„Ich glaube, ich bin so eine Art *lame duck* geworden. So sagt man doch, wenn das Abstellgleis droht?!"
Carla ließ ihn los und schaute ihm verwundert in die Augen, während er die Jacke an die Garderobe hängte.

„Du meinst, sie brauchen dich nicht mehr?"
Berlingui zuckte mit der Schulter und hängte einen Schal dazu. Dann beugte er sich zu ihr hinunter und gab ihr einen Kuss. So wie sie dastand, erinnerte es ihn jedes Mal an ihren Urlaub auf Mallorca, bevor sie an diese Bucht hinuntergegangen waren und sich dort liebten.

„Eine junge Carabiniera hat sich meinen Fall geschnappt und ihn sich angesehen", erwiderte er und wischte damit dieses Bild zur Seite: „Sie hat, glaube ich, die ganze Zeit versucht, mir ihre Version zu erklären."

„Ich versteh' immer noch nicht."
Sie versuchte ein ehrlich gemeintes Lächeln und schob ihn ins Wohnzimmer.

„Signora Sottotenente Loretta Dugiorni", er lächelte still, weil er nun dieses hübsche Ding vor sich sah und den Klang ihres Namens genoss, „wollte den Anschlag auf mich untersuchen und ist dabei auf eine andere Ausgangsposition – Sfarzi nannte es Variante – gekommen als ich. Das war's wohl, was sie ein paar Mal zu schildern versuchte."

„Und woran ist es gescheitert?"

„An Collasso, Vio und der neuen Espressotasse."

„... und dieser Sottotenente, vermute ich. Das wären dann ja auch zwei Frauen auf einmal um dich herum. Ziemlich viel für dich."

Nun lachte sie, nahm die geöffnete Weinflasche vom Tisch und goss ihm und sich ein Glas ein. Dabei fiel die lange, lässig übergeworfene Bluse zur Seite und gab ihre nackten Schenkel frei, während er sich in das Sofa fallen ließ. Wieder dachte er an Mallorca und an den allerersten Morgen, den sie miteinander verbracht hatten. Da hatte sie allerdings *nur* diese Bluse an.

„Ist sie hübsch?"

„Vio?"

„Nein! Quatsch! Von der weiß ich es ja. Ich meine die andere Signora?"

Berlingui nahm sein Glas, drehte es am Stiel mit seinen Fingern hin und her und sah ihre gebräunte Haut und dann mit schmalen, prüfenden Augen in das Glas. Der Rotwein darin verströmte einen angenehmen Duft.

„Sie könnte Alessias Zwillingsschwester sein."

„Dann ist sie es. Hübsch, meine ich. Hoffentlich auch zu jung", lächelte sie vielsagend, „und was hat Benito zu allem gesagt?"

„Siehst du, das ist es! Auch er hat nichts rausgelassen. Ich weiß nicht, was ich davon halten soll. Wenn wir in den letzten Monaten Kontakt hatten, hatte er ja auch nie viel gesagt, außer alles würde laufen und nähme seinen Gang. Vielleicht hat er sich nicht getraut mit der Wahrheit herauszurücken. – Ich hoffe, es noch zu erfahren."

Carla trank einen kräftigen Schluck, stellte das Glas ab und robbte auf ihn zu.

„Du solltest dir nicht zu viele Gedanken machen. Dass du jetzt wieder mitmischen darfst, ist nach allem Wunder genug. Gäbe es also dramatische Entwicklungen, hätten Benito oder gar Sfarzi dich längst damit konfrontiert. Und – demnach ist auch nichts besonders Aufregendes passiert. Außer der hübschen neuen Kollegin, die sie dir zur Seite gestellt haben."

„Trotzdem, wenn ich jetzt darüber nachdenke, muss ich tatsächlich etwas übersehen oder mich zu sehr eingelullt haben. Signora Gibellato, immerhin eine Contessa, wusste genau, was für einen Spielchen sie trieb. Und irgendeiner von denen auf meiner Liste hat einen ganz schön dicken Hals bekommen. – Jetzt würde ich nur noch gerne wissen, warum."

Sie war inzwischen mit einer Hand vom Gürtel aufwärts auf Höhe seines Brustkorbs angekommen und glitt über die Knopfleiste des Hemds. Der Commissario trank sein Glas in einem Zug leer, deponierte es unter sich auf dem Teppich und verfolgte ihre Hand. Schon waren die oberen Knöpfe offen und Carlas Finger unter dem Stoff verschwunden.

„Du wirst sehen", behauptete sie, „morgen kommen sie mit ihren Aktenordnern, all dem Aufgeschriebenen, den Sachen, die sie herausgefunden haben, und den ganzen Notizen dazu und halten ein Referat darüber. Danach wirst du stolz auf sie sein ..."

„... oder auch nicht."

„Doch! Weil sie *deinen* Fall für *dich* haben lösen können. Und somit ganz in deinem Sinne."

„Was ich gehört habe, klang nicht immer ganz danach."

„Wovor hast du Angst?" Carla zuckte zurück.

„Dass sie etwas herausgefunden haben, was mir eine Illusion nehmen könnte."

„Illusion?"

„Die Illusion in diesem ..." Berlingui wedelte mit einer Hand in der Luft herum und suchte nach dem passenden Wort: „... bisweilen schmierigen Fall, von jemandem eine ehrliche Aussage gehört zu haben, die derjenigen am Ende, die sie gemacht hatte, das Leben gekostet hat. Das erzeugt das Gefühl einer gewissen Mitschuld meinerseits."

„Du kannst nach wie vor davon ausgehen, dass sie keinen anderen Ausweg für sich gesehen hatte, als jenen, den du vorgefunden hast."

„Ich finde auch, *diese* Variante hätte etwas Heroisches gehabt."

„Vielleicht werden sie dir stattdessen sogar eine ganz banale und von maßlosem Egoismus geprägte präsentieren müssen. Eine, in der alle Beteiligten in allen anderen Widersacher sehen."

„So klang es zwischen den Zeilen."

Das klang nicht wehleidig, sondern eher wie ein enttäuschtes Seufzen.

11. Oktober, 8 Uhr 25

Der Tisch war mit Papieren, Fotos und geöffneten Ordnern zugepflastert. Dazwischen standen Gläser voll Wasser, halb geleerte Espressotassen und angebissene Tramezzini. Seine dick mit Ei und Schinken belegt, ihre mit Tomaten und Rucola. Er registrierte es nebenbei. Berlingui beugte sich über das Sammelsurium und schien kaum etwas zu verstehen. Zumindest, wenn man seinem Blick Glauben schenken wollte. Manches Blatt hob er mit spitzen Fingern an, als würde sich darunter eine ekelige Spinne verbergen. Irgendwo mittendrin tauchten zwischen den ganzen fremden Schriften plötzlich seine alten Berichte und Notizen auf. Ein paar, die er sofort wiedererkannte, zog er hervor und betrachtete sie, als könne er sich nicht mal mehr daran erinnern, sie verfasst zu haben.

„Ich wurde stutzig, als ich Ihre Unterlagen über den *Stipo*, diesen Schubladensekretär las", begann sie: „Sie wissen sicher, welchen ich meine. Seine Schubladenfronten sind mit erotischen Bildern verziert. Ich habe mir sagen lassen, dass das für ein Möbelstück aus dieser Zeit nicht unbedingt ungewöhnlich ist. Aber mir kam es seltsam vor, dass es als Geschenk von Signor Tomè dort in der Wohnung stehen durfte."

„Das hatte mich auch gewundert, aber sie meinte ja, Gibellato wäre meist für Wochen, ja, Monate nicht in dieser Wohnung."

„Trotzdem gab es, laut Ihren Notizen, nicht einen *Kommentar* von ihm. Ich fragte mich, wer duldet ein solches Geschenk in seiner Wohnung? Ein Geschenk, das offenbart, was normalerweise ein Geheimnis bleibt. Ich fand das sonderbar genug und wurde neugierig."
Berlingui sah auf und schaute Loretta Dugiorni mit hochgezogenen Augenbrauen an, heute nur in schwarzer Jeans und hellblauer Bluse, was sie weniger streng, dafür weiblicher erscheinen ließ, dann aus dem Fenster hinaus. Von hier sah er damals zum ersten Mal dieses verfluchte gelbe Motorrad. Loretta fuhr fort:

„Sie konnten es nicht gewusst haben, *signor commissario,* diese Wohnung hatte Tomè zwei Jahre zuvor der Signora Gibellato gekauft. – Es war also gar nicht Gibellatos Wohnung, wie sie behauptete. Nie! Wäre das

Attentat nicht gewesen, hätten Sie es sicher am nächsten Tag herausgefunden. Aber es kam leider ..."

Die Sottotenente machte eine Pause. *Sie hätten es sicher herausgefunden.* Dieses Detail war damals ihr erster Punktsieg, doch den Gewinn gab sie nun an ihn weiter. Jedoch ohne Triumph in ihrem Blick oder ihrer Stimme. Sie strich sich die Haare aus der Stirn und ergänzte:

„Ab da wollte ich wissen, wie die ganzen Dinge noch zusammenhängen könnten, und stellte mir die gewagte Frage: Wie wäre es, wenn nun noch herauskäme, dass der Initiator der Morde auf dem *Prato della Valle*, nicht Gibellato, sondern Flaviano Tomè wäre?"

Nun musste Berlingui doch laut Luft holen, einem ungläubigen Stöhnen gleich. Anschließend kratzte er sich am Kopf, schüttelte ihn und meinte:

„Dann müsste Tiziana ... ich meine, Signora Gibellato, ja nahezu über all die anderen Vorgänge auch Bescheid gewusst haben und wie wollte sie gegenüber Vio, ihrer angeblich besten Freundin, zudem eine Journalistin, schon allein das mit der Wohnung verheimlichen?" Berlinguis Stimme war aufgeregt: „Dass sie mir das mit der Wohnung verschwiegen haben soll, wäre verdächtig genug gewesen. Denn sie musste davon ausgehen, dass ich es erfahren würde."

„Davon war ich anfangs auch ausgegangen, aber ich glaube, ihre Pläne waren in ganz anderer Richtung weit gediehen, da spielte das nur eine untergeordnete Rolle."

„Und der Grund für den Anschlag auf mich?" Berlingui ließ nicht locker: „Er hätte deshalb dann erst recht mit ihr in Verbindung gebracht werden können. Überhaupt, vielleicht, weil auch irgendwelche versteckten Kameras kompromittierendes Material aufgezeichnet haben. Oder sie zu diesem Zeitpunkt eben längst wusste, dass mein letztes Stündlein geschlagen hatte."

„Nein, der Grund dafür liegt ganz woanders begraben: Sie hat die Situation beider Firmen ganz egoistisch für sich ausgenutzt. Dass Sie das mit der Wohnung erfahren hätten, wusste sie natürlich. Dafür gibt es in meinen Augen allerdings nur eine Erklärung. Aber eins nach dem anderen. Die Sache begann vor vielen Jahren und ist in ihrer Entstehung schrecklich banal."

„Klingt wie aus einem Roman über ein Leben voller Lug und Trug", erwiderte der Commissario immer noch ein wenig unwirsch und mit hochgezogenen Augenbrauen.

„Genau diese beiden Bestandteile kamen erst viel später hinzu. Vorher waren es Neid, Selbstüberschätzung und eine Art Verfolgungswahn."
Loretta Dugiorni schaute auf, wusste um den entscheidenden Moment und schlug eine Mappe auf. Aus dieser zog sie ein paar Dokumente heraus und legte sie vor Berlingui ab.

„Die beiden, also Gibellato und Tomè, kennen sich, im Gegensatz zu dem, was man in der Presse über sie lesen kann, schon seit Jahrzehnten. Tomè war damals gerade elf oder zwölf. Sein Vater war vor und während des Zweiten Weltkrieges Kommandant des kleinen Flugfeldes bei Albignasego und Flaviano Gibellato sollte Karriere machen. Sein Vater arrangierte diese, indem er dafür sorgte, dass er dort eine frühe, militärische Laufbahn einschlug, ohne an die Front zu müssen ..."
Die Augenbrauen des Commissarios hingen immer noch sehr weit oben in seiner Stirn. Doch die Skepsis war einer Neugier gewichen. Auch war ihm nicht entgangen, dass diese junge und zudem überaus hübsche Sottotenente ihre innere Aufregung nicht ganz verbergen konnte. Immer wieder schob sie die an der Seite herabfallenden Haare aus dem Gesicht und ihre Mund-

winkel zuckten dabei. Ihre Stimme, ihre Art der Schilderung ließen aber keinen Zweifel an ihrer Überzeugung bezüglich ihrer Ergebnisse zu.

Die nächste Stunde berichtete die Sottotenente deshalb nun ungestört von zwei Leben, die Berlingui nicht nur an schlechte Romane, sondern an manche Soap-Opera aus dem Fernsehen erinnerte. Diese schienen ihm belanglos, bis er von deren beruflichen Parallelen nach dem Krieg erfuhr.

„Woher wissen Sie das alles?", unterbrach er sie dann, sein Ton nun merklich milder: „In meinen Aufzeichnungen konnten Sie das leider nicht gefunden haben?!"

„Ich habe in den alten Kladden von Flaviano Gibellato rumgewühlt, nachdem ich davon ausgehen konnte, dass alles eine Vorgeschichte hatte."

„Er hat Tagebuch geschrieben?"

„Man könnte sogar sagen, minutiös."

„Auch davon hatte seine Frau nichts erzählt."

„Warum sollte sie davon auch etwas wissen? Mein Tagebuch gebe ich auch nicht aus der Hand. Sie hat stattdessen ganz andere Dinge getan, damit sie für ihr Vorhaben Zeit gewinnen würde. Sie kannte Gibellato und Tomè ja allzu gut."

„Sie meinen, sie wusste trotzdem genug von deren Projekten, Vorhaben und was weiß ich, und hatte ursprünglich etwas ganz anderes vor als diesen ... Freitod?!" Dem Commissario war nach wie vor die heroischere Variante lieber als das Wort Selbstmord. Die Sottotenente nickte.

„Warum dann diese Sache mit einem Termin mit mir? Wenn sie untertauchen oder gar abreisen wollte, hätte sie doch gehen können?", seine nächste Frage.

„Ich gehe davon aus, dass sie sich von jeglicher Mitschuld distanzieren wollte. Mit einer weißen Weste reist es sich besser. Der Krieg zwischen den beiden Männern drohte sich auch auf sie auszuweiten. Auf ihre Empfindungen, diese Liebe zu Tomè, die sie mittlerweile betrogen sah, und auf ihre Unabhängigkeit. Also erfand sie eine Legende. – Auch für sich."

„Eine Legende nennen Sie das."

Er kratzte sich am Kopf und versuchte sich in seinen Erinnerungen diesen Nachmittag mit der Contessa zurückzuholen und fragte:

„Die Geschichte, die sie mir aufgetischt hat, überzeugte sie also nicht?"

„*Dieser* Geschichte bin ich nicht begegnet. Ich bin davon überzeugt, dass sie hier so gut aufräumen wollte, damit sie woanders, sehr weit weg, noch einige Jahre in Ruhe leben konnte, so unbescholten wie möglich. Mit der weißen Weste, von der ich gesprochen habe."

„Unbescholten. Bei dem, was sie Ihrer Meinung nach alles organisiert, in die Wege geleitet und manipuliert hat – vorsichtig gesagt."

„Sie hatte vielleicht nicht von allen Geschäftsvorgängen genaue Kenntnis gehabt, hat aber ihre Mitwirkung im Laufe der Zeit im Hintergrund immer stärker werden lassen."

„Aber sie war doch gar nicht an Gibellatos Firma beteiligt?!"

„Wir glauben doch. Benito und ich haben dazu ein paar Dinge, vor allem Überweisungen und Kontoauszüge, gefunden, die auf genau das schließen lassen."

„Nun, sie war natürlich nicht mittellos. Ihre Familie, die Di Marchios, ist keine kleine Nummer, wenn es um Geschäfte geht, die Geld bringen. Und sie mischen mit stiller Hand bei allem mit. Darüber spricht man in unserer Gegend nicht nur hinter vorgehaltener Hand. Könnte also Geld von ihrem Vater gewesen sein."

Die Sottotenente schüttelte den Kopf.

„In *dieser* Hinsicht leider keine Beweise. Er hat sich, so denken wir, in ganz andere Dinge eingemischt. Dazu aber später. – Was wir zum Beispiel stattdessen gefunden haben, sind Unterlagen bezüglich Preisabsprachen und häufig manipulierte Ausschreibungen, die zunächst so lange hin und her geschickt wurden, bis die Konkurrenz kein Interesse mehr haben würde."

„Also nur von einem der beiden angenommen werden konnten, beziehungsweise sollten."

„So sehe ich das", nickte die Sottotenente.

„Da solche Details vor allem auf behördlicher Seite bekannt sind, müsste es dort Mitspieler gegeben haben. Sowohl in der Verwaltung als auch weiter oben."

„Auch da gebe ich Ihnen recht. Aber es kann natürlich auch jemand sein, der die Papiere schon vorher bekommt. Jemand in den Gremien, in den Ämtern, die für die Planung zuständig sind oder in den Organen, die das beschließen."

„Sie sagten, Tomè sei der Initiator der Anschläge gewesen? Das will auch noch nicht in meinen Kopf. Tiziana sah ihn durchweg als Opfer, das von ihrem Mann finanziell abhängig gemacht wurde."

„Beide waren aufgrund der schlechten Zahlungsmoral der Auftraggeber angeschlagen. Sie hatten sich beide viel zu direkt in die Projekte begeben. Sie wollten alles sein. Planer, Bauherr, Bauausführer. Das hat immer mehr zu Problemen geführt. Erst sprang Tomè mit seiner Firma mit der Zurverfügungstellung von Maschinen ein, dann half er mit seinen Leistungen, Bauarbeitern und so weiter, später auch mit Geld. Er war bilanziell jedoch nur die viel kleinere Firma, daher schlug Gibellato zum Schluss eine Fusionierung vor, allerdings unter der Führung seiner Firma."

„Endlich mal ein Detail, das sie mir auch erzählt hat", seufzte der Commissario.

53

„Aber Gibellatos Firma war inzwischen alles andere als gesund. Und – er wollte seine Frau zurück. Denn sollte es zu einer Scheidung kommen, würde diese für ihn teuer werden. Dazu kam, irgendwann würden der Contessa Erbschaften aus ihrer Familie zustehen, bei einer Scheidung würde er leer ausgehen. – Ihre Eltern waren hoch in den achtzig, ein Bruder verstorben und der andere ein glückloser Hallodri. Damit war also inzwischen zu rechnen."

„Auch davon hat sie mir nichts erzählt", erwiderte Berlingui und kratzte sich ein weiteres Mal nachdenklich am Kopf, „wir waren lediglich auf schlechten Beton gestoßen, der Blasen produzierte und auf Arbeiter, die zwischen den Firmen hin und her getauscht wurden."

„Und von denen alle gemeldet waren. Die fünf anderen Opfer waren womöglich nie auf einer Baustelle."

„Warum der Anschlag auf mich?"

„Damit haben überraschenderweise beide nichts zu tun. Aber er war so organisiert, dass er Gibellato hätte in die Schuhe geschoben werden können."

„Wie bitte?"

„*Ecco lei!* Hier! Sehen Sie! In diesem Umschlag steckten zum Beispiel diese Dokumente."

„Der Absender ist das Büro des Senators!", seine verblüffte Reaktion.

„Ein Irrläufer, der an die falsche Adresse versandt wurde. – Als wir nachfragten."

„Ich hatte gehofft ..."

„... nicht zu Unrecht. Es gibt zwei weitere. Allerdings fehlen auch hier Begleitschreiben und man versicherte mir dort, dass es vollkommen unerklärlich sei, warum diese Sendungen vom Bauamt statt bei Gibellato jedes Mal in ihrem Büro landen würden. Als ich fragte, welchen Einfluss das haben könnte, erhielt ich nur ein seichtes Lächeln: *Keinen! Wo denken Sie hin?*"

Berlingui schüttelte den Kopf. Solch eine Reaktion des Büros war leider vorhersehbar, aber Collasso und er waren nicht mal ansatzweise so weit in ihren Nachforschungen vorgedrungen wie diese selbstbewusste, gut aussehende und ehrgeizige *ragazza*. Sie war wirklich in Ordnung und er irgendwas zwischen eifersüchtig und neidisch. Er brauchte dringend Ablenkung.

„Gehen Sie mit mir essen? Im *Caffè Zabarella* gibt es originelle kleine Speisen. Kommen Sie, ich lade Sie ein!"

11. Oktober, 11 Uhr 35

„Und die blauen Haare wegen des Meers also." Berlingui rollte eine Scheibe Speck seines *Speck e Stracchino su Valeriana* um die Gabelspitzen und deutete mit deren anderen Ende gleichzeitig auf ihren Kopf, während Loretta wohlwollend ihre Wahl *Riso in Vino Bianco e Verdure Vapone* betrachtete. Abwartend und kauend musterte er sie derweil.

„Ja!", erwiderte sie fest, „und ich wollte wissen, wie sich mein Schwager fühlt, wenn Finger auf einen zeigen oder getuschelt wird."

„Ihr Schwager? Warum? Was ist mit ihm?"

„Er kommt aus Äthiopien." Loretta machte eine Pause: „Andererseits wollte ich noch nie mit der Masse mitschwimmen. Sonst wäre ich sicher etwas anderes geworden als – Polizistin."

„Eine ambitionierte Lebenseinstellung."

„Eine, die vor allem neugierig macht."

„Sie essen kein Fleisch", stellte er fest.

„Zunächst Neugier, dann eine Lebenseinstellung."

„Und wie kommt man auf Koreanisch?"

Berlingui schielte sie über den Rand seines Glases an. Er musste zugeben, dass ihn diese junge Frau bereits nach kaum vier Stunden faszinierte.

„Nach dem *Liceo* haben wir uns über unsere Wünsche unterhalten und wie wir unsere Zukunft gestalten könnten. Die meisten wollten sofort in einen Beruf. Auch dafür gibt es gute Gründe. Aber eine Freundin und ich haben beschlossen, uns das Leben anzugucken. Die größte Herausforderung im Leben ist nämlich das Leben selber. Wir haben es zwar jeden Tag, aber das allermeiste geschieht aus Verpflichtungen, die Ihnen auferlegt werden."

„Ich habe sie freiwillig gesucht", erwiderte der Commissario nachdenklich.

„Das ist bei mir nicht anders, aber ich wollte wenigstens vorher einmal den Blick und die Perspektiven darauf verschieben. Und mir war nichts fremder als dieser Ferne Osten. Ich kannte aus Büchern und dem Internet dort nur fröhliche Gesichter. Dieser Wahrheit wollte ich so intensiv wie möglich nachgehen. So war ich mehrere Wochen dort unten unterwegs. Auch in Korea. Deshalb Koreanisch. Vor Ort habe ich es leider selten anwenden können, in den Städten spricht man genauso häufig Englisch wie in China, aber es hilft – wie soll ich sagen – Beziehungen und Freundschaften zu knüpfen oder zu vertiefen."

„Die Sie immer noch haben? Es liegen ja immerhin ein paar Tausend Kilometer dazwischen."

„Eine meiner besten Freundinnen habe ich auf diese Weise kennengelernt."

„Ich weiß nicht, was ich davon halten soll." Kaum hatte er den Satz ausgesprochen, verzog er das Gesicht und wurde rot, weil er merkte, dass sie ihn nun falsch verstehen würde. Statt aus dem bereits wieder erhobenen Glas einen Schluck zu trinken, schob er deshalb schnell hinterher: „Ich meine, von meinem Fall, so wie er sich nun darstellt. Wir haben demnach an den vollkommen falschen Enden die Sache verfolgt. Waren also Dilettanten."

Die Sottotenente schaute lächelnd auf.

„Sie hatten nichts, außer den Leichen. Ich hatte alles. Papiere, Ihre Notizen, Aussagen, Dokumente, zweifelhafte Begegnungen. Ein unfairer Vorteil in diesem Zusammenhang. Ich bekam die Aufgabe, einen Bericht daraus zu machen und wusste nicht, was danach mit mir geschehen würde. Also ließ ich mir Zeit."

„Eine clevere Vorgehensweise, wie sich nun herausgestellt hat. Können wir etwas für Ihre Karriere tun?"

„Ich habe eine Versetzung nach Padua beantragt."

„Die Carabinieri tun sich immer schwer mit solchen Dingen. Ihre Welt funktioniert anders und die Ausbildung hat deshalb einen abweichenden Fokus."

„Sie brauchen vor allem Zeit. So lange bleibe ich auf jeden Fall hier. Und ich bin hier unabkömmlich, wurde mir bestätigt."

Ihr Lächeln war eine Sekunde zu lang und Berlingui verschluckte sich.

„Und auf unseren Beton sind Sie nicht gestoßen?", lenkte er hüstelnd ab.

„Das war der erste Dominostein, ab da ging es nur noch um Vertuschung. Beide machten sich gegenseitig dafür verantwortlich, bis ein neuer Finanzier dazukam, der allerdings nur mit Gibellato Kontakt aufnahm. Er steckte am tiefsten in dem Dilemma. Ein Deutscher, Franz-Herbert Korte, der nach dem Verkauf seiner Firma ein paar Millionen übrig hatte und glaubte, nun berühmt zu werden. Vorher hatte er Würstchen hergestellt und verkauft, sogar mit eigenen Verkaufswagen. Auf Deutsch sagt man Würstchenbude dazu, *bancarella delle salsicce*. Dieser etwas windige Finanzier wurde zum zweiten Dominostein und dann war die Katastrophe nicht mehr aufzuhalten."

„Er stieg aus, weil er sah, was da lief und wollte auch sein Geld wiederhaben", folgerte der Commissario.

„Er hatte bereits in den Bau investiert, und zwar so, wie es auch vertraglich ausgemacht war. In eine bewirtschaftete Lounge mit individuellem Zuschnitt für VIPs. Nichts Ungewöhnliches bis hierhin. War eine Idee seiner Frau. Die ist um einiges jünger als er. Ein sogenanntes Covergirl. Hatte sogar ihren Namen geändert, damit Aussehen und Name zusammenpassten. Sie dachte bestimmt, wenn der Verein mal in der ersten Liga spielt, dann kommen auch die wichtigen Leute und wollen hofiert werden." Loretta lachte in sich hinein. „Keine Ahnung. Vielleicht dachte sie dabei an sich selber. Um weitere Verbindungen herzustellen."

„Noch eine, die sich damit wichtigmachen konnte. Die High Society ernährt sich vornehmlich untereinander. Was ging daneben?"

„Eine Weiterverwendung dieser Lounges durch andere wäre schwierig geworden. Die Vorstellungen über die Ausstattung, beziehungsweise die Integration in die Architektur gingen auseinander. Der Verein dachte in dieser Hinsicht realistischer als andere Beteiligte."

„Und dieser Korte sah seine Felle davonschwimmen und dachte, dann halt ohne mich", resümierte der Commissario.

„Genau! Er hatte in den Vertrag dafür eine Ausstiegsklausel einbauen lassen. Soviel wusste er aus früheren Zeiten: Falls ein Geschäft ganz schlecht läuft und man denken könnte, es würde alles dafür getan werden, es zu verschleiern, will der eine oder andere Vertragspartner sich mit einer Unterschrift absichern und reinwaschen können."

„... und die anderen haben diese Klausel überlesen?"

„Wir denken eher, dass sie seine *furbizia*, seine Bauernschläue, unterschätzt haben."

„Unterschriften. Die übelsten Herrscher haben nicht nur Leid, sondern auch jede Menge Unterschriften hinterlassen", sinnierte Berlingui. „Ganze Mappen sind voll von Unterschriften und können eingesehen werden. Geschichte wäre sonst nicht nachvollziehbar. Was die dadurch erzählen kann, füllt unsere Schulbücher."

„Und bisweilen die Gefängnisse."

„Wen stecken wir da nun hinein?"

„Fast alle Verantwortlichen sind nicht mehr am Leben. Nun gibt es noch jemanden in den Behörden und einen dritten, nämlich den, der den Beton geliefert hat. – Und das ist ein alter Bekannter von Tomè gewesen. Zusammen mit ihm hat er ein Kaufhaus mitten in Padua vor vielen Jahren renoviert."

„Das *Rinascente*?"

„Ja. Aber da war noch alles in Ordnung. Aber unmittelbar danach versuchte diese Firma bei den vielen anstehenden Bauprojekten in der Region Venetien ein Wörtchen mitzureden. Und das brachte Tomè und diesen Lieferanten zusammen."

„Und die Katastrophe nahm ihren Lauf."

„Nicht sofort. Einige Projekte funktionierten. Es gab städtische Aufträge bezüglich Sanierungen und Instandsetzungen, die unauffällig vonstattengingen."

„Aber?"

„Sie kamen nicht mehr an Gibellatos Firma vorbei. Er spielte überall mit, redete rein, machte sich breit. Er hatte einfach ein zu gewichtiges Wort in der Region."

„Auch ohne Auftrag oder Beteiligung oder wie wir es nennen wollen?"

„Er hatte Leute, die beschäftigt werden mussten und die die anderen brauchen konnten."

„Denen haben sie dann die Sache mit dem Beton in die Schuhe schieben wollen."

„So in etwa."

„Ziemlich plump, wenn man es recht bedenkt."

„Und schlecht zu vermitteln, wenn man niemanden hat, der es an die richtigen Stellen weiterträgt, oder es publik machen kann."

„Dennoch gab es Lose, die nachweislich mit schlechtem Beton hochgezogen wurden. Das wussten wir."

„Ja, die Sache mit der Blechschachtel, dieser Geldkassette. Benito erzählte mir davon."

„Und derjenige, der meinte, mit dieser Kassette eine Nachricht weiterzugeben, hat auch die Schwarzafrikaner auf dem Gewissen."

„Nein, der oder die das gemacht haben, haben nur einen Auftrag ausgeführt. Die haben keine Nachricht weitergegeben."

„*Va bene,* ich meine ja auch im Auftrag. Von den beiden – Tomè oder Gibellato – hat sich keiner die Hände schmutzig gemacht."

„Das ist es ja! Gibellato spielt in diesem Fall keine Rolle. Tomè und die andere Firma versuchten Gibellato mit einem blutigen Komplott unter Druck zu setzen. Sie hatten von seinem Diktat die Nase voll. Daher nutzten sie sein populistisches Auftreten, seine Großmannssucht und konstruierten eine politisch ausnutzbare Situation, indem sie drei seiner Männer, die manchmal auch für Tomè arbeiteten, ausschalten wollten. – Der Mann, den sie dafür anheuerten, sollte etwas Großes daraus machen, etwas, das dann auch politisch seine Wirkung haben würde, etwas, was die Rechten auszuschlachten wüssten, so denke ich. Damit wollten sie ihn bloßstellen. Die Ideen dazu fanden wir nach und nach in den Papieren. Nur den Namen des schlussendlichen Drahtziehers nicht."

„Das ist also die Lücke in euren Untersuchungen, die ihr noch nicht schließen konntet. Dieser Mann fehlt", stellte Berlingui fest, ohne damit einen Vorwurf zu verbinden. Im Gegenteil. Anerkennend verzog er das Gesicht, am liebsten hätte er ihr auf die Schulter geklopft, wusste aber um diese gönnerhaft wirkende Geste, und fügte deshalb lediglich hinzu:

„Ihr habt wirklich hervorragende Arbeit geleistet. Jetzt brauchen wir nur noch Schriftstücke, die der andere unterschrieben hat."

„*È giusto!* Denn bis jetzt glauben wir nur den zu kennen, der mit einem Unimog diesen Fiat auf den *Prato* gezogen hatte. – Es ist der, den wir hinter dem *Duomo* gefunden haben."

11. Oktober, fast Mitternacht

„Muss ich mir Gedanken machen?", fragte Carla und lehnte sich gegen den Türrahmen des Wohnzimmers. Was er zu sehen bekam, ließ nahezu nur eine Antwort zu: *Warum hast du noch die zwei Kleidungsstücke an?* Denn außer dem schwarzen, schleierdünnen Negligé und einem kleinen schwarzen Slip à la Tiziana darunter, war nichts auf ihrem Körper zu sehen. Nur noch ein Glas in der Hand, in dem dieses Mal ein weißer Wein funkelte. Er ging auf sie zu, griff mit der rechten Hand nach dem Glas und mit der linken zu ihrem Po, den er sanft kniff. Nachdem er einen Schluck getrunken hatte, meinte er:

„Sie ist hervorragend", dann, nach einer lächelnden Pause, „als Polizistin."

„Und hübsch! – Hast du vergessen zu sagen."

„Ohne Zweifel", erwiderte er.

Carla drehte sich unter der streichelnden Hand auf ihrem Po hin und her und schaffte es dadurch, dass der Stoff des kleinen Kleides nach oben rutschte und seine Hand darunter.

„Aber du meintest deinen Po, oder?", fragte Berlingui grinsend und trank noch einen Schluck des kalten Weines. Anschließend ließ er sie los und gab ihr das Glas zurück, während er seine Jacke aufhängte.

„Sie hat absolut logisch und klar die Hintergründe meines Falls erkundet und eine, nein, ich glaube, *die* richtige Lösung zutage gefördert. Im Prinzip wissen wir sogar, wo wir den Drahtzieher des Anschlages finden, haben aber außer Indizien nicht einen Beweis. Aber das ist nur eine Frage der Zeit. Was sie und Benito herausgefunden haben, ist das, was ich gerade gesagt habe: Hervorragend!"

Mit diesen Worten fuhr er unter den dünnen, schwarzen Stoff an ihren Seiten hinauf. Carla schloss die Augen und genoss.

Wochen nach dem Attentat, stand er nur mit einer Sporthose bekleidet im Bad und schaute sich an. Betrachtete seine Narben. Die auf seinen Beinen ähnelten verheilenden Pocken. In ein paar weiteren Wochen wären sie sicher noch unscheinbarer. Dann fuhr er mit einem Finger der über seinen Bauch entlang. Sie glich einem mit falscher Erde zugeschütteten Graben. Blasse, faltige Haut am Rand begrenzte ein zwar schmales, aber violett-braunes Band in der Mitte. Die Kugel, die dies verursacht hatte, war die obersten zwei Zentimeter durch den Körper gefahren, bevor sie eine der Adern im Bein durchschlug. Piero war nicht unbedingt sportlich, aber stolz darauf, sich bisher mit seinem Körper an einem Strand nicht zu blamieren. Leise und verbittert schimpfte er vor sich hin.

Carla hatte dies alles durch den Spalt der nicht ganz geschlossenen Tür beobachtet und löste sich nun aus ihrem Versteck, trat hinter ihn und umarmte ihn. Sie küsste seine Schulterblätter und hielt seine Finger davon ab, in der Narbe herumzupiksen.

„In ein paar Wochen stört dich nur noch die Erinnerung daran. Sie wird so gut wie verschwunden sein. Am Strand erzählst du den Kindern abenteuerliche Geschichten über dein Leben als Pirat", tröstete sie ihn und streichelte seinen Bauch: „Mich stört sie nicht, ich brauche nur deine Augen. Den Blick, den sie seit Jahren immer noch haben, wenn du mich anschaust."
Dann schlüpfte sie mit beiden Händen unter den Stoff und wartete seine Reaktion ab. Er schien sich zu schämen, in seinen Augen Tränen. Er schluckte und wollte etwas entgegnen, stattdessen drehte er sich um.

„Hervorragend!", hauchte Carla jetzt, trank das Glas aus, legte es über sich auf das Regal der Garderobe neben eine Mütze und machte das Licht aus.

„Hervorragend!", wiederholte sie, schlüpfte nun aus dem Negligé heraus, gab ihm deswegen einen etwas verunglückten Kuss und nestelte nervös an Pieros Hosengürtel.

„Hervorragend! *Non c'è due senza tre!* Aller guten Dinge sind drei!", stellte sie etwas heiser selber fest und öffnete den Reißverschluss.

12. Oktober, 7 Uhr 55

Vor einer Stunde hatte es aufgehört zu regnen. Vor allerdings mehr als zwei war bereits der hintere Teil des Parkplatzes am Verteilerkreis an der *Via Rismondi* mit Sichtschutzwänden uneinsehbar gemacht worden. Jetzt

schien der Asphalt zu dampfen und im ersten Sonnen-
licht wie von Blattgold eingewickelt zu sein, passend
zur glänzenden Bronze der darüber wehenden Blätter
und den wie Silber glitzernden Gebäudekanten der
Fiera di Padova, während am rechten Horizont noch die
Welt unterzugehen schien. Welch ein Aufwand für das,
was der Sichtschutz verbarg. Ein Schwarm Tauben
flüchtete vor einer krakeelenden Horde Krähen, die zu
Unzeiten meinten, sie könnten mit ihren potenziellen
Opfern spielen. Drüben, am Verteiler und den Zubrin-
gerstraßen, hatte längst der Berufsverkehr begonnen
und damit der Kampf um eine freie Lücke, die einen
schneller nach vorne brachte. Nur damit man Minuten
später feststellen durfte, dass der dämliche schwarze
Audi-SUV an der Ampel plötzlich doch wieder neben
einem stand. An einer Handvoll darbender Bäume kleb-
ten noch ein paar Blätter wie schwarze Post-its. Der
Sommer war auch hier, wie überall, zu trocken und heiß
gewesen. An diesen vorbei versuchte der Wind einem
Basketballspieler gleich Fetzen von Plastiktüten über
die Absperr-Wände zu lupfen und damit einen Punktsieg zu erzielen. *Pallacanestro Petrarca Padova* gegen die
Harlem Globetrotters. 4. Liga gegen eine Legende. Wenn
Palla überhaupt noch in der vierten spielte. So oder so,
damit konnte man nicht punkten. Denn erst die dritte
landete im abgesperrten Feld und blieb genau auf dem
nicht ganz zugedeckten Kopf der heute Morgen gefun-
denen Leiche liegen. Eine aufgeplatzte Interspar. Vielleicht aus dem neuen Einkaufszentrum an der *Via Pon-
tevigodarzere*. Genau im Norden von hier. *Ben fornito
ma non nouvissimo*. Gut bestückt, aber nicht besonders
neu, hatte Chiara gesagt, die sich in solchen Sachen
auskannte. Collasso bückte sich, pflückte das dreckige
Stück vom Gesicht des Toten herunter und legte es

dadurch fast gänzlich frei. Genau in diesem Moment spürte er eine Hand auf seiner Schulter.

„Sie kommen immer erst dann, wenn es aufgehört hat zu regnen! *Dannazione!*" Er tat seinen Unmut vorwurfsvoll kund.

„Wann?"

Collasso erhob sich und schaute in den Himmel.

„Irgendwann heute Nacht."

„Scheiße! Weiß es Ricarda schon?"

„Ehrlich gesagt, wollte ich Ihnen das überlassen. – *Das* sollte sie vielleicht nicht von mir erfahren."

Der Commissario verzog das Gesicht. *Das* nach so einer Nacht. Hemmungslos und wild auf dem Sofa im Wohnzimmer. Was Collasso ihm dann am Telefon heute Morgen erzählte, war unglaublich, aber dann war er doch hellwach. Außer einem *Accetta!* kam nichts zurück.

„Aber Ravanelli und die Sottotenente kommen gleich, dann wissen wir wenigstens, *was* passiert ist."

Berlingui stutzte.

„Ich denke, er ist umgebracht worden, oder?" Berlingui tat erstaunt.

„Ich befürchte, nein. Man hat ihn in seinem Wagen gefunden. Der steht dort drüben. Als die Tür geöffnet wurde, fiel er heraus. – Ich habe die Leute wegen des Wetters zur Aussage auf die Wache in die *Via Goldoni* mitgehen lassen. Hier um die Ecke. Angestellte bei der Fiera. Sind natürlich vollkommen durch den Wind."

Doch noch Urlaubsmodus. Statt wie gewohnt sich beim Betreten des Tatorts umzuschauen, die Sachlage durch Sichtung zu klären und nach den ersten Erkenntnissen zu fragen, war er wie ein Kinobesucher hereinspaziert und hatte nur nach dem Wann gefragt und dabei schon Giuseppes alten Alfa übersehen. War es nicht das, was ihn früher auszeichnete? Nicht einmal hinuntergebeugt hatte er sich, um das Gesicht des Toten zu betrachten.

Denn in all den Jahren vor dem Anschlag hatte er schon öfter daraus manchen kleinen Hinweis auf diese Art herausgelesen, der ihn den einen, wenn auch kleinen, aber entscheidend schnellen Schritt vorwärtsgebracht hatte. So verkürzte sich häufig und viel zu flott der vermeintliche Vorsprung des Täters. Heute jedoch nicht. Der Commissario schüttelte den Kopf, zischte irgendeinen Fluch und kniete sich neben dem nun nicht mehr gänzlich zugedeckten Leichnam.

Er brauchte keine Sekunde, um Collasso zuzustimmen. Selbstmord. Die Waffe lag vermutlich noch im Alfa. Die Gefühle überwältigten ihn und er wendete sich ab, als er aufstand. Langsam ging er zu dem Wagen hinüber. Blickte in dessen Inneres, ohne es groß wahrzunehmen. Allein der Anblick hätte Übelkeit erzeugen müssen. Ebenso der Geruch nach rostigem und feuchtem Metall, den Blut erzeugt. Und das Bild, welches so ein Akt hinterlässt. Berlingui sah es und sah es wieder nicht. Er zog den Kopf zurück, legte die Arme auf das Wagendach und schaute darüber hinweg in Richtung *Via Jacobo D'Avanzo,* auf der sich der Autoverkehr mit einem Güterzug auf der parallelen Eisenbahnstrecke ein Wettrennen lieferte, das wiederum eher einem Boxenstopp glich.

„Er war ihr Freund", stellte Loretta wie vom Himmel gefallen hinter seinem Rücken fest. Nicht einfach so. Vier Worte. Mitfühlend. Warm. Trotzdem wendete er sich ihr nicht zu, sondern fixierte weiterhin den Stillstand keine 300 Meter vor sich. Er hatte sie nicht kommen hören. Weder den Wagen noch ihre Schritte. Sein nasses Gesicht musste sie nicht sehen.

„Der einzige, den ich je hatte. Bis zu dem Moment im Krankenhaus, als ich dachte, dass er mich besuchen würde. Regelmäßig. Und mich aufmuntern würde. – Aber er war nur einmal da. – Ein Mal! – Mit einem

Strauß Blumen." Er richtete sich auf und der Zug nahm Fahrt auf, zwischen den Waggons konnte er den immer noch stehenden Verkehr dahinter erkennen.

„Dann blieb er wie von der Bildfläche verschwunden. Sie dachten vorgestern Abend sicher, ich könnte Violetta nicht besonders gut leiden. Das stimmt nicht. Sie hat mir vor diesem Scheißanschlag etwas über ihn erzählt. Und ich hab' ihn im Krankenhaus damit konfrontiert – mit nur einem Satz: *Jetzt warst du also die letzten Monate investigativ für Gibellato unterwegs.* Er blieb für ein paar Sekunden stocksteif stehen, legte den Strauß aufs Bett und verschwand. Ich wollte es nicht wahrhaben – all die ..." Nun drehte er sich doch um und in der nächsten Sekunde hielt er den Atem an.

Zuerst sah er die Schuhe. Dockers. Schwarze halbhohe Stiefel mit dicker Sohle. Schwarze Jeans in diesem neuen Look mit Rissen. Schwarze Bluse oder Hemd. Schwarzer Pullover mit weißem V-Ausschnitt. Darüber schwarze Lederjacke, wie sie Motorradfahrer tragen. Nur die Fransen fehlten. Alles schwarz wie Carlas wenige Kleider gestern Abend. Dazu dunkel geschminkte Lippen und Augen. Und dann diese blauen Haare. Doch nicht die Zwillingsschwester von Alessia. Trotzdem perfekt. Und noch sanftmütiger ihr Blick.

„Entschuldigen Sie, aber ich ...", hüstelte er und wusste sofort, er wäre wieder ins Stottern gekommen, wenn er nun auf ihr Aussehen reagieren würde. Sicher hätte er irgendetwas Dümmliches über Hubschrauberfliegen oder -einsätze gefaselt, doch Signora Dugiorni sprang ihm bei.

„Ich will nicht die ganze Zeit in Uniform herumlaufen und es ist nicht besonders viel, was ich in Schwarz habe. – Das mit Ihrem Freund tut mir so leid."
Er glaubte es ihr. Dieses sanfte Lächeln war zu ehrlich. In anderen Zusammenhängen hätte es auch als Ausrede

einer Jugendlichen gegenüber dem Vater seine Wirkung hinterlassen.

„Ich danke Ihnen, aber seine Frau hat Beileid noch nötiger", war alles, was er erwidern konnte.

Über ihre Schulter sah er Ravanelli, Collasso und eine Handvoll Polizisten Mandronis Leichnam untersuchen. Ravanelli schüttelte den Kopf und wischte sich mit einem Arm über die Stirn. Auch er wirkte angeschlagen. Dann sah er zu Berlingui hinüber, der den Blick als Aufforderung sah, einen Schritt nach vorne machte, dabei kurz der Sottotenente in die Augen sah, zu lächeln versuchte, sie sanft am Oberarm fasste und bedeutete, mitzukommen.

„Ich freu mich, dass Sie zu uns gestoßen sind. Ich wollte es gestern schon sagen. Willkommen im Team. Ich meine das ganz ehrlich. Auch wenn es dafür bessere Momente gäbe."

Signora Dugiorni kämmte sich mit einem Finger die Haare hinter die Ohren, ihren dankbaren Augenaufschlag sah er nicht mehr. Stattdessen war Ravanelli aufgestanden und reichte ihm die Hand.

„Ein hartes Jahr für dich", stellte dieser fest.

„Eher für seine Frau. – Ich war nur sein Freund. Was mich angeht, habe ich ihn wohl schon vor Monaten verloren. – Nun er sein Leben. – Ich habe meines noch."

Es klang unvermutet neutral, ja, nahezu hart. Ravanelli klopfte ihm leicht auf die Schulter und schnaufte, statt irgendeinen anderen Trost auszusprechen. Dann:

„Klarer Selbstmord. Durch den Mund leicht schräg ins Hirn. Vollkommen schmerzlos. Kostet nur Überwindung. – Oder ist der Preis einer unglaublichen Portion Verzweiflung. Weißt du schon was?"

„Nein! Ich ahne nur was. Und wenn das stimmt ..."

Der Commissario verzog das Gesicht und schaute den Ispettore und Loretta an.

„Mach dich ran! Du willst es doch auch wissen! –
Oder?", entgegnete Ravanelli bestimmt und sah nacheinander alle drei an. Dann fügte er wie beiläufig hinzu:
„Ich brauche noch die Tatwaffe."

„Wahrscheinlich im Wagen", erwiderte Collasso
auch für die anderen, „vielleicht unter die Sitze geschleudert."
Ravanelli grinste, als hätte er es mit Anfängern zu tun,
zog sich Baumwollhandschuhe über und ging zum Alfa.
Keine Minute später kehrte er zu dem unverändert stehenden Trio zurück, hob eine Hand hoch, einen Finger
dabei durch den Abzugsring der Pistole geschoben.

„Eine Glock 17. 9 mm Parabellum. Mit Kompensator,
was die Art der Schmauchspuren erklärt. Wird von
weiß Gott wie vielen Polizeibehörden in Europa benutzt. Kommt man leicht ran. – Sehr präzise und zuverlässige Waffe. – In diesem Fall leider."
Jetzt versenkte er das Teil in einen Zipp-Beutel.

„Begleitet ihr mich zu Ricarda?", fragte Berlingui
seine Begleiter. Es war kein Seufzen damit verbunden.

„Mit so einem Großaufgebot?", kam von Collasso.

„Ich glaub, so kann ich mich nicht ...", von Loretta.

„Beide!", vom Commissario, dann drehte er sich um.

„Ihr könnt ja im Auto sitzen oder vorne an der
Straße stehen bleiben. Ich möchte nur nicht alleine klingeln müssen", sagte er den beiden über die Schulter.

12. Oktober, 9 Uhr 50

Der Finger war noch auf dem Klingelknopf, als sich die
Tür bereits öffnete. Sie hatte ihn durch den kleinen
Spion kommen sehen. Berlingui erwartete Ricarda im
üblichen morgendlichen Jogginganzug. Unwissend, la-

chend, wie immer gut gelaunt und deshalb einen locke-
ren Spruch auf Lager. Es würde also schwierig werden.
Stattdessen stand sie – als sei sie längst über alles informiert – für das zu erwartende Drama steif, gänzlich in
Schwarz und mit einem frischen Taschentuch, in das
wohl noch keine Träne geflossen war, vor ihm. Ihre Augen rot und aufgedunsen. Ein Singvogel im Baum neben der Tür trällerte unpassend oder doch tröstend ein
Lied. Und der Wind, der das Laub durch den Vorgarten
jagte, erinnerte Berlingui an den auf dem Parkplatz.

„Also doch?!", hörte er sie sagen. Und: „Wo?"

„Draußen auf einem Parkplatz bei der Fiera."

„Ich will ihn sehen. – Sofort! – Und wage es nicht,
zu widersprechen!", entgegnete sie ihm hart.

Berlingui seufzte und spürte die Tränen kommen.

„Ricarda ... ich ..."

„Wage es nicht!"

Schon war sie an ihm vorbeigegangen und blieb neben
Collasso stehen, der neben der noch geöffneten Tür des
Citroëns irgendein Zettelchen auseinanderfaltete.

„Hallo Benito."

Ihre Worte klangen nicht wie eine Begrüßung, nicht
nach Höflichkeit, sondern füllten nur die eine Sekunde
der unangenehmen Stille, wenn man sich in so einem
Moment begegnete. Wie ein *Scheiß Wetter!*, wenn man
an einer Bushaltestelle auf den Bus wartete oder ein un-
interessiertes *Wie geht's?*, das sich zwei Nachbarn im
Vorbeilaufen zuriefen. Anschließend deutete sie in den
Wagen:

„Mit neuem weiblichen Begleitschutz."

Während sich Berlingui in ein Zewa schnäuzte, musste
Collasso über Ricardas Spruch lächeln. Ricarda öffnete
die hintere Tür und Loretta rutschte sogleich auf die
andere Seite.

„Ricarda", stellte sich Ricarda vor und reichte ihre linke Hand.

„Loretta." Und Loretta ergriff diese mit beiden.

Ricarda schloss die Tür.

„Ich weiß es schon lange. Eine gefühlte Ewigkeit", begann sie ohne Zögern: „Vor drei Tagen ist er weggegangen und hat es angekündigt. Vor Wochen wurde er von der Zeitung rausgeschmissen. Und vor Monaten kam er aus dem Krankenhaus, nachdem er Piero besucht hatte, und meinte nur: *Er weiß Bescheid.* Und ich blöde Kuh hatte von nichts eine Ahnung. Als ich ihn fragte, wurde er laut und faselte etwas von einer Baufirma, die ihn unter Druck setzte, von investigativem Journalismus, der tot wäre und seiner neuen Zukunft, die woanders stattfinden müsste."

Ricarda machte eine Pause und griff nach einer Hand von Loretta.

„Deshalb kann ich schon seit Tagen weder schlafen noch weinen – und tue es doch, wenn ich sehe, wie sehr Piero jetzt darunter leiden wird. Er war sein bester Freund und wurde von Giuseppe womöglich verraten. Passen Sie auf ihn auf! Ich meine, wie ich es sage, Carla kann nicht überall sein."

Damit schaute sie aus dem Seitenfenster auf die beiden Männer, die sich gestikulierend leise unterhielten, immer wieder mit ihren Köpfen nickten und nun vorhatten einzusteigen.

„Ricarda, wir fahren ..."

„... jetzt sofort zu diesem Parkplatz. Piero! Ich bitte dich! Ich weiß, was los ist und wie ihr arbeitet. Er wird noch da sein. – Ich habe nicht nur Hochzeitsfotos der Glamourwelt angesehen."

Berlingui versuchte etwas zu entgegnen, fand aber nicht schnell genug den richtigen Ansatz. Doch wie er den Wagen starten wollte, fragte er sie:

„Sollen wir zu Carla fahren und sie mitnehmen?"
Sie schaute aus dem Fenster und überlegte. Carla mitnehmen? Das gäbe einen Ozean voll Tränen. Auf alles fühlte sie sich vorbereitet, darauf allerdings nicht, wollte es auch nicht sein, sie schaute zu Loretta.

„Nein! Fahr! Drei Frauen müssen nicht wehklagen und ihn beweinen. – Und das hier ist noch nicht sein Trauerzug. – Loretta wird mich genauso trösten."

12. Oktober, 11 Uhr 00

Ravanelli schob die Fahrtrage in Richtung des nun sinnlos gewordenen Sanitätswagens. Der Wind hatte zugenommen. Der Himmel war zwar nun fleckenlos blau, aber auf dem Asphalt trieb er den Unrat wie eine ungehörige Kinderbande zusammen. Mitunter machten die leeren Plastikflaschen, Fast-Food-Verpackungen und aufgeplatzten oder von Krähen aufgehackten Mülltüten den gleichen Lärm. Seit Wochen wollte hier niemand sauber machen. Es war ja nicht ihr Problem.

Berlingui hatte seinen Fahrstil trotz allem nicht geändert. Wäre statt Collasso Alessandro neben ihm gesessen, hätte er bereits ganze Kaskaden von Einwendungen und Vorhaltungen über sich ergehen lassen müssen. Seine drei Mitfahrer waren allerdings in dieser Hinsicht aus verschiedenen Gründen empfindungslos. So bog er mit großem Schwung und quietschenden Reifen auf den Parkplatz ein und blieb einen knappen Meter vor Ravanelli stehen. Der war solche Ankünfte des Commissarios gewöhnt und wunderte sich daher einen Augenblick später nicht über Berlinguis Satz, den dieser schon beim Aussteigen kundtat:

„Sie wollte ihn sehen."

Mit nun doch tränenüberströmtem Gesicht stand sie neben ihm und blickte auf den in einen Sack verpackten Körper. Loretta umarmte sie sichtlich mitfühlend.

„Mach schon!", befahl Ricarda Ravanelli scharf.

Der öffnete langsam den Reißverschluss des schwarzen Plastiksacks über Mandronis Kopf. Mit hochgerecktem Kopf, als würde sie unter einer Brille hindurchschauen müssen, sah sie in Giuseppes Gesicht, das natürlich nicht für diesen Augenblick vorbereitet war. Getrocknete Blutspuren liefen aus der Nase zur Seite, Spritzer und Dreckspuren verteilten sich auf seiner Stirn und ein Fetzen Haut oder Fleisch oder Zunge war im linken Mundwinkel zu sehen. Sie schien all das nicht zu sehen, all das schien keine Reaktion von ihr zu erzeugen. Wie aus dem Off Berlinguis Frage:

„Dürfen wir uns seine Unterlagen ansehen?"

„Nicht heute." Eine Feststellung. Schroff und deutlich.

„Du gibst uns Bescheid? Und lässt sie unberührt?" In diesem Moment fiel dem Commissario ein, dass Ricarda ihn im Krankenhaus nicht besucht hatte. Sogar nicht ein einziges Mal. Höchstens, sie wäre in den ersten zwei oder drei Wochen dort gewesen, als er noch damit kämpfte, zu Bewusstsein zu kommen oder sich doch den dröhnenden himmlischen Heerscharen anzuschließen. *Siehe, wir preisen selig, die geduldig alles ertragen haben.*

„Was glaubst du, hab' ich vor?", zischte sie ihn an: „Das Ganze meistbietend zu verkaufen, um zu versuchen, irgendwelche Idioten an den Pranger zu stellen? Nur um Tage später festzustellen, dass die da oben immer Mittel und Wege finden werden, solche Sachen für sich schadlos zu machen?!"

Ricarda schaute in das Gesicht Giuseppes und fuhr fort. Gleichzeitig war Loretta wieder neben sie getreten und hatte ihre Arme um sie geschlungen. Wenigstens sie wusste, wie man sich nun zu verhalten hatte.

„Peppe hat nur einmal versucht, etwas zu erklären, an dem Tag, als er erfuhr, was mit dir passiert war, und das endete mit einer leeren Flasche Grappa und in dem Satz: *Vielleicht bin ich sogar daran schuld, dass er im Krankenhaus liegt.*"

Unerwartet liebevoll legte sie eine Hand neben Giuseppes Gesicht und strich mit einem Daumen über eine der bleichen Wangen, als Ravanelli hinter vorgehaltener Hand leise hustete und langsam den Reißverschluss wieder schloss. Ricarda wurde steif und die Männer hatten den Eindruck, dass Loretta nun ein Umstürzen von ihr verhinderte.

„Aber ...", versuchte Berlingui zu widersprechen.

„Nichts aber, als ich nachfragen wollte, wedelte er mit den Händen herum und schrie: *Schluss! Ich hör auf! Das hat alles keinen Sinn mehr! Wenn ich noch einen Schritt mache, folgt nur die nächste Katastrophe. All die Jahre hat er mich ausgenutzt. Was hatten wir davon? Nichts! Nur meine Dummheit ist übrig geblieben. Du kommst auch ohne mich zurecht.* Ich war viel zu perplex und keine Minute später war er verschwunden. Ich versuchte ihn noch zu erreichen. Aber er hatte alles längst vorbereitet. Wohl schon seit Tagen, wenn nicht Wochen –, ohne dass ich davon etwas gemerkt habe. – Sein Handy lag ausgeschaltet in der Küche."

Aufgewühlt schaute sie ihn an, dann wand sie sich aus Lorettas Umarmung, beugte sich über den geschlossenen Plastiksack und zischte:

„Und nun lasst mich mit ihm allein! – Ich sage euch Bescheid, wenn ihr wieder an der Reihe seid."

12. Oktober, 13 Uhr 10

„Warum ist sie nicht zur Polizei?", rätselte Loretta.

„Er ist kein Kind, das man nach einer Stunde vermisst, weil es nicht vom Spielplatz zurückgekommen ist. Sie kennen sich fast seit der Schulzeit. Und ich schätze, nach so vielen Jahren hat man andere Nerven."

„Drei Tage lang?"

„Wir wissen nicht, was die Tage vorher alles geschehen ist."

„Trotzdem wundere ich mich."

Lorettas Gesicht bewies es.

„Als sie sich vorhin zu ihm runtergebeugt hat, fiel mir ein, dass sie mich gar nicht im Krankenhaus besucht hat. Das finde ich auch seltsam, vor allem nach seinen Äußerungen, als er bei mir war."

„Sie wird sich geschämt haben."

„Oder manches Detail dahinter geahnt haben. Vielleicht dachte sie, nachdem er bei mir war und ihr dann gesagt hatte, *er weiß Bescheid,* dass ich sie damit noch mehr konfrontieren würde."

„Und dem ist sie ausgewichen, weil er schon zu viele Andeutungen gemacht hatte."

„Das wäre jetzt meine Vermutung."

„Bevor wir losfuhren, sagte sie mir im Auto, dass er schon vor Wochen von seiner Zeitung rausgeschmissen worden ist."

Berlingui schaute sie überrascht an.

„Das hätte doch Vio auch wissen müssen. Seltsam, davon hat sie uns nichts erzählt. Ich dachte immer, sie wäre bezüglich seiner glänzend informiert gewesen. Nach all dem, was sie mir kurz vor dem Anschlag über ihn gesagt hatte."

„Wenn sie gewusst hätte, wie schlimm es um ihn stand, hätte sie Sie am ersten Tag Ihrer Arbeit sicher nicht damit verschont. Aber so ..." Loretta zuckte mit der Schulter: „... wollte sie Sie erst mal ankommen lassen."

Sein Blick verriet, dass er fast wieder etwas Lästerndes über *die Baù* gesagt hätte. Doch stattdessen atmete er tief durch und schloss wieder seinen Mund. Signora Dugiorni hatte recht, wenn Vio so eine wäre, wie er immer dachte, hätte sie es ihm gleich aufs Brot geschmiert. Dann hätte er sich auch nicht gewundert, eine gewisse Freude in ihrer Stimme zu hören. Doch so?

„Ich denke, Sie haben recht. Carla bestellte mir immerhin regelmäßig schöne Grüße und berichtete vage von ein paar Schwierigkeiten, die sie nur mit einem Schulterzucken kommentierte."

„... und die damit in Zusammenhang standen."

„Wissen Sie, Giuseppe und ich hatten all die Jahre eigentlich den gleichen Feind. Irgendwann stießen wir innerhalb unserer Arbeiten immer wieder auf den gleichen Namen. Es ist der Name, auf den auch Sie gestoßen sind", begann Berlingui zu erzählen und sein Blick wanderte zwischen den Papieren auf dem Tisch und Loretta hin und her. Collasso beobachtete die Szene aus wissendem Abstand, in den letzten Jahren wurde er oft genug mit diesem Namen konfrontiert. „Mir fällt es schwer, zu glauben, dass er sich von dieser ...", er wedelte mit einer Hand, „... Person hat einfangen lassen. Ich bin vielmehr davon überzeugt, dass derjenige weiß, wie man Leute gefügig und abhängig macht. Nämlich durch billige, aber sehr wirkungsvolle Erpressung. Allerdings schützt ihn seine Position so sehr, dass unsere Nachforschungen, egal, in welchem Fall, seit jeher vor seiner Tür stecken blieben."

„Sie meinen diesen Senatore?! Was wissen Sie über ihn, außer den Dingen in Ihren Papieren und denen, die ich Ihnen erzählt habe?", fragte die Sottotenente.

„Er hat zum Beispiel Violettas Kandidatur für den Senat verhindert, aber das wird sie Ihnen schon erzählt haben, dann hat er viele Geschäfte – vor allem kommunale Bauvorhaben – in Gang gesetzt, die angeblich zum Wohle der Stadt waren, wie das Stadion. Aber ich behaupte, durch diese wollte er nur *seinen* Einfluss und Reichtum vermehren, nein, vervielfachen. Die Stadt ist auf so manchem Projekt sitzen geblieben oder hat nun enorme finanzielle Verpflichtungen am Hals. Aber er *ist* Senator. Er kennt seine Stärken. Er kennt die Wege. Er hat die Mittel. Ist fast unangreifbar. Kontrolliert dadurch viel zu viel. Ist populistisch, link und hat in alle wichtigen Kanäle uneinsehbare Verbindungen. Seinen Namen, Carlo Sullavenga, kennen Sie inzwischen. Und ich möchte nicht wissen, wie, womit und in welcher Weise er auch noch in diesen Fall verstrickt ist."

Loretta wollte es nicht, musste aber lächeln. Sie war sich sicher, dass der Commissario es falsch deuten könnte, und versuchte es sofort durch ein Kopfschütteln zu relativieren.

„Ja! Es ist genau der Name, den wir immer wieder gefunden haben und der zum Schluss nahezu hinter allen Projekten stand, die wir mit den beiden Baufirmen hier in der Region in Verbindung bringen konnten – ohne dabei auf Ihre alten Verdachtsmomente aus früheren Zeiten zurückzugreifen. – Benito erzählte mir auch von diesen. Kann da der Tod Ihres Freundes hineinpassen?"

„Es kommt darauf an, ob er es mit seinem Journalismus ernst gemeint hat. Mir gegenüber klang es immer so. Aber in den letzten Monaten bekam ich meine Zweifel. Davon hat Vio Ihnen sicher erzählt!?"

„Die Sache mit Gibellato?", fragte sie nach.

„Ja. Es wäre ja ein Ansatz, ihn dahinter zu vermuten. Für Gibellato war er doch nur eine Marionette, wie alle anderen, die für ihn arbeiteten. Egal, in welcher Position sie sich befanden. Ihm ging es nur darum, sich besonders hervorzutun. Bislang dachte ich immer, alle seien selber schuld, wenn sie ihm nachgäben, aber wer weiß, was er denen versprochen hat."

„Wir sind immer wieder auf ihn gestoßen, aber nie haben wir etwas richtig in die Hand bekommen. Da müssten wir auch an anderer Stelle nachfragen dürfen."

„Nach Ihren Darstellungen von gestern wundert mich das nicht. Nur, wie vorgehen? Ich muss ..." Berlingui machte eine Pause und holte tief Luft, das Folgende fiel ihm nicht leicht zu sagen: „... zugeben, dass mich meine eigene Sache irgendwie Substanz – oder wie wir das auch immer nennen wollen – gekostet hat. Ich fühle mich noch ein wenig flügellahm, benommen und unempfindlich. Mein Kopf hinkt allem hinterher. Deshalb ..."

„Das Gefühl hatte ich nicht bisher. Sie hätten genügend Gelegenheiten gehabt, meine – wie sagten Sie? – Konstrukte anzuzweifeln. Aber ich sitze immer noch hier – und darauf bin ich mächtig stolz."
Berlingui spürte, wie er einmal mehr rot wurde und hypnotisierte ein Papier vor sich.

„Ich sagte ja: Willkommen im Team! Eure Arbeit an diesem Fall ist einzigartig. Aber mir fehlt tatsächlich ein Ansatz, eine Idee. Ich bin weiterhin auf eure Hilfe angewiesen. – Ich brauche euch! Jetzt erst recht. Vielleicht bringt mich das auch auf andere Gedanken. Und heulend an Gräbern stehen, mag ich auch nicht. Dafür ist in den letzten Monaten zu viel passiert. Der Tod ist alltäglicher als das Leben."
Nun schaute er Collasso an, der sofort verstand, den alten Drehstuhl nahm und sich dicht an den Tisch setzte.

„Loretta und ich hatten gestern eine Idee. Ich würde Sie Ihnen gerne erklären, wenn ich darf?"

Fragend schaute er zu Loretta, die nur nickte. Und Berlingui machte eine Handbewegung. Diese sah in dem Moment gönnerhafter aus, als er wollte, wieder einmal schüttelte er auch deswegen den Kopf.

„*Cioè!* Also ...“

Camin, 10. April desselben Jahres, 1 Uhr 45

Der Typ sah aus wie eine der Comic-Figuren in seinen Heftchen. Ein eleganter Fatzke, der absolut keinen Spaß verstand. Geschniegelt mit Krawatte und weißem Hemd, aber einem total verschobenen Gesicht. Das linke Auge hing ein bisschen weit unten, so als hätte es die Hebamme ihm nach der Geburt wieder an die richtige Stelle schieben wollen, was aber in der Hektik nicht ganz gelungen war. Vor ein paar Wochen war der noch ganz nett, hatte ihn sogar auf einen Drink eingeladen nach der Arbeit. In den *Dakota Club*, einen etwas besseren Schuppen, ganz in der Nähe.

„Du kannst doch sicher ’nen Unimog fahren, oder?“

„Davon können Sie ausgehen“, hatte er ihm geantwortet. „Warum? Was liegt an?“

„Ist nicht ganz hasenrein das Geschäft, aber ich kenne sonst niemanden, der das machen würde, und dein Chef hat gemeint, ich könne dich mal fragen.“

„Mein Chef? Woher kennen Sie ihn?“

„Bevor er die Werkstatt aufgemacht hat, ist er bei uns Laster gefahren, jetzt hat er aber keine Zeit und ich vermute nicht den nötigen Mut“, erwiderte der schicke Kerl mit dem hängenden Auge.

„Das muss ja ein hochbrisanter Job sein, wenn er es nicht selber macht“, lachte Mateo.

„Es geht.“

„Was springt dabei für mich heraus?“

„Tausend."

„Hmh. Ist nicht ganz wenig. Was soll ich tun?"

„Einen Unimog klauen und woanders hinfahren."

„Das ist alles?"

„Ja."

„Was ist daran brisant?"

„Die Fracht, von der du keine Ahnung hast. Einfach nur klauen und woanders abstellen und nicht neugierig sein. Wenn du es richtig machst, bist du in einer Stunde fertig."

„Warum machen Sie es dann nicht selber?"

„Angenommen ... also für den Fall ... man würde mich zur falschen Zeit an falscher Stelle sehen, könnte da jemand sein, der mich kennt. Das wäre für das gesamte Unternehmen fatal."

„Das heißt, Sie wollen einem an die Karre fahren, der Sie geärgert hat."

„So ungefähr. – Also, machst du mit?"

„Nur den Unimog fahren? Mehr nicht?"

„Nur den Unimog fahren. Mehr nicht."

Es war gelogen. Er hatte gerade den Gang eingelegt, als ein anderer Idiot die Türe aufriss und ihn rausgezerrt hatte. Das hat man davon, wenn man mit fremden Idioten *kleine Geschäfte* machen will.

Vor zwei Stunden – und er war davon überzeugt, damit Glück gehabt zu haben – hatte Signor Hängendes Auge ihn allerdings auf einen dreckigen Stuhl, in einer verlassenen Baracke, in irgendeiner *zona industriale* außerhalb der Stadt geschnallt, lief währenddessen die ganze Zeit um ihn herum, als sei er Ware in einem Einkaufszentrum, die es zu begutachten galt und stellte ihm dabei pausenlos bescheuerte Fragen:

„Warum hast du dich nicht an den Plan gehalten?"

„Hab' ich. Aber er hat mich aus dem Unimog gezerrt und gemeint so 'ne Karre könnte er grad brauchen."

„Brauchen? Du hattest eine Aufgabe! Wer war das?"

„Ein Mann mit zwei fetten Narben und dicker Geld-börse, hat gesagt, ich soll ihn einen Künstler nennen."
Und schon musste er wieder einen Schlag einstecken und es ging von vorne los:

„Einen Künstler? Geht's noch? Willst du mich auf den Arm nehmen?"

„Nein, Sie Idiot! Luigi hat er sich genannt."
Der nächste Hieb. Nun von der anderen Seite. Doch so einfach konnte man ihm nicht beikommen. Er zog den Rotz hoch und konterte:

„Was hätte ich davon, Lügen zu erzählen?"
Der andere ließ die Hand sinken. Stattdessen:

„Wie viel gab's denn aus der dicken Geldbörse?"

„Zwei große Scheine."

„Das nennst du dick? Für weitere 1000 bist du zu ha-ben? Für so einen Job? Aus der Karre aussteigen und wegrennen? Dicke Geldbörse?! Ha! Ich geb' dir einen Schein drauf und du darfst seinen Schwanz lecken."
Der Typ griff in seine Jackentasche und holte einen Schein heraus.

„Hier! Und du, komm her!", sagte er im Umdrehen.
Er legte den 500er Mateo auf den Schoß und schubste den anderen, der in einem Film bestenfalls als Clochard durchgehen würde und dessen aufgerissene Lippen mit einem Packband zugeklebt und die schrun-digen Hände auf dem Rücken mit Kabelbinder zusam-mengeknotet waren, vor ihn hin und öffnete ihm die Hose.

„Wird's bald? Mach schon! Dahin fahren, wo man hinsollte, wäre leichter gewesen. Kleiner Tipp: Das sollte man für die Leute machen, die einen bezahlen."
Er schob den gefesselten und unter dem Klebeband winselnden Kerl dichter heran.

„Also, was ist? Diese 500 gehören auch dir."

Kaum drehte Mateo aber seinen Kopf weg, musste er den nächsten Faustschlag einstecken.

„Und warum gibst du dich mit so einem ab?" Hängendes Auge deutete auf den mit der heruntergerutschten Hose.

„Er hatte mich gesehen. *Das* war nicht der Plan."

„Du bist wohl doch nicht vom Fach? Na ja, 1000 sind auch ein Supermarkt-Preis. Da muss man wirklich aus der Gosse kommen, um damit zufrieden sein zu können. Wir gehen mit so einem Gesocks so um." Schon zog er seinen Ellenbogen hoch und verpasste dem armen Bettler einen schnellen, brutalen Schlag ins Gesicht, sodass dieser hart gegen die Wand und mit einer Platzwunde am Kopf auf den Boden fiel. Anschließend nahm der Typ seinen Geldschein und steckte ihn wieder ein.

„Also, zum letzten Mal, wie hieß dein Auftraggeber und wo hast du ihn kennengelernt?"

„Ich sagte doch, Luigi, der Künstler, und er ist mir hinterher, als ich losgefahren bin. Erzählte mir, als sei es das Harmloseste von der Welt, er hätte 'n Kunstwerk vor und faselte etwas von einem alten Auto, dessen Lichter jede Stunde angehen würden ..."

„Kunstwerk? Was soll der Blödsinn? Und so was glaubst du?"

„Ja doch! Mein Gott! Hab' ich davon 'ne Ahnung? Ein Kunstwerk. Im Inneren seien Lautsprecher versteckt, die dann klassische Musik spielen würden, er hätte nur die Scheiben verklebt, sonst würde ja jeder die Technik dahinter sehen, lauter Batterien und Kabel, der Karren könnte also selber nicht mehr fahren. Da käme ihm mein Unimog gerade recht, mit dem könnte er das Auto auf den *Prato* schleppen. Seine Freunde hätte es abgelehnt, ist 'ne Fußgängerzone, da darfste das nicht und so. Das Kunstdings musst du anders ausstellen. Er wollte aber nich', wegen der Publicity oder wie das heißt. Mein Gott, ein Künstler, der Luigi heißt, so schwer kann das doch nicht sein, den zu finden, konnte ich ahnen, was der wirklich vorhatte und dass die ganze Scheiße keine halbe Stunde später in die Luft fliegen würde und so viele Schwarze dabei draufgehen? Wer seid ihr überhaupt, dass euch das so ankäst? Was sollte das überhaupt mit dem Unimog und seiner Scheißfracht? Lasst mich in Ruhe! *Porca puttanna!*"

„Ruhe kannst du haben. Was soll's? Hat eh keinen Sinn. Ich bring es zu Ende und Schluss ist. Zeugen kann ich beim besten Willen nicht gebrauchen."

Hängendes Auge lächelte. Rieb sich die Hände, zuckte gleichzeitig mit Schulter und diesem seltsamen Auge und holte aus einer Ecke des Raumes drei riesige Flaschen *Podere Bosco* und stellte sie neben den immer noch bewegungslosen und halb nackten Körper des dafür nun leise röchelnden und nach allen Klos der Welt stinkenden Habenichts – und griff anschließend ein weiteres Mal in seine Jacke. Dann entsicherte er die altertümlich aussehende Taurus, die er einem an Selbstüberschätzung leidenden Schwachkopf vor ein paar Jahren in Buenos Aires beim Hütchenspiel abgeknöpft hatte und drückte ab.

12. Oktober, 13 Uhr 20

Collasso beugte sich über den Schreibtisch, lächelte Loretta fragend an, als wenn er wissen wollte, ob er fortfahren dürfte. Doch sie hob nur zustimmend die Hände.

„Sie haben ja die Zeitungen in Ihrer Schublade gefunden und vielleicht auch diesen Artikel gelesen. Er fällt kaum auf. *Männliche Leiche mit tödlicher Schussverletzung in der Nacht auf den 10. April in unmittelbarer*

Nähe vom Duomo gefunden. Aber ich dachte, was soll das, eine Leiche hinter den *Duomo* zu platzieren, von der wir keine zehn Minuten später wussten, dass sie dort nicht umgebracht worden war. – Und so dachten wir beide, also Lori und ich, an den *Prato* und lagen damit schon einen Tag später richtig. Wir fanden ziemlich schnell seinen Namen heraus, Matteo Marino, hatte keine ganz reine Weste. Vor zwei Jahren versuchte er sein Taschengeld durch einen Einbruch in eine Tankstelle aufzubessern. Was aber ziemlich in die Hose ging. Bekam ein halbes Jahr auf Bewährung. Vielleicht wäre es besser gewesen, der Bruch hätte funktioniert, dann wäre ihm das womöglich erspart geblieben."

Collasso hob nahezu mitfühlend die Arme und schaute in die Runde.

„Danach arbeitete er in derselben Werkstatt in Noventa Padovana wie davor. – Sein Chef wunderte sich schon über dessen Fehlen. Sei trotz der Vorgeschichte nicht seine Art, sagte der und erzählte, dass Marino eigentlich ein guter Kerl sei und immer pünktlich gewesen wäre und am Tag zuvor nach seiner Arbeit abgepasst wurde. Er weiß es nur deshalb, weil Marino wieder zurückkam, um etwas aus dem Spind zu holen, und ihm sagte: *Bin ja mal gespannt, was der komische Kerl da draußen von mir will, auf jeden Fall geh ich mit dem jetzt in den Dakota Club. Bin eingeladen. Sein Chef ermahnte ihn: Lass dich nicht zu irgendeinem Scheiß hinreißen, einmal reicht. Und ich brauch dich hier noch.* Soweit der erste Teil. Magst du den Rest erzählen?"

Der Ispettore schaute die Sottotenente an, die zu überrascht war, nun doch wieder die Hauptrolle zu übernehmen. Sie rückte sich gerade hin, stellte ihre etwas zu große Tasse mit dem doppelten, ungesüßten Espresso auf den Tisch zurück und Berlingui trank derweil seinen gefühlt zwanzigsten aus seiner neuen

Tasse, die er jedes Mal von Collassos kleiner Maschine füllen ließ. Seine Ansprüche hatte er, seitdem er wusste, dass Filippos Bar geschlossen war, etwas drosseln müssen. Mehr, als ihm lieb war. Loretta stand auf. Ihre Lederjacke hatte sie längst über die Rückenlehne ihres Stuhls gehängt. Nun gesellte sich noch ihr Pullover dazu. Berlingui schaute wie vor Jahren bei Carla zu. Diese nahezu ungenierte Bewegung kannte er. Doch nicht Alessias Schwester. Vielmehr die junge Ausgabe seiner Frau, nur in groß und mit blauen Haaren.

Damals in der Universität hatte Carla ihn zu einem Espresso eingeladen, weil er vorgab, ihr bei einer Arbeit über die Theorien der Kommunitaristen helfen zu wollen. Der Espresso in ihrer hellen und gar nicht studentisch eingerichteten Wohnung war dann gut und stark und hielt ihre schwitzenden Körper in der folgenden Nacht für einander genügend wach. Jetzt zuckte er allerdings gar nicht erfreut über diese Erinnerung zusammen, denn sie hatte auch mit Giuseppe zu tun. Loretta indes hatte nichts davon bemerkt und fuhr fort:

„Zwei Tage zuvor hatten wir tatsächlich diesen Unimog gefunden. Ein Zufall, wenn wir ehrlich sind, *ma tutto il male non vien per nuocere,* Unglück hat auch seinen Nutzen. Er stand in Rubano vor der zugegebenermaßen etwas schlecht erkennbaren Ausfahrt einer Rohrreinigungsfirma, die musste zu einem so wichtigen Termin, dass sie sofort die Polizei verständigte. Unsere Kollegen kamen schneller als der Fahrer von seinem Einkauf. Allerdings hatte der ein absolut wasserdichtes Alibi für die Nacht des Grauens, wie ich sie immer nenne. Trotzdem sicherte Ravanelli unzählige Spuren: Schmutz, Reifenabdrücke, Haare, Fingerabdrücke und was weiß ich. Als wir Marino gefunden hatten, war alles Weitere einfach einen Versuch wert. Und prompt erhielten wir unseren Fahrer, der den Bravo auf die Insel gezogen hatte. Aber zunächst gingen wir in diese Bar, *Dakota Club*, ehrlich gesagt, nicht unbedingt mein Ding, auch wenn ich heute passend gekleidet wäre, ist dann doch eher was für echte Cowboys." Loretta unterbrach und lachte auf, schob ihre blauen Haare hinter die Ohren und schüttelte immer noch lachend den Kopf. Dann fuhr sie fort: „Aber egal! Man erinnerte sich nicht besonders gut an zwei Männer damals. Kein Wunder, auch als wir da waren, war die Bude richtig voll. Erst als ich Fotos von Marino zeigte, glaubte der Typ hinter der Theke, dass sie an jenem Abend ganz links an der Bar gesessen und nichts anderes als Bier getrunken haben. Jeder zwei, drei, vielleicht waren es sogar vier Gläser. Sie konnten sich nicht mehr genau darauf besinnen, auch nicht, worüber sie sich unterhalten haben. *Wir belauschen doch nicht unsere Gäste. Wir haben echt was anderes zu tun.* Und bei der Beschreibung für den anderen hatten sie nichts anderes als ein schiefes Gesicht. Nicht unbedingt sehr aussagekräftig. Ravanelli verglich derweil Haare und all die Fingerabdrücke, von denen er ein paar nahezu unversehrt an der Kupplung und einem Hebel im Inneren des Wagens finden konnte. Und auch am Lenkrad waren noch Teile der Fingerabdrücke zu finden. Am selben Tag sind wir dann zum *Prato della Valle ...*"

Loretta unterbrach ein zweites Mal und kontrollierte den Blick des Commissarios, doch der hatte wohl bis hierhin sehr konzentriert zugehört und schaute sie jetzt sogar fragend an. Dabei stellte er fest, dass die Sottotenente ihn tatsächlich eher an Carla erinnerte. Und dass sie öfter die Uniform ausziehen sollte. So ohne Uniform war sie viel lockerer als gestern bei ihrem Bericht, der nun im Nachhinein wie ein Vortrag geklungen hatte. Als er aus diesem Grund lächelte, fuhr sie fort, weil sie es für eine Aufforderung hielt:

„Es wird Sie jetzt nicht besonders überraschen, aber dort trafen wir – auch wenn er versuchte, sich davonzustehlen, weil er Benito wiedererkannte – den Obdachlosen, den Sie damals verhört hatten und zeigten ihm die Bilder. Eine Stunde lang schüttelte er den Kopf. Doch dann erzählte er etwas von einer Halle, in der ein durchgeknallter Typ im feinen Zwirn eine Sex-Orgie feiern wollte und ihn k. o. geschlagen hatte. Auf jeden Fall wachte er später halb entblößt auf und fand drei große Flaschen Podere Bosco neben sich. Als wir fragten, wo das Ganze passiert und wer der Typ gewesen wäre, meinte er nur: *Keine Ahnung, wo diese Bruchbude war, in irgendeinem Industriegebiet, draußen, im westlichen Osten oder so, aber das mit dem Typen hab' ich dem da doch schon mindestens hundert Mal erzählt!*"

„Der Typ mit der vernarbten Bowlingkugel, Benito", warf Berlingui ein und rieb sich das Kinn. „Sie erinnern sich? Das hat er damals uns doch auch erzählt."

„Ja, aber die Bowlingkugel hatte Haare bekommen und ein schiefes Gesicht. Das mit dem Grappa hat er aber wieder erzählt."

„Im Gegensatz zu Marino hat er ihn laufen lassen. Auf jeden Fall war unser Verdacht demnach richtig!?"

„Bis zu diesem Tag!", erwiderte dieser trocken.

„Was? – Warum? – Bis zu diesem Tag?" Abrupt drehte er sich um, gerade hatte sich der Commissario die nächste Tasse von der kleinen Maschine füllen lassen und hätte sie nun fast fallen lassen.

„Am *Prato* gab es wohl mehr Männer. Einer zerrte vermutlich Marino aus dem Wagen. Der hatte die behaarte Bowlingkugel. Und an zwei Narben bei dem hat er sich auch erinnert. Wir haben in einer alten Kartei einen Namen gefunden, Drago Jakunovic. Der dritte kam später und hatte das schiefe Gesicht."

„Noch mal langsam zum Nachsprechen! Unser Bettler hat einen mit einer Bowlingkugel als Kopf gesehen, der ihm damals eine oder ein paar Flaschen spendiert hat, damit er nicht so genau hinsieht ..."

„... und dessen Suite leider gerade renoviert wurde, deshalb hatte er ein paar Stunden später, als er zu uns kam, noch diese Fahne und vielleicht auch diese unvollständige Erinnerung. Aber ein paar Tage später hat ein anderer, der mit dem schiefen Gesicht, ihn mitgenommen zu dieser dubiosen Party, ihn wieder abgefüllt und jemandem vorgestellt. Und ab diesem Moment hat er nichts mehr mitbekommen."

„Ein paar Tage später heißt dann, in der Nacht auf den 10. April?"

„Das könnte passen."

„Dann müsste er unter Umständen den Mord an Marino mitbekommen haben", stellte der Commissario fest und wusste gleichzeitig, dass man absichtlich einen unzulänglichen Zeugen hinterlassen hatte, der sich in seinem Suff widersprechen würde.

„Das nicht. Aber er hat sich die Bilder in unserer Datenbank angeschaut – er trinkt auch gerne einen starken Kaffee – und ein paar Mal auf diesen Drago Jakunovic gezeigt, den wir nach dem ersten Mal immer wieder zwischen den anderen Fotos auftauchen ließen."

„Ein alter Trick, aber ich denk, seine Aussage würde vor keinem Haftrichter standhalten. Ich kann mich an seine kaputte Dusche und Elektrik erinnern und an die Farbe des Unimogs, die er glaubte erkannt zu haben. Rot, blau oder grün. Hoffen wir, dass Jakunovic ein besserer Treffer ist. Was habt ihr über den herausgefunden?"

Padua, 4. April desselben Jahres, 11 Uhr 30

Die Optik des alten Palazzos in unmittelbarer Nähe der *Piazzale di Porta San Giovanni* war, trotz der freundlichen Farbe, nicht nur durch das trübe Wetter wenig einladend, sondern allein durch seine ehrfurchtgebietende Architektur auf Abstand bedacht. Wie vor vielen Jahren von den Erbauern gewollt. Man zeigte, dass hinter diesen Mauern die *Besseren* wohnten. Die Vermögenderen und damit Mächtigeren. Gleich für jedermann von außen sichtbar, sodass man mit gesenktem Haupt vorbeieilte. In einer dieser feudalen Wohnungen residierte also die Frau eines dieser Mächtigen, die Frau von Fabrizio Gibellato. Was allerdings hier kaum einer wusste, schon vor über zwei Jahren war sie aus seiner Villa am Brenta mit allem, was ihr Leben angehäuft hatte, ausgezogen, weil er nicht nur ein rücksichtsloser Vertreter gerade dieser Mächtigen und Reichen war, sondern von Anfang an auch als Ehemann an einer unglaublichen Hybris litt, die ihn zu einem nur auf den eigenen Vorteil bedachten Macho gemacht hatte. Schon kurz nach der Hochzeit, die sie als gerade mal Zwanzigjährige mit ihm feierte, brandmarkte er sie förmlich als seinen Besitz – mit einem Eisen, das er zuvor in einem alten Toaster auf Hitze gebracht hatte.

Nun würde der Nächste vorbeikommen, den Neugierigen spielen und ihr auf den Zahn fühlen wollen. Keiner von der Presse, wie Violetta Baù es war, eine ihrer langjährigen, aber inzwischen doch nervenden Freundinnen, auch wenn sie, die Contessa, seit gestern Abend wusste, was die zwei neuen Bodyguards, die Flaviano vor einiger Zeit eingestellt hatte, vor Jahren ihr angetan hatten. Violetta musste seinerzeit als Folge ihre Kandidatur für den Senat aufgeben und war danach auch als Journalistin nur noch in der zweiten Reihe.

Was damals geschah, war harter Tobak, auch für Tiziana, aber in den letzten Wochen und Monaten hatten sich die Vorzeichen geändert. Diese zu erklären, hätte keinen Sinn. Violetta hätte es nie verstanden. Für die einen gab es nichts zwischen Pest und Cholera. Für die anderen eine ganze Menge mehr. Denn in ihrem Universum galten Regeln, die schon eine Etage tiefer nicht verstanden werden konnten. *Cane non mangia cane.* Eine Krähe hackt der anderen kein Auge aus. Wie sollte man das jemandem klarmachen, der von den großen Geschäften keine Ahnung hatte und seine Meinung in unwissende Artikel stopfte oder in einer schmuddeligen Kneipe allabendlich mitteilte. Und was Liebe angeht, gibt es keine Erklärungen. Ist sie da, ist ihr Aussehen egal.

Ihre Gedanken sortierend lief sie durch den großen, an eine feudale Empfangshalle erinnernden Flur. Jetzt also ein echter Commissario, der meinte, genau diesen Entwicklungen nachschnüffeln zu müssen und – sie hatte es mit einem Grinsen zur Kenntnis genommen – gerne schönen Frauen hinterherschaute, was keinen Unterschied zu ihrem aktuellen Argentinier machte. Sie wusste also, was sie zu tun hätte, und sah zur Kontrolle noch einmal in den riesigen Spiegel. Sie war zwar einiges älter als er, aber sie wusste auch, was sie zu bieten hatte. Sport hatte sie lang genug gemacht. Und die Geschichte, die er hören würde, würde ihr genau die Zeit geben, auch den Rest zu regeln.

Übermorgen Abend, was dort drüben die beste Mittagszeit sein würde, säße sie auf jeden Fall mit ihrem Liebhaber – er liebte es, so genannt zu werden, und tat auch alles dafür – und ihrer wirklich besten Freundin im *Suca* in San Isidro, einem Stadtteil von Buenos Aires, auf dem blauen Plüschsofa und würde eine heiße Schokolade mit Minze trinken, noch besser einen *Café en jarrito*. Und abends endlich mit ihm Tango tanzen. In ein paar Tagen würde Massimo nachkommen und dann das neue Leben beginnen. In San Telmo, einem der alten Stadtviertel hatten sie sich eine Wohnung gekauft, ganz in der Nähe der *Plaza Dorrego*, in einem renovierten Gebäude der typischen Hinterhöfe. Nachts wurde dort der Tag zum zweiten Mal lebendig und Musik gemacht und getanzt. Allein, wenn sie daran dachte, wurde sie ganz aufgeregt.

Dort unten, in Argentinien, war jetzt der Frühling voll im Gange. Seit Tagen strahlte die Sonne. 18 bis 20 Grad waren angesagt. Die vielen Bäume auf der *Avenida 9 de Julio* blühten bereits in weiß Gott wie vielen roten und lila Farben. Was für eine Begrüßung und welch Neustart mit ihm für ein Leben, das sie wirklich verdient hatte. Sobald dieser Polizist weg wäre, würde sie ihre Koffer abholen lassen, sich fertig machen und drüben anrufen, bevor sie sich nach Rom an den Flughafen bringen lassen würde. Sie schloss die Tür zum Ankleidezimmer mit den Koffern ab. Manche dummen Fragen ließen sich mit einfachen Mitteln vermeiden.

In diesem Moment klingelte es. Sie atmete durch, ein letzter Blick in den Spiegel, das dünne Etwas unter ihrer Sporthose hätte fast das Zeug, sie selbst anzuturnen – und öffnete die Tür. So neutral wie möglich schaute sie die Treppe, die in den letzten Wochen höchstens das sporadisch vorbeischauende Personal benutzt hatte und ab heute nicht mehr benutzen würde, hinunter und musterte das, was sie nun erklimmen würde. Der Mann dort unten war gut gekleidet und sah immerhin gut aus. Es würde also noch leichter fallen als gedacht. Alle Männer, die bisher dort unten, am Beginn dieses Schlunds gestanden hatten, waren nicht anders als die, die entweder genau *deswegen* bis vor ein paar Monaten die Stufen erklommen hatten oder meinten, ihr gegenüber irgendwelche Lügen auftischen zu müssen, um sie aus scheinheiligen Gründen besuchen zu können, wenn es um ihre fraulichen Reize ging. Massimo hat dem Ganzen endlich ein Ende gesetzt und ihr endlich das langersehnte Glück beschert.

Aber groß war dieser Commissario auch, mindestens wohl einsneunzig. Endlich mal kein Zwerg oder feister Wurm, der in ihrer Wohnung Platz nehmen würde. Schade, dass der da von der Polizei war. So einer hatte sicher kein Interesse an ihr. Aber was wollte sie mit ihm auch machen? *Das* höchstens zum Spaß!

12. Oktober, 13 Uhr 30

Ungläubig schaute er die zwei an und schüttelte den Kopf. Als er merkte, dass er damit nicht aufhörte, drehte er sich um und füllte seine neue kleine Tasse erneut. Prompt meinte Collasso mit einem verschmitzten Grinsen:

„Haben Sie heute Nacht noch etwas vor? Ich könnte auch Wasser oder Säfte besorgen?!"
Berlingui atmete tief durch, wartete eine Sekunde ab und verzog sein Gesicht. Auffallend milde erwiderte er:

„Dieser Espresso ist vollkommen wirkungslos. Ich mache das nur zum Zeitvertreib. Ihr seid nämlich gerade dabei, mich wieder in einen Polizeischüler zu verwandeln. *Das* allein wird mich die nächsten Nächte kosten. Dann ist es egal, ob ich die Kaffeevorräte aufbrauche oder nicht. Und ich befürchte, der Tag wird leider auch noch eine Weile dauern, bevor ich an mein Sofa zu Hause denken kann."
Drei schnelle kleine Schlucke, für Gutmütigkeit, Weisheit und – Liebe, so wie es ihm Filippo mal beigebracht

hatte und die Tasse war leer. Ausnahmsweise war nun Filippos erstes Wort das wichtigere, dann schaute er seine beiden Gegenüber mit einem etwas aufgesetzten, aber durchaus nett gemeinten Lächeln wieder an.

„Also?", zusätzlich machte er eine Geste, damit sie fortfuhren.

„Diese Wohnung hat nie Fabrizio Gibellato gehört, wie Sie ja inzwischen wissen, Signor Commissario", begann die Sottotenente etwas unsicher geworden und wartete kurz auf eine Reaktion von ihm, doch Berlingui schaute sie unverändert mit seinem Lächeln an. Loretta erwiderte es und fuhr fort: „Vor etwas mehr als zwei Jahren ging es wohl in der Beziehung nicht mehr anders, als dass die Contessa auszog. Die Gründe sind uns ja inzwischen bekannt. Flaviano Tomè kaufte unmittelbar danach diese Wohnung und schenkte sie ihr. Nur einen Tag später ließ er sie sogar auf sie überschreiben, damit es kein dummes Gerede gab. Auch Gibellato war nichts daran gelegen, dass die Presse daraus ein neues Schlachtfeld aufbauen konnte. Der hatte ganz andere Probleme, denn während der Planung des zweiten großen Projekts sprangen ein weiteres Mal die ersten Investoren ab, wie Jahre zuvor beim Stadion. Auf einen von denen komme ich im Übrigen nachher noch einmal zurück, denn der ist eine weitere wichtige Person, beziehungsweise Firma, die neben dem Würstchen-Deutschen, von dem ich gestern erzählte, bei beiden Projekten beteiligt war."

Loretta machte eine Pause und trank nun selber ihre Tasse mit dem kalt gewordenen doppelten Espresso aus und schielte abwartend über den Tassenrand zum Commissario, der aber weiterhin nur gespannt auf das wartete, was noch folgen sollte. Tatsächlich schien sein Augenaufschlag zu signalisieren, dass sie weitermachen sollte. So zog sie aus dem Stapel ein Papier und legte es vor ihm ab. Es war eine Aufstellung der Fundstücke aus der Wohnung von Tiziana Gibellato.

„All das spielt aber erst später wieder eine Rolle, denn an dem Tag, als Sie ihr den Besuch abstatteten, muss unmittelbar danach vieles vollkommen anders verlaufen sein, als sie geplant hatte. Denn wiederum einen Tag später, bei der Hausdurchsuchung nach dem Fund ihrer Leiche, fand Paolo in dem *Stipo,* von dem Benito in Ihren Unterlagen gelesen hatte, den Abholschein für mehrere Pakete und drei Großraumkoffer, die in einem abgeschlossenen Nebenraum standen und zum Flughafen gebracht werden sollten, die Holzkiste für die SIG 220, die Pistole, mit der sie Gibellato getötet hatte und – ein One-Way-Ticket für einen Flug nach Buenos Aires.“

„Buenos Aires?“, wiederholte Berlingui verwundert und stand auf, ging zu der Korkwand rüber und zupfte die Ansichtskarte herunter und wedelte mit ihr am ausgestreckten Arm in der Luft herum.

„Etwa dorthin?“ Sein Blick verriet Zweifel.

Der Ispettore und die Sottotenente schauten sich kurz an und nickten.

„Und jetzt behauptet ihr sicher noch, es gäbe da einen Zusammenhang.“
Nun wedelte die andere Hand vor seinem Gesicht hin und her.

„Das haben wir ehrlich gesagt nicht weiterverfolgt.“ Collassos Blick war schuldbewusst. „Es war bisher nicht unbedingt tatrelevant. – Aber es ist inzwischen aus verschiedenen Gründen davon auszugehen“, fügte er sofort hinzu.

„Aus verschiedenen Gründen …“, echote Berlingui, „Mann! Ihr macht mir Spaß!“

„Jedenfalls konnte sie das Haus nicht wie gewünscht verlassen. Eine Nachbarin, einige Jahre älter und wie

Signora Gibellato aus adeligem Haus, Signora Duchessa Silvana Contarini-Biancchi-Ebner, wirklich hoch in den achtzig und sehr mitteilsam, schilderte, dass sie von einem Spaziergang nach Hause zurückgekehrt war und im Foyer des Hauses plötzlich ihm, Signor Gibellato, begegnete." Die Sottotenente lachte leise auf. „Was soll ich sagen? Auf jeden Fall hat sie gelauscht – am alten Kamin! Und hat mitbekommen, dass er nachmittags immer lauter von ihr verlangte, sofort und augenblicklich die Koffer zu packen, um ihm noch am selben Tag nach Hause in die Villa bei Cartigliano zu folgen, er würde gegebenenfalls die ganze Nacht und den nächsten Morgen auf sie warten – und auch vor Gewalt nicht zurückschrecken, um sich durchzusetzen. Seine Situation erfordere, dass sie sich an ihre Aufgabe als Ehefrau erinnere."

Der Commissario hob, als müsse er die Ausführungen nun ab- oder zumindest unterbrechen, beide Hände und schaltete sich ein:

„Entschuldigt, wenn ich jetzt nicht laut lospruste. Wirklich wunderbar. Aber wenigstens in dieser Hinsicht ist Neugier wohl nicht nur etwas für die klassischen paduanischen Putzfrauen." Es klang gleichzeitig wenig überzeugt und ungläubig. „Und dann hat sie selbstverständlich auch gehört, wie die Gibellato zu ihrem Ex- oder Nochmann gesagt hat, nun denn, dann komm mit in den Keller und hilf mir beim Tragen meiner Koffer. Und er ist entgegen allen Behauptungen doch charmant und folgt seiner Frau nach unten, wo nicht er Gewalt anwendete, sondern sie ihn mit einem Trick überwältigt und mit über 30 Schuss ins Jenseits befördert hat. Die Duchessa hört die Salven logischerweise, denkt an seine Drohung, braucht aber trotzdem gute vier Stunden, bis sie die Polizei verständigt. Nein, sogar mehr. Wenn's stimmt, was Ravanelli mir damals erzählt hatte. Aber in diesen vier Stunden kapiert Tiziana auch, dass es nach dieser Aktion sinnlos ist zu türmen, weil sie an jedem Flughafen der Welt sofort festgenommen werden würde, und mit dem Auto nach Buenos Aires zu fahren, verbietet sich aufgrund anderer Schwierigkeiten, also beschließt sie in ihrer Verzweiflung sich selber umzubringen und dabei auf dem eigenen Totenbett noch die Rolle fortzusetzen, die sie mir gegenüber gespielt hat. Wegen der weißen Weste, von der Sie gesprochen haben. – Stimmt's?"

Loretta sah hilfesuchend und etwas entmutigt in Richtung des Ispettore, der ihr sofort beisprang:

„Es tut mir leid, aber Ravanelli musste sich korrigieren, nach seinen letzten Untersuchungsberichten waren es nur etwa zwei Stunden. Ich vermute, Entschuldigung, wir vermuten, dass sie sich vor lauter Angst vorher nicht traute zum Telefon zu greifen."

„Ihr vermutet! Und ich dachte, Tiziana hätte ein langsam wirkendes ..."

„Nein! Leider nein! Es stellte sich als simple Mischung aus Goldregensamen, Tollkirschen und Zyankali heraus, in Kombination mit einem großen Glas Wodka. Der benebelt und betäubt genug, um es so gut wie schmerzfrei zu gestalten. Das Glas mit den Wodkaspuren stand auf dem Tischchen neben dem Bett. Die Packungen daneben hatte sie vielleicht aus ihrem Apothekerschränkchen genommen, geleert und einfach dazu gelegt. Vorher. Ein Ablenkungsmanöver. Dieser Cocktail wirkt innerhalb von Minuten."

„Das würde ja bedeuten, dass sie vorbereitet war. Warum sollte sie so einen Cocktail zu Hause haben, wenn sie eigentlich vorhatte zu flüchten?"

„Vielleicht hatte sie das Zeugs schon länger, weil sie schon früher, als sie noch mit ihrem Mann zusammen war, auf diese Weise Schluss machen wollte. Wenn Ihre

Aufzeichnungen stimmen, hat der sie genervt. – Wie auch immer, der Rest muss wohl ungefähr so gewesen sein, wie sie es gerade geschildert haben. Sie sah auf jeden Fall keine andere Chance. Ihr lief die Zeit davon, andererseits *musste* sie davon ausgehen, dass ihr Furor im Haus mitbekommen worden war. Was hätte sie also tun können? Sofort gehen? Und versuchen über andere Wege zu einem Flughafen zu kommen, um von dort irgendwie nach Buenos Aires zu fliegen? Von Frankfurt oder Zürich vielleicht? Aber wie hinkommen? Nein! Das Risiko war ihr wohl zu groß. Ihr Leben war bis dahin zu feudal – trotz dieser Demütigung mit dem Brandeisen – und abgesichert, als dass sie dies mit einer lebenslänglichen Strafe in einer hässlichen Gefängniszelle tauschen wollte. Selbst wenn ihre Haftstrafe verkürzt worden wäre, hätte sie wahrscheinlich die 70 am Tag ihrer Entlassung weit überschritten. Wohin hätte sie dann noch gehen sollen oder können, nachdem sie mit dafür gesorgt hatte, dass so gut wie niemand mehr um sie herum da war?"

„Dahin?" Berlingui hob die Ansichtskarte in die Luft.

„Wissen Sie, wie alt die Mistretti ist? Und besonders gesund war sie ja damals in Abano auch schon nicht mehr. Wie dem auch sei, sie hat sich anders entschieden und versuchte sich noch tatsächlich eine weiße Weste anzuziehen. Wer weiß, was auf der anderen Seite des Lebens bezüglich ihr entschieden werden würde."

„Eine weiße Weste?!", wiederholte Berlingui und starrte an die Decke: „Die hab' ich wohl nicht herausgehört. Sie hat mit mir das Spiel gespielt, das sie für bestimmte Männer wohl schon immer wirkungsvoll einstudiert hatte. Das sah nicht nach großem Frust und Lebensunwillen aus, sondern nach Selbstbewusstsein."

„Von dem wir aber bislang nicht wissen, ob und für wen sie es aktuell gehabt hätte."

„Wäre Sullavenga ein attraktiver Mann, hätte ich spontan einen Verdacht. Sogar das Alter hätte gepasst."

„Das ist für eine Frau nicht entscheidend. Sie war darauf bedacht, dass sich ihre Situation nicht verschlechtert", warf die Sottotenente ein.

„Sie meinen ihren Reichtum. Die Wohnung strotzte vor teurer Ausstattung. Ich gebe zu, dass ich in ein, zwei Momenten des Gespräches gedacht habe, dass sie es eigentlich nicht schlecht getroffen hatte. Zwar eine vergoldete Klösterlichkeit, wenn man so will und davon ausgeht, dass alles stimmte, was sie erzählte, aber allein Chiaras Geschichte empfinde ich immer noch schlimmer." Berlinguis Blick wanderte zu Collasso, der überrascht zurücksah. Der Commissario zuckte die Schultern und fuhr fort: „Vergewaltigungen sind wenigstens polizeilich verfolgbar. Liebesverweigerung gilt in keinem Gesetz als strafbar. Die Kirche hätte Tizianas Ehe sogar annullieren, sie sich scheiden lassen, aber in jedem Fall ein neues Leben beginnen können."

„Was aber nicht im Sinne ihres Mannes sein konnte. Er hätte sicher viel Geld verloren", meinte Collasso.

„Vielleicht. Aber dann höchstens wegen dieser Brandmarke. Die hätte er bezahlen müssen. Schmerzensgeld. Aber wer weiß, was wirklich passiert ist. Im betrunkenen Zustand haben schon viele Ehen die Schmerzen dümmster Ideen ertragen müssen. Würde jede eine Anzeige ergeben, wäre die Anzahl der Polizisten, Richter und Anwälte wenigstens mal zehn zu nehmen. Und die Schreiberlinge hätten doch längst ihre Gerüchte gestreut, wenn zwischen dem ganzen Saus und Braus etwas Mitteilenswertes gewesen wäre. Die ganzen Ups and Downs. Jedes In und Out. Wie: *Schon wieder vergrämt auf Tour. Sie alleine auf Einkaufstour in*

Mailand, Florenz oder Rom. Er oder sie öfter in neuer Begleitung. Oder Vergleichbares. Ihr kennt das."

„Darüber durfte ja nicht geschrieben werden. Wäre es aber doch, siehe Baù."

„Oder Giuseppe", seufzte Berlingui und schüttelte den Kopf: „Wer weiß, was er hätte dann schreiben müssen, weil Gibellato es so von ihm verlangte."

„Er hat ja leider ein paar Artikel genau in diesem Tonfall geschrieben, sehr wohlwollend und unkritisch."

„Das ist die alte Regel. Diese Großen sind nur deshalb groß geworden, weil sie die Schwäche, Leichtgläubigkeit und auch Mutlosigkeit der anderen gnadenlos ausgenutzt haben. Würde ihnen jemand Grenzen setzen, kämen sie ins Straucheln."

„Was das vorhandene Geld zu verhindern weiß. Ebenso wie die längst positionierten Leute auf den richtigen Stühlen. Das ist ja leider immer so. Politik regiert nicht, sondern bestimmt", fasste der Ispettore zusammen, „aber in diesem Fall hätte Geld auch nicht geholfen. Die Duchessa hätte sie durch eine größere Summe auf Dauer nicht zum Schweigen bekommen. Und hätte die Gibellato sie ebenfalls erschossen, wäre auch das irgendwann herausgekommen. Sie saß in einer Falle, aus der sie nicht mehr so einfach rauskam."

„Der einzige Trost, auch bei denen geht manche Lebensplanung daneben. Demnach hat sie mit ihrer zu spät angefangen", befand Loretta.

„*Va bene,* sie hätte die Fronten also viel früher wechseln müssen. Wenn das zum Beispiel mit der Liebe zu Tomè und dem Kauf der Wohnung stimmt. Scheidung ist ja nun nicht etwas so Ungewöhnliches, als dass man ihr solch eine Wohnung hätte kaufen müssen, damit es kein Gerede gab, oder? Dieser Tomè war obendrein eine mindestens genauso gute Partie wie Gibellato. Was stört mich da, was die Presse davon hält. Und mein

Gott, selbst in unserer Dienststelle kenne ich genug, die sich nach solchen *Vorfällen* arrangiert haben."

„Ein solches Arrangement hätte allerdings auch ihre weiteren Pläne zunichtegemacht", konterte der Ispettore, „denn sie hat ja über Jahre auf diese Weise viel mehr Geld herausquetschen können. Sie war am Ende diejenige, die Geld hatte. Kein Wunder also, dass Gibellato sie wieder bei sich haben wollte."

„So gesehen, passt das auch. Auf jeden Fall hatte ich für meinen Teil im Verlauf des Gespräches nur noch eingeschränktes Mitleid – trotz ihrer zugegebenermaßen aufreizenden Optik."

„Glauben Sie, sie hätte es für ihre Zwecke auch darauf angelegt, Sie zu verführen?", forschte Loretta nach.

„Hätte? Sie hat es sehr offensichtlich versucht, würde ich sagen." Berlinguis Antwort ähnelte einem erstaunten Ausschnaufen, dann fuhr er fort:

„Ein paar Abende zuvor war ich bei Ricarda und Giuseppe und hab sie so unverfänglich wie möglich gefragt, ob sie mit dem Namen Gibellato etwas anfangen könnten. Er war – wie wir nun wissen, aus verschiedenen – leider nun auch verständlichen Gründen sehr zurückhaltend, aber Ricarda erzählte von ihr, als würde sie die Contessa wie eine alte Bekannte gut kennen und zeigte mir ein paar Bilder in der Giftpresse für Prominente. Sie zeigten durchweg eine mild lächelnde, sehr distanziert wirkende, reiche Frau. Ausgestattet mit der für solche Leute natürlichen Unnahbarkeit. Wohlgemerkt immer in Begleitung ihres Mannes. Zu Hause ergänzte Carla noch das ein oder andere. Aber nichts, rein gar nichts, auch wenn ich das Gespräch mit Signora Gibellato rekapituliere, ließ auf etwas schließen, was ihr mit euren … Sätzen andeuten wollt. Das klingt, gelinde gesagt, alles etwas ungewöhnlich. Daher weiß ich noch nicht, was ich von diesem ... Konstrukt halten soll. – Ich hoffe also, ihr habt noch andere Munition!?"

„Vielleicht gab es noch einen weiteren Mann, der sie erobert hatte. Vielleicht lag Tomè deshalb mit einem Herzinfarkt im Krankenhaus", überlegte Collasso.

Padua, 12. November, wenige Jahre zuvor

Fabrizio Gibellato schob seinen Teller von sich weg. Selbst eine Spülmaschine hätte diesen nicht sauberer bekommen können. Gleich darauf trank er sein wie von Geisterhand gefülltes Weinglas, in dem ein wunderbarer *Primitivo* tiefrot funkelte, und aus dem zuvor für einen kurzen Moment das volle, betörende Beerenaroma verströmt war, in einem Zug leer, ohne dabei Flaviano Tomè aus den Augen zu verlieren. So ein Gespräch wie heute Abend musste man schon im besten Restaurant der Stadt, im *Bella Parti*, machen, in diesem zugleich noblen und auch etwas rustikal wirkenden Restaurant, damit man etwas für die Zukunft bewegen konnte. Es war die letzte Chance, ohne Gesichtsverlust aus der Sache herauszukommen, selbst wenn dies mit Flaviano Tomè geführt werden musste. Der ehemalige Junge, den er mitsamt seiner Familie einst Erzfeind genannt hatte. Auch wenn dies schon Jahrzehnte her war.

„Carlo Sullavenga möchte, dass wir beim Bau des Kongresszentrums die Hauptrolle spielen." Jetzt war es Zeit, endlich den Grund für dieses Treffen herauszulassen. „Natürlich erhofft er sich Einfluss auf die Ausführungen. Und natürlich soll es ihm auch noch etwas ganz anderes einbringen. Er denkt an einen größeren Posten nach den nächsten Wahlen. Ein Posten in den Ministerien. Ich glaube, wir sollten uns diesem Wunsch nicht verschließen. Bislang sind wir nicht schlecht gefahren damit und wir haben sicher auch in Zukunft etwas davon."

„Ach. Und wie gedenkt er das hinzubekommen? Bei den letzten Projekten haben wir ihm fast schon Logen eingebaut und was hat es uns gebracht? Nichts. Unsere Firmen wanken immer mehr. Er hat Großes vor und die anderen stehlen sich aus der Verantwortung und springen ab. Wir können die Preise in den jetzigen Zeiten nicht beliebig bestimmen oder gar vorschreiben. Natürlich können wir Obergrenzen nennen. Aber der Bauboom ist vorbei und sollten Abmachungen nicht eingehalten werden, müssen *wir* Abstriche machen, nicht unsere Zulieferer, denen ist längst die Luft ausgegangen. So gehen inzwischen die modernen Geschäfte. Wir leben nicht mehr in den 50er oder 60er Jahren und regeln das Ganze über unsere Hosentaschen. Jetzt wacht die EU über uns. Schon vergessen?"

„Er gab mir diese Papiere. Preislisten anderer Baufirmen. Mit ihnen können wir unser Angebot punktgenau kalkulieren. Das hat mit der EU rein gar nichts zu tun. Sondern nur mit uns, damit, wie wir uns arrangieren. *Wir* müssen uns absprechen. Wir müssen zu Zulieferern von uns selber werden. Schaffen wir das und sind fertig, könnten wir fusionieren. Danach sind nicht nur meine, sondern *unsere* Schulden passé."

„Fusionieren. Zufälligerweise weiß ich, dass das Dach der Gesellschaft deinen Namen tragen soll."

„Du wirst gleichberechtigt sein."

„Auch bei der Auszahlung deines Schwiegervaters?"

„Er hat nichts zu sagen und kein Stimmrecht." Gibellato spürte den Schweiß in seinem Nacken hinunterrinnen.

„Tizianas Eltern werden auch älter. Darauf bereitest du dich auch schon vor. – Habe ich erfahren."

Gibellato schubste entrüstet sein Besteck gegen den Teller.

„Was soll das, Flaviano? Wir sollten weniger mit Argusaugen und Eifersucht auf uns schauen, als versuchen, die Projekte und damit unsere Firmen zu sichern. Dass du es mit Tiziana treibst, steht auf einem anderen Blatt, das kommt, das sage ich mit äußerster Zurückhaltung, in den besten Familien vor."

„Du sagst es."

„Dann benutze sie aber nicht als Waffe gegen mein Unternehmen!"

„Ich würde gerne meine Firma sichern und nicht deine retten müssen. – Wir sollten vielmehr daran denken, unsere Forderungen abzustimmen, statt ein unmögliches Wunschkonzert zu veranstalten. Das wäre in meinen Augen der richtige Weg. Ich habe *nicht* die Möglichkeit, Zulieferer zu spielen."

„Du willst Einblick in meine Abrechnungen?"

„Wenn du einen Zusammenschluss planst, werden wir noch ganz andere Dinge zu sehen bekommen. Oder glaubst du etwa, allein dein Wunsch reicht aus, um zu fusionieren? Ich dachte, du wärest informiert über die Vorgehensweise. Das kann zudem dauern!"
Tomè klang, als fühlte er sich wie ein dummer Schüler behandelt, und schob deshalb nach:

„Ich denke wirklich, wir sollten etwas ernsthafter miteinander umgehen. Ich habe genug Ahnung, die praktischen Dinge bei unseren Projekten zu lösen. Das andere sollten Anwälte regeln. – Ich gebe dir Bescheid, wenn meine so weit sind."
Tomè tupfte sich mit der Serviette den Mund ab, trank den letzten Schluck Wein aus seinem Glas, tupfte die Lippen ein weiteres Mal ab, ohne Gibellato aus den Augen zu verlieren. Indem er die Serviette neben den Teller legte, stand er auf und meinte:

„Danke für das Essen! Bei Gelegenheit werde ich mich revanchieren."

12. Oktober, 13 Uhr 45

Berlinguis Stimmung war nicht die beste. Er fühlte sich überrumpelt, beschnitten, eingeengt. Richtig erklären würde er es nicht können. Ja, vielleicht war enttäuschte Männlichkeit mit im Spiel, vielleicht war es auch einfach nur zu viel, innerhalb von wenigen Stunden zu erfahren, was für ein Spiel mit ihm getrieben worden war, den möglichen Grund für den Anschlag auf sich zu erfahren und dann noch einen Freund zu verlieren. Um darüber hinaus festzustellen, dass Letzteres immer noch nur wie eine Episode und nicht wie der Verlust seines Freundes wirkte.

Dabei war er angetan von den ganzen Fakten, die die zwei zutage gefördert hatten. Er ahnte, dass es tatsächlich eher die männliche Seite in ihm war, die sich getroffen, ja, auf vielfältige Weise sogar betrogen fühlte. Tiziana hatte ihn ausgenutzt und fast ihr Spiel gewonnen. Er hätte dann nur noch dumm aus der Wäsche geguckt, wenn ihr Plan funktioniert hätte.

Unkonzentriert schaute er auf die ganzen Unterlagen, Ordner und Dokumente vor sich. Fischte ein Blatt, das mit einer Ecke darunter hervorlugte, aus den Stapeln und hielt unvorbereitet ein Foto in den Händen. Verdutzt schaute er es an. Es zeigte Tiziana auf ihrem Bett. Aufgedeckt. Die Kamera senkrecht von oben über sie gehalten. Die linke Hand locker auf ihrem flachen Bauch etwas unterhalb des Nabels. Die rechte neben dem Körper. Der damalige Morgen mit all seinen verwirrenden Bildern war wieder da. Nun als Foto, das Ravanelli für seine Arbeit gebraucht hatte. Wüsste er nicht, dass sie darauf tot war, würde ein solches nicht seine Wirkung verfehlen. Nicht bei ihm. In seinen Gefühlen ertappt, schaute er auf, legte es so beiläufig wie möglich zurück und atmete tief durch.

„Ihr ahnt es. Ich brauche eine Pause."
Ohne eine Antwort oder Reaktion abzuwarten, stand er auf und ging hinaus. Fummelte auf dem Gang sein Mobiltelefon heraus, während er zum Fahrstuhl lief, und versuchte Carla zu erreichen. Er brauchte dringend einen Beam in die Wirklichkeit, in ein anderes Dasein, ins Leben. Und nicht den Blick auf tote Freunde, schöne Tote, Intrigen, an denen diese vorher beteiligt waren, und Lügen, die damit in Verbindung standen und nun zu solchen Enttäuschungen führten. Als sie abnahm, ging er an der offenen Fahrstuhltür vorbei, missachtete den Gruß eines Kollegen und nahm das Treppenhaus nach unten.

„*Ciao, Caro!* Um diese Zeit?"
Obwohl Ricardas Anruf erst wenige Minuten alt war und Carla nun durch sie, statt ihm Bescheid wusste, schmunzelte sie von einer Ahnung berührt ins Telefon. Denn sie glaubte, ihn nun in einem trauernden Zustand anzutreffen.

„Mein Gott", entgegnete er erschrocken, als er von dem Telefonat erfuhr, „ich habe es dir nicht einmal gesagt."

„Sie hat mir auch erzählt, mit welchen Untersuchungen ihr gerade zu tun habt."
Ihre warme, immer etwas spröde klingende Stimme ließ ihn seltsamerweise jetzt nicht an den toten Giuseppe, ihre Freundschaft und all das zusammen Erlebte denken, sondern stattdessen an seine Hände in der gestrigen Nacht, an den Strand, der keiner war, unterhalb des Hotels auf Mallorca und den Augenblick, als sie in dem Zimmer am Tag vor ihrer Abreise sich nebenan im Bad

über das Waschbecken beugte. Auch das war alles sofort wieder da: Ihre blasse und doch leicht gebräunte Haut. Diese eigentlich intime Körperhaltung. In Gedanken sah er Carlas nackten Körper durch den vom Badlicht hellen Spalt. Betrachtete sie dabei, wie sie ihr Gesicht wusch. An jenem Morgen hätten ihn wie sonst ihre festen, leicht pendelnden Brüste verführt, ihre feuchte schimmernde Haut und die Härchen ihrer Scham, die selbst in dem künstlichen Licht des Neons die unwiderstehliche Sinnlichkeit komplettierten.

Doch der Versuch, seinerzeit seine Mutter im fernen Italien zu erreichen, hinderte ihn genauso daran wie nun die zwar wesentlich kürzere, aber doch vorhandene Distanz zwischen dem Kommissariat und seinem Haus in der *Ottavio Munerati*. Sein Seufzen schien ihrer Ahnung zu entsprechen und daher Antwort genug.

„Reicht es, wenn ich einfach was sage?“, fragte sie.

„Es reicht, zu wissen, dass du zwar nicht hier, aber am anderen Ende bist.“

„Du wirst es kaum glauben. Ich habe heute Morgen, gleich nach dem Gespräch mit Ricarda, einen Tisch bei Lino reserviert. Das wird guttun. Danach sehen wir weiter“, meinte sie vielsagend, „und vorher gehe ich natürlich noch bei ihr vorbei.“

„Das ist genau das, was ich wollte!“, gab er dankbar zurück: „Bis später!“

Er war bereits unten angekommen, schob das alte Nokia wieder in die Tasche und trat vor die Tür. Die Luft war immer noch feucht vom Regen am Morgen und für Mitte Oktober viel zu warm. Auch sie tat gut. Trotzdem. Über ihm dafür nun eine eigenartige Sonne, die ein so gleißendes Licht erzeugte, das er tatsächlich glaubte, an einem Sommertag hinausgegangen zu sein.

Die *Piazzetta Giovanni Palatucci* vor dem Gebäude schien zu dampfen. Dutzende Leute querten vor ihm den Platz, nahmen weder von ihm, noch dem kleinen Schildchen an der Ecke des Gebäudes Notiz. Alles Touristen, Angestellte, Studenten und ein paar Schüler. Die wenigstens von ihnen hatten die Inschrift jemals gelesen und wussten sicher nichts über den Namensgeber des Ortes. Der war zwar ein Faschist gewesen, hatte trotzdem zahllosen Juden das Leben gerettet und wurde sowohl in der Gedenkstätte von Yad Vashem als auch in der Liste der Märtyrer des 20. Jahrhunderts genannt.

Der Commissario sah den eiligen Menschen hinterher, drehte sich langsam wieder um, warf einen kurzen Blick auf das Täfelchen und ging anschließend wieder hinein. Hoffentlich käme er heute Abend rechtzeitig raus. Carla war eindeutig das Leben, welches er dann brauchte. Egal, ob im schwarzen Negligé oder in ihrer normalen Jeans.

Im Büro schauten Benito und Loretta ihn an, als sei er ein Kranker, den man unter Beobachtung stellen müsste. Zunächst verwundert und dann amüsiert darüber schüttelte er den Kopf und meinte ernster als sein Gesicht es verriet:

„Ich habe wegen Giuseppe nicht einmal Carla Bescheid gesagt. Unfassbar! Jetzt hat Ricarda sie angerufen und sich sicher gewundert. Zumindest Benito weiß nun, was ich mit *lame duck* gemeint habe."

Der Ispettore und Loretta runzelten gleichzeitig die Stirn, schauten sich fragend an und Berlingui ergänzte schneller als sie etwas erwidern konnten:

„Macht weiter! Wo waren wir stehen geblieben?"

Minuten später hatte er nach Protesten über seinen Kommentar dennoch erfahren, dass die hübsche Sottotenente Loretta es geschafft hatte, über die Kollegen der *Guardia di Finanza* ein paar lohnende Details über die wirtschaftliche Situation der beiden Bauunternehmen herauszubekommen. Diese waren gänzlich anders, als Tiziana sie ihm dargestellt hatte und zeigten, dass sie ihn mit ihrer Darstellung in die Irre geführt hatte. Was sie natürlich auch beabsichtigt hatte. Wieder schaute er auf den Stapel vor sich, in den er dieses Bild von ihr zurückgeschoben hatte. Er mochte nicht abschätzen wollen, wie weit sie ihm gegenüber gegangen wäre.

Vielleicht wäre er in den Tagen nach dem Gespräch dahintergekommen, aber wenn ihr Plan aufgegangen wäre, hätte sie längst im Flieger gesessen und sich – wie er nun wusste – nach Argentinien abgesetzt. Ausgerechnet zu dieser Mistretti oder gab es tatsächlich noch jemanden? Woher kannten sich die beiden überhaupt? Der Kosmos der Einflussreichen war wohl doch nicht so groß, wie er manchmal hoffte, glauben zu dürfen.

Für ihn und seine Nachforschungen wäre Tiziana jedenfalls unerreichbar geblieben. Und der Fall, trotz des Mordes an ihrem Mann, dann zu unbedeutend gewesen, um eine Auslieferung zu beantragen. Was hätte man ihr auch sonst noch vorwerfen wollen? Etwa eine Beteiligung an den anderen Taten? Das konnte er sich nun wirklich nicht vorstellen. Außer, sie würden nun auch noch herausfinden, dass Tiziana Gibellato in dieser Ehe nicht nur gelitten und sich deshalb gewehrt hatte, sondern sich aufgrund ihres Reichtums als Drahtzieherin der ganzen anderen Taten herausstellen würde. Aber selbst dann fehlte ihm immer noch die Schnittstelle, die Logik zu diesem brutalen Schritt, auf dem *Prato* so viele Menschen umzubringen. Er tat es kund und wusste sogleich, dass der Nachmittag sicher noch ein paar Überraschungen parat hielt.

Mira, 21. Oktober, vor über 30 Jahren

Irgendjemand musste die alten Götter gerufen haben. Wie sonst konnte ein solcher Tag so gelingen. Juno, Göttin der Ehe, Bacchus, der für Wein und wohl auch Amor, der für die Liebe, waren der Einladung gefolgt, zudem hatten die ganzen, für alles Mögliche zuständigen Hausgötter wohl ein Einsehen und sorgten sowohl für ein fast sommerliches Wetter als auch für die freudige, dem Anlass entsprechende Stimmung.

Alles, was in der Region Rang und Namen hatte, war eingeladen und gekommen, von Bürgermeistern über Industrielle und VIPs aus dem Kulturleben bis zu namhaften Vertretern der Regierung, sowohl aus Venedig als auch Rom. Versammelt in einer der aufwendig renovierten, prachtvollen Villen am Brenta, inmitten eines riesigen und gepflegten Parks, einst vielleicht von Andrea Palladio oder Giovanni Battista Tiepolo entworfen. Außerordentlich passend für ein Fest, das es nun zu feiern galt. Zumal die Räumlichkeiten weit über die üblichen Maße hinaus geschmückt waren.

Die junge, gerade zwanzig Jahre alt gewordene Contessa Di Marchio erschien wie ein Engel am oberen Treppenabsatz des herrschaftlichen Hauses, zusätzlich vom Licht eines großen Jugendstilfensters hinter ihr in Szene gesetzt, und schritt die schwungvoll gebogenen Stufen mit dem nötigen, ernsten Blick hinunter, um unten auf der letzten mit unverändertem Blick die Hand des inzwischen weit mehr als doppelt so alten Fabrizio Gibellato für die anstehende Trauung zu ergreifen.

Jeder der zumeist in die Jahre gekommenen Männer schaute mit einem gewissen Neid zunächst auf das ungleiche Paar, dann auf die eigene Frau und wieder zu der viel Jüngeren an der Seite dieses Gibellato. Was würde man darum geben, etwaige Projekte in der Zukunft statt mit ihm nun mit ihr verhandeln zu können. Doch selbst in ein paar Jahren würde sie, selbst wenn sie dann das geforderte Wissen dieser Branche erlangt hätte, wohl nur mit ihrer weiblichen Seite reüssieren können. So schauten diese Männer sie genau mit solchen, nahezu hungrigen Augen an und beneideten Gibellato darum, die Contessa bekommen zu haben.

Dies sollte – wie sich noch am selben Tag herausstellen sollte – dann doch der unwichtige Teil des Tages werden. Das Treffen der großen Namen war als solches sicher eine angenehme Abwechslung im Alltag, sollte aber wie jede Zusammenkunft in dieser Art eher das eigene Dasein und die damit nötigen Geschäfte sichern, als einen Kitsch zu feiern. Jeder schaute deshalb lächelnd, auf der Suche nach einem geeigneten Gesprächspartner, gewichtig und verbindlich in die Runde. Jeder mit einem Glas Champagner oder Wein in der Hand. Jeder mit einer schiebenden Hand auf der Schulter eines anderen, um ihn für die wirklich wichtigen Gespräche in einen der ruhigeren Räume zu führen.

Der Name der Familie, der Ruf, der damit verbunden war, war auch zur Sicherung der eigenen Zukunft gedacht. Di Marchio bedeutete, in der Bauindustrie bei *allem* mitwirken zu können. Und die Liste von *allem* war lang. Gibellatos Vater hatte womöglich dieses eine Mal doch recht gehabt, als er Fabrizio vor Jahren sagte: *Und diese brauchen erst recht ein Haus, in dem sie ihre Würde darstellen können.* Dieses Haus sollten sie bekommen und Fabrizio Gibellato hatte den passenden Schlüssel dazu, ob die Contessa wollte oder nicht. Die Familie zu retten war ihre erste Aufgabe und die zweite, ihn ab heute dadurch groß werden zu lassen.

Sein zukünftiger Schwiegervater, sogar ein Jahr jünger als er, ahnte nicht nur, sondern wusste um diesen

Umstand und schob nicht ihn, sondern einen der aufstrebenden jungen Juristen in das holzvertäfelte Büro voller dräuender dunkler Möbel aus alten Zeiten, in dem schon sein Vater die wichtigen Geschäfte besiegelte. Nahezu frisch von der Universität hatte der junge Mann ein Angebot einer alteingesessenen Sozietät angenommen und nun vor, nicht nur eine Karriere in dieser Sozietät, sondern auch in der Politik zu machen. Für eine solche Karriere brauchte man Geld und bevor Signor Di Marchio es seinem Schwiegersohn vor die Füße warf, wollte er lieber dafür sorgen, dass dieser zwar gute Aufträge, aber keinen weiteren Einfluss erhielt.

„Mein lieber Carlo, ich glaube, wir sollten unser Augenmerk auf Ihre Zukunft richten."

„Dafür hätte ich gerne Ihre Tochter gehabt", erwiderte der mit einem maliziösen Lächeln.

„Glauben Sie mir – es tut mir leid, so über meine eigene Tochter zu sprechen – aber ihr Aussehen täuscht über die nicht vorhandene Lieblichkeit hinweg. Ihre Bockigkeit wird er noch früh genug kennenlernen. Sie haben Besseres verdient. Ihre Kontrollmöglichkeiten können Sie auf anderem Feld ausüben."

„Kontrollmöglichkeiten?"

„Ich will nicht lange herumreden. Kommen wir also zur Sache. Fabrizio hat es zwar geschafft, meine Tochter zu bekommen, weil er in einem geschickten Moment ihre oppositionelle Haltung gegenüber ihrer Familie auszunutzen wusste. Leider ist er inzwischen einerseits in dieser Region zu namhaft geworden, um diesen Antrag abzulehnen, andererseits kann seine Firma nicht mehr übergangen werden, wenn größere Bauvorhaben anliegen."

„Sie sehen ihn also als Konkurrenten für Ihr Imperium an?"

Di Marchio verhinderte ein lautes Auflachen.

„Auch das mag überheblich klingen, aber unser Imperium, wie Sie es nennen, ist viel zu alt und in dieser Region zu sehr verwachsen, als dass unsere Familie etwas zu befürchten hätte. Nein, mein Lieber, seine Art verbietet es schlicht und ergreifend, dass er auch in anderen Dingen und Entscheidungsprozessen größeren Einfluss bekommt. Es reicht, dass er Tiziana bekommen hat und nun glaubt, über mich noch mehr zu erhalten. Diesen Glauben will ich ihm lassen. Aber gegen Weiteres muss ich mich wehren können. Deshalb sitzen wir hier. Weil ich dabei an Sie gedacht habe. Auch Sie haben Vorstellungen über Ihre Zukunft und größere Ziele. Wir beide müssen also einen Plan schmieden, der unsere Anliegen nicht verrät. Was halten Sie davon?"
Carlo, der junge Advokat, rutschte ein wenig unruhig geworden auf dem Leder des alten Stuhls aus der Gründerzeit herum und schaute in die Regale hinter Di Marchio, die ihn zu bewachen schienen. Kurz atmete er tief durch und versuchte sich ein Bild zu machen.

„Das heißt, Sie bezahlen mich ..."

„... nein, nicht Sie, sondern Ihre Pläne, Ihre Zukunft, Ihr Vorhaben, von nun an mitreden zu können, weil Sie Verantwortung und eine entscheidende Rolle übernehmen wollen. Warum sonst hätten Sie diese Ausbildung gemacht? Warum sonst sind Sie hier unter solchen Leuten. Sie werden sehen, unsere Ziele sind deckungsgleich. Nur haben Sie Ihre noch mit keinem Namen verbunden. Den habe ich Ihnen nun genannt. Alles andere bleibt, wie Sie es sich gedacht haben. – Nur das Diffuse Ihres Werdegangs ist nun erkennbar geworden. Aus Ihren Vorstellungen Wirklichkeit. Also? Was halten Sie davon?"

„Ehrlich gesagt, überrascht mich Ihr Anliegen an einem solchen Tag. Ich dachte ..."

„... sich vergnügen, können Sie noch oft genug. Hier sind doch eh nur alte Menschen unterwegs. Sogar mein Schwiegersohn gehört diesen in nur wenigen Jahren an. Am Ende ihrer Ziele sind sie alle nicht nur vom Reichtum, sondern auch von ihren Gebrechen gebeugt. Das Schlimme ist, dieses Schicksal wird wahrscheinlich leider selbst bei mir keine Ausnahme machen."

Di Marchio lachte süffisant auf, schaute kurz zum Fenster hinaus und fuhr fort:

„Sie sind jung. Mischen Sie sich dort ein, wo Ihr Leben stattfindet, wo Sie ihresgleichen treffen, mit denen können Sie die Nächte durchmachen oder die Welt verändern. Und da Sie ja schon nicht die Frau erhalten haben, die Sie sich vielleicht gewünscht haben, könnten Sie nun von mir stattdessen *die* Schuhe für *die* Schritte im Leben erhalten, die noch viel mehr möglich machen."

„Schuhe sind keine Menschen."

„Schuhe tragen Sie aber zu Menschen."

Der junge Jurist Carlo zog wieder die Luft ein, schaute in die immer noch vollgestopften Regale, als fände er dort eine Antwort und fragte dann doch:

„Was genau soll ich machen?"

„Gar nichts! Ihre Aufgaben erwachsen ganz automatisch aus dem, was ich gesagt habe. Die Zeit wird es beweisen. Sie werden sehen!"

12. Oktober, 14 Uhr 10

Überrascht schaute Berlingui die junge Sottotenente an. Für ihn war der Fall nun klar. Jetzt fehlten nur noch die letzten Beweise. Oder war er nur ungeduldig geworden und wollte den Fall nun wirklich abgeschlossen haben.

Seine Attentäter konnte er ja auch nicht mehr überführen und dingfest machen. Da wäre dieser Senatore doch eine wunderbare Alternative. Kurz überlegte er, ob er bei Sfarzi eine Hausdurchsuchung beantragen sollte. Ihn faszinierte die Idee, in den Schubladen von diesem allzu bekannten Juristen zu stöbern und mit jedem Griff etwas ans Tageslicht zu befördern, was diesen erst sprachlos, dann unendlich wütend machen, dann in die Enge treiben würde, weil als Erstes das mit Vio herauskam, anschließend eine Bestechung von Entscheidungsträgern bezüglich einiger Bauvorhaben und eine Schublade tiefer eine Menge Kontoauszüge, die belegten, welche Summen er angenommen hatte, um dies alles in die Wege zu leiten. Mitten in seinen Gedanken, die ein Grinsen in seinem Blick erzeugten, unterbrach ihn Loretta. Er quittierte es verwirrt, erstens, weil sie ihm dabei wieder dieses sanfte Lächeln schenkte, und zweitens, weil der Satz seine Gedanken wie einen Luftballon platzen ließen:

„Wir hatten in diesem Fall an eine Hausdurchsuchung gedacht, doch Benito kam auf die Idee, zusammen mit den Kollegen der *Guardia di Finanza* zuvor auch dessen Konten zu durchleuchten. Ein schwieriges Unterfangen, wie sich herausstellte. Seine privaten Konten zeigen nur ganz normale Bewegungen. Allerdings gibt es Gutschriften von sogenannten Offshore-Konten in Dubai, was die Vermutung nahelegt, dass er aufgrund der Nähe – immerhin kämen ja sonst noch Finanzplätze wie Belize oder die Cayman-Inseln in Frage, die nicht so gut erreichbar sind – immer wieder dorthin fliegt, um größere Summen bar abzuheben. Wir haben Flüge gesucht, aber er hat solche zumindest in den letzten Monaten nicht gemacht."

„Was allerdings heute Morgen leider auch gefunden wurde", Collasso hatte sich eingeschaltet, „sind Flüge von … ach das zeigen wir Ihnen." Nun winkte er ab und griff zum Telefon, am anderen Ende nahm Silvia Esposito ab und versprach, die Papiere rüberbringen zu lassen. Silvia Esposito. Der Commissario schmunzelte und hatte nicht einmal Zeit, sich mit der *Panafe*, dieser neuartigen Espressomaschine, die der Ispettore vor Monaten angeschleppt hatte, einen weiteren Espresso zu machen, denn im gleichen Moment klopfte es schon und einer der Polizisten kam ohne ein *Avanti!*, ein Herein, abzuwarten ins Zimmer.

Ein junger Assistente. Einer, der die Straße kannte und aufgrund seiner Profession und seines Dienstranges nur knapp neben der Grenze zur anderen Seite stand. Einer, der sich sicher deshalb auch nicht viel anders verhielt. Eine tägliche Gratwanderung. In seiner Hand eine Dokumentenmappe. Sofort fiel sein Blick auf Loretta. Abschätzend und anzüglich. Statt die Mappe dem Commissario über den Tisch zu reichen und wieder zu verschwinden, ließ er sich Zeit. Kurvte fast auf Tuchfühlung an ihr vorbei um den Tisch herum und sprudelte dabei Nonsens heraus. *Ciao … Posso? Quindi … Ecco qua … una nuova collega? Infine! – Lasciati guardare!* Und schaute ihr in den Ausschnitt. Mit großen Augen und einem dümmlichen Grinsen. Erinnerte sie deshalb an die Kerle, mit denen sie damals nach einem Tauchgang vom Boot gestiegen war, und die einst dasselbe hinter ihr hergerufen hatten, *Lasciati guardare!*, und nur deshalb dann zur Basis hinter ihr herliefen, damit sie ihren Körper unter dem hautengen Neopren beäugen konnten. *Ob sie wohl genauso gut im Bett ist?*, flüsterte der eine – und der andere *Nass ist sie sicher jetzt schon!* und lachte laut und unanständig auf.

Als sie zwei Minuten später ihr Tauchjacket, die Flasche und das Blei abgelegt hatte und die enge Tauchjacke darüber hängte, waren die zwei immer noch damit beschäftigt, über ein Abenteuer mit ihr zu philosophieren. Sie kam genau in dem Moment hinzu, als einer von ihnen sich etwas zurücklehnte und eine eindeutige Bewegung mit seiner Faust vor seiner Hüfte machte und auflachte, als sie es sah. *Haste Lust? Komm! Mach mit!,* meinte der Typ und starrte ihr auf die Brüste, die sich unter dem schwarzen Sportunterhemd viel zu schön abzeichneten und auf ihre Hüfte unter der Schwimm-Leggings. Im gleichen Moment zog er sich, ohne zu humpeln, seinen Tauchanzug aus und stand nur noch in Badeshorts da. Seine Pose sprach Bände. *Idiot!,* zischte sie und dachte: *Nur weg hier!* Drehte sich um, ging mit energischem Schritt in Richtung des Wassers zurück, hörte dieses *Lasciati guardare!,* fühlte die Blicke und zog sich, ohne sich weiter darüber Gedanken zu machen und daher in einer viel zu anmutigen Bewegung, das trocken gebliebene Hemdchen aus. Darunter ihr breites Kreuz und die nun viel zu nackten Brüste. Ohne anzuhalten ging sie in die leichte Brandung und sprang mit einer fließenden Bewegung ins Wasser und schwamm hinaus. Mehr wollte sie denen nicht bieten, bis sie endlich verschwunden waren. *Lasciame in pace!*

Berlingui sah in ihr Gesicht, sah das Flackern in ihrem Blick und richtete seinen auf den Assistente und meinte mit einer wedelnden Hand übertrieben freundlich: *È buono e grazie!* Ist gut und Danke! Mit einem augenzwinkernden Blick zu Loretta verließ der Polizist das Büro.

„Er ist ein guter Mann. – Auf seine Weise", entschuldigte sich der Commissario, „hartnäckig und loyal. Hat leider zu viele Frauengeschichten und auch noch ein paar Flausen im Kopf. Ich hoffe, er findet mal die Richtige."

„Kein Problem!", antwortete Loretta mit einem Lächeln: „Solche Männer gibt es in allen Berufen und

Dienststellen. Inzwischen weiß ich mich zu wehren. Ich war nur zu überrascht."

„Wenn wir helfen können, sagen Sie Bescheid."

„Immerhin bin ich ja bei den Carabinieri gelandet", entgegnete sie lachend.

„Auch wieder wahr", meinte der Commissario, „also lasst mal sehen."

Er nahm die Mappe und schlug sie auf. Sie beinhaltete mindestens drei Dutzend Kopien. Flugtickets, Auszahlungsbelege, Fotos von Post-its und Gesprächsprotokolle. Etwas zu schnell blätterte er sie durch.

„Woher stammen die?", wollte er wissen.

„Die *Guardia* verfolgt schon seit Längerem aus ganz anderen Gründen einige Dinge, die mit seinem Namen in Verbindung stehen."

„Als da wären?"

„Bestechung, Geldwäsche, Mitwirkung beim Abfluss unversteuerter Umsätze von Firmen, die er vertritt. Allerdings waren weder Gelder von Tomès noch Gibellatos Kontoverbindungen dabei. Haben Sie aber die Kopien der Flugtickets gesehen?"

Der Commissario schüttelte den Kopf, in Erwartung, eine noch viel größere Überraschung zwischen diesen Dokumenten zu finden, von der er zwar nicht wusste, wie sie aussehen könnte, hatte er sie wohl einfach übersehen. Er verzog das Gesicht und blätterte zurück, bis er mindestens sechs solcher Kopien wie ein übergroßes Kartenspiel in den Händen hielt. Ungläubig schaute er auf die zwei Namen darauf.

„Das ist nicht Ihr Ernst! Das ist doch getürkt?"

„Leider nein. Wir sind der Sache natürlich nachgegangen. Wir vermuten, dass sie auf diese Weise nicht unbeträchtliche Summen in Sicherheit gebracht hat, weil sie, einmal nach Buenos Aires gezogen, keinen Zugriff mehr auf ihr Konto hier in Italien gehabt hätte.

Woher das Geld stammt, ist uns allen inzwischen wohl klar. Tomè hat ihr nicht nur die Wohnung und diesen *Stipo* geschenkt, sondern auch ihr Leben finanziert, genauso wie Gibellato, von dem sie eine regelmäßige – wie sagt man? – Art von Apanage verlangte. Im Laufe der Zeit kamen so allein auf diesem einen Konto der *Banca dell'Adriatico* über eineinhalb Millionen zusammen. Eine verdammt gute Basis, um dort unten, fürs Erste gut zu leben. Finden Sie nicht auch?"

„Und ich möchte nicht wissen, was sie mit dem Verkauf der Wohnung noch zusätzlich erzielt hätte", ergänzte der Ispettore.

„Unfassbar!", meinte Berlingui getroffen. „Aber seinen Namen auf den Flugscheinen zu lesen, trifft mich ins Mark."

„Die Kopie erhielten wir erst heute Morgen, nachdem die *Guardia* von seinem Tod erfahren hatte. Sie riefen Silvia an, dass sie dazu etwas in ihren Unterlagen gefunden hätten. – Tut mir wirklich leid."

„Wisst ihr, ob er geflogen ist?"

„Das Ticket stammt vom 12. September, einem Samstag, gerade mal vier Wochen her. Wir werden Ricarda fragen müssen, sobald sie ansprechbar ist", meinte Collasso.

„Ihre Welt wird gänzlich zusammenbrechen", erwiderte der Commissario.

„Sie wird höchstens noch wütender werden, behaupte ich. Denn als Sie vorhin eine Pause machten, rief Stefano Ravanelli an und erzählte, wie sie seinen Leichnam beschimpfte, als sie diesen im Sanitätswagen ins Institut begleitete. Er musste sie immer wieder zurückhalten, damit sie nicht auf seinen Körper einschlug. *Du bist wirklich der größte Vollidiot aller Zeiten!, hatte sie geschrien, Warum hast du nicht wenigstens einmal diejenige gefragt, die dir am nächsten steht? Verstehst du das unter Vertrauen?"*

„Sie wird es schwer haben zu verstehen", schränkte Berlingui ein, „womöglich werden wir nicht viele Antworten von ihr erhalten. Hoffentlich gewährt sie uns, in seine Unterlagen hineinzuschauen."

„Wenn denn noch welche vorhanden sind. Vielleicht hätten wir seinen Wagen, zum Beispiel den Kofferraum, besser untersuchen sollen."

„Warum sollte er sie mitgenommen haben? Sein Tod beweist doch, dass er wusste, dass alles herauskommen würde. Also war *diese* Angst von allen die kleinste. Die, sich blamiert zu haben, weil er bestechlich war, ist die größere gewesen. – Und jetzt bin ich verwundert darüber, wie wenig ich ihn gekannt habe."

Als könne er sich von dieser Last befreien, stand er auf und trat ans Fenster. Das Bild war unverändert, auf der *Piazzetta* waren genauso viele Menschen unterwegs wie vorhin. Nur ein Musiker war hinzugekommen und spielte an der Ecke zur *Riviera Tito Livio* auf seiner Gitarre herum, besonders gut schien er nicht zu sein, keiner nahm Notiz von ihm.

„Wenn jemand solch einen Weg eingeschlagen hat, gibt es kaum noch jemanden, der ihn zur Umkehr bewegen kann. Psychologen beruhigen die dadurch entstandene Hilflosigkeit Angehöriger damit, dass man als Freund oder Verwandter ohnehin viel zu dicht dran ist. Viel zu dicht, um irgendwie noch helfen zu können. Die Betroffenen müssen ihre Situation selbst erkennen. So schwer es für uns auch ist, dies zu akzeptieren."

Unvermittelt stand sie hinter ihm, als er sich umdrehte. Keinen halben Meter von ihm entfernt.

„Ach, Loretta", rutschte es aus ihm wie ein großer Seufzer heraus und er strich mit einer Hand über ihre

Wange, was ihm aber in diesem Moment gar nicht komisch vorkam.

„Sie sind wirklich in Ordnung! Danke! Ich werde Sie zu Ricarda mitnehmen, sie wird dann sicher keine Einwände haben. – Spielen Sie auch ein Instrument?", wollte er noch wissen und wies zum Fenster hinaus.

„Nicht wirklich!", meinte sie lachend, schaute durch die Scheibe nach unten und erinnerte sich an eine zu Ende gegangene Abschiedsfeier eines Kollegen, der wiederum mit ihr und ein paar Jungs den letzten Tag in Genua feierte. Die Zeit war weit fortgeschritten und seine Kumpels waren gegangen. Für sie ging es am nächsten Tag weiter und die Uniformen ließen auch keine besonders lockere Stimmung aufkommen. So war sie zum Schluss mit Luca in dessen Zimmer allein geblieben und unschlüssig, ob sie noch bleiben sollte. Als könnten die Zimmerwände eine Antwort liefern, schaute sie sich um. An einer Wand hing neben einem Spiegel ein Poster. Drei Frauen mit nackten, aber mit Bildern bemalten Rücken, die Cover der Alben der Gruppe Pink Floyd darstellten. Luca hatte das Poster offensichtlich in der Mitte zusammengefaltet. Vielleicht aus Platzmangel. Sie musste schmunzeln, nachdem sie näher herangetreten war und ihr der Grund für das Zusammenfalten klar wurde, denn sie erkannte sich in einer der drei Frauen. Die rechte mit dem Cover von *Animals* glich ihr sehr. Die gleiche Haarfarbe, die gleiche Figur, das nahezu gleiche Profil. Luca trat neben sie und deutete ungelenk auf das Bild.

„Seit ich dich das erste Mal gesehen habe ..."
Der Satz blieb unvollendet in der Luft hängen, wie eine einzelne Wolke in einem sommerblauen Himmel. Dann drehte er sich um. Ohne sie anzuschauen, holte er ihre Gläser vom Tisch und reichte ihr eines davon. Dann sah

er sie an. Sie wurde rot. Sie tat überrascht. Sie drehte sich weg.

Irgendwann saß sie nur noch mit Body und Bluse auf seinem Bett. *'tschuldigung, aber ich musste die steifen Klamotten endlich loswerden,* hatte sie gesagt und die Uniform einfach auf einen Stuhl geworfen. Eine Aufforderung an ihn war nicht damit verbunden. Er registrierte es wie ein Pokerspieler.

Anschließend hörten sie CDs, die er aus einem Karton hervorgekramt hatte. Musik aus einem fernen Land, bis er erklärte: *Hab' ich vor Jahren aus der Türkei mitgebracht. Warte, ich zeig dir was,* schon war er aufgestanden und kam mit einem seltsamen Instrument zurück. Sie nahm es vorsichtig in die Hände und erinnerte sich an ein paar Gitarrengriffe, doch die Akkorde, die sie versuchte anzuschlagen, klangen schrecklich. *Ist eine Saz, genauer gesagt, eine bağlama, auch aus der Türkei, eine Art Laute, die ist anders gestimmt,* meinte Luca, beugte sich zu ihr und zupfte einzelne Töne, die sie dann nachspielte. Minuten später kuschelte er sich an sie, schob vorsichtig eine Hand in ihren Schoß und ließ dort die Knöpfe des Bodys aufschnappen – und sie es geschehen.

Der Morgen kam zu schnell und sie hatte höchstens eine Stunde geschlafen. Traumlos und tief. Eine Stunde zu lang, wie sie dann feststellen musste. Auf dem Zettel neben dem Kopfkissen stand: *Ci vediamo!* Und sie spürte Traurigkeit hochkommen. Mit einem Kuli schrieb sie *Magari!* Schön wär's! darunter und heftete den Zettel später in ihrem Zimmer an die Korkwand.

„Machen wir weiter!?"
Berlinguis Worte rissen sie aus ihren Gedanken.

Verona, 22. August 1995, 5 Uhr 55

Sie waren auf alles vorbereitet gewesen. Kannten jeden einzelnen Schritt, der darauf hindeutete, dass nun der Termin näher rücken würde. Die Abstände der Wehen, das stärker werdende Ziehen, der Blasensprung. Doch die Fruchtblase hielt sich nicht daran. Nicht an das, was sie gelesen oder gehört hatten. Sie riss mit einer Plötzlichkeit, die eine erste Panik erzeugte. Allein wie das Fruchtwasser in einem Schwall aus ihr herausfloss, machte Michaela und Flaviano Angst. Davon hatte man ihnen nichts gesagt. Gleich das erste Kind schien also einen ganz eigenen Willen zu haben und sich nicht an die üblichen Erfahrungen zu halten. Dazu kam, dass der Arzt, der sonst jeden Tag von selber auftauchte, nun nicht erreichbar war. Nach dem fünften Versuch und voller Sorge fuhren sie dann ins Krankenhaus, wo eine resolute Krankenschwester alles mit dem Satz „Ist wohl ihr erstes Kind?" unwirsch zur Seite wischte. „Eine leichte Blutung ist nichts Außergewöhnliches, warten Sie, bis die Wehen alle zehn Minuten kommen, dann bereiten wir alles vor."

Doch als die Wehen heftig, unmissverständlich und ohne eine Pause einsetzten, war auch diese verschwunden. Plötzlich färbte sich das Laken unter ihr rot und Michaela schrie auf wegen eines plötzlich aufkommenden und stechenden Schmerzes. Nur ein Anästhesist war draußen auf dem Gang vor dem Zimmer anzutreffen, der jedoch auch nur missmutig nach ihr schaute und *jemanden* holen wollte. *Das ist normal,* sagte er noch. *Warten Sie, bis sie ihr nächstes Kind bekommen, dann lachen Sie über den heutigen Tag.* Als stünde er in einer Warteschlange vor einer Supermarktkasse machte er sich langsam auf dem Weg den *Jemanden* zu holen.

Gelacht wurde dann an diesem Tag nicht mehr. Denn eine Stunde später hielt Tomè tränenüberströmt ein kleines Mädchen in seinen Armen, während nun sogar mehrere Ärzte hektisch und mit viel Radau versuchten Michaelas Leben zu retten. Doch mit jeder Minute wurde die Situation aussichtsloser. Eine sogenannte Gerinnungsstörung war nicht in Griff zu bekommen. Michaela starb, ohne ihr Kind gesehen oder gar gefühlt zu haben, und ihr verzerrtes Gesicht verriet den Schmerz, den sie gehabt hatte und der sie nicht mehr verlassen wollte. Gianna würde ohne Mutter aufwachsen müssen.

12. Oktober, 14 Uhr 45

„Habt ihr eigentlich keinen Hunger?", fragte Berlingui.

„Sie etwa?", gab Collasso verwundert zurück.

„Ja! Hab' ich! Auf Mallorca gab es um diese Zeit immer Tapas. Sehr lecker, kann ich nur sagen und manchmal ungewöhnlich. – Wer holt im *Zzino* Tramezzini? – Loretta, hätten Sie Lust? Hier! Ich geb' Ihnen zwanzig Euro, holen Sie, was Sie möchten. Sie essen fleischlos, wenn ich es richtig gesehen habe."

„Zzino?", fragte sie und gab gleichzeitig den Namen in ihr Handy ein.

„Ah, ich sehe, am ..."

„... *Piazza delle Erbe*", ergänzte Collasso unnötigerweise: „Ein paar Generationen vorher residierten unsere Kollegen in dem Bau daneben, im *Palazzo di Giustizia*. Schau dir den mal an. Sehr lohnend." Lächelnd fügte er hinzu: „Dort stellte man früher Verbrecher in einem Käfig, im *volto della cordo*, im Seilbogen, an den

Pranger – bevor mancher von denen dort aufgehängt wurde. Sehr wirkungsvoll, wie ich immer noch meine." Loretta lächelte ihn augenzwinkernd an:

„Aber es gab leider nur diesen einen Käfig, *è vero?* Zu wenig. Stimmt's?" Und sie schloss die Tür.

Eine Minute später meinte der Commissario zu ihm: „Benito, ich habe das Gefühl, wir werden schwerfällig. Sie ist wirklich gut."

„Das stimmt. Sie und ich, wir arbeiten intuitiv. Vielleicht aufgrund unserer Erfahrungen. Loretta geht auf jeden Fall mit den modernen Gerätschaften ganz anders um als wir. Hat keine Berührungsängste und weiß, wie man sie benutzt. Was sie in den Computern findet, erstaunt sogar die Kollegen."

„Sie ist nur in der falschen Einheit. Die Carabinieri werden sie wiederhaben wollen. Das ist klar. Warum sonst eine solche Ausbildung? Ein Wechsel ist deshalb nur schwer möglich – leider."

„Wenn sie es überhaupt wollte. – Hubschrauber fliegen können wir ihr nicht bieten. Das Leben hier ist schön, aber in der Regel wenig spannend. – Und bis auf diesen Fall wenig herausfordernd für unsereins."

„Vielleicht sollten wir mal mit ihr darüber reden?"

„Wen wollen Sie ersetzen – mich?"

„Nein! Sie machen weiter und den nächsten Lehrgang, dann trete ich ab und Sie werden der neue Commissario. Ich habe schon zu Carla gesagt, ich werde wohl langsam zu einer *lame duck.* So, wie ich das sehe, tauge ich nur noch für den Innendienst."

„Keiner denkt daran, Sie abzuschieben", widersprach der Ispettore heftig.

„Das kann ich schon alleine bewerkstelligen."

„Innendienst? – Ordner schrubben? – Lochen? – Konfetti herstellen? – Mit Verlaub, entschuldigen Sie, dass ich schmunzeln muss! Da werden Sie ja nervös!", grinste Collasso. Und der Commissario erwiderte seinen Blick mit ernster Miene.

„Wir werden sehen. Ich rede mit Sfarzi. Diese Ladung Blei hat mich verändert. Sie wiegt schwerer, als ich gedacht habe. Mein Kopf ist nicht mehr schnell genug. Und wenn ich sehe, was hier im letzten halben Jahr passiert ist, sollte ich mir darüber tatsächlich Gedanken machen."

„Ich hoffe, ich habe da noch ein Wörtchen mitzureden."

„Sie sollten doch eher froh sein, mich dann loszuhaben. Erstens ist sie sympathischer und zweitens lästert sie weniger."

„Sie hat mir beigebracht, mich zu wehren", schmunzelte Collasso.

„Kennt sie Chiara?"

„Natürlich! Sie waren sogar schon öfter miteinander aus, um etwas zu unternehmen. Loretta kennt ja sonst kaum jemanden in der Stadt. Sie haben sich auf Anhieb verstanden, sind wie ein Herz und eine Seele und aus dem gleichen Holz geschnitzt."

Mehr musste der Commissario ja nicht wissen. Der hatte einen Sohn und bald eine Schwiegertochter. Er hingegen würde mit Chiara nicht zum Vater werden können. Dafür hatte ihre Vorgeschichte gesorgt, die mit Gewalt und Verletzungen zu tun hatte und die genauso lange zurücklag, wie Loretta alt war. Dass ihr Alter sie also fast zu seiner Tochter machen könnte, war ihm damals bereits am ersten Tag bewusst geworden, als er auf ihren Lebenslauf schaute. Und dass er sich gerade das, genau so eine Tochter zu haben, bei ihr deshalb gut vorstellen konnte, auch.

Er erzählte Chiara von ihr und sie schaute ihn verschmitzt, aber auch etwas eifersüchtig an. *Wenn es dabei bleibt, kann sie ja nicht gefährlich werden, oder? Am besten, ich lade sie mal ein, von Frau zu Frau.*

Von Frau zu Frau bedeutete dann, gemeinsam durch die Stadt zu flanieren, ihr dabei die wichtigsten Geschäfte zu zeigen, und sich nebenbei über Lorettas Privatleben zu erkundigen, das so normal geblieben war wie ihres, bis zu dem Moment, als Chiara in ihrem Leben an den Falschen geraten war. Dies war Loretta wohl erspart geblieben. Denn stattdessen erzählte sie, einmal in einem Pflegeheim gearbeitet und dort eine Namensvetterin aus Solidarität zu einem unerlaubten Spaziergang mitgenommen zu haben. Eine Anekdote, witzig, bis sie Chiaras ganze Geschichte erfuhr.

Schon über eine Stunde lang saßen sie da in einer Gelateria in der *Via Umberto* und Chiara musste Loretta trösten. *Hat man den Kerl wenigstens hinter Gitter gebracht?,* wollte Loretta wissen. *Er lebt nicht mehr, Benito hat ihn gefunden, er hat sich auf eine ganz dumme Sache eingelassen und diese mit dem Leben bezahlt. Da waren wir aber schon nicht mehr zusammen. Ich gebe zu, es hat mich gefreut. Aber Schluss jetzt mit solchen Geschichten, wir essen Eis. Dies ist kein Tag, um Trübsal zu blasen.*

„Somit isst sie nun auch gerne *Baci di dama*, oder?", lachte der Commissario.

„Sie haben sie sogar schon zusammen gebacken, allerdings mit Margarine. Sie ist konsequent, auch in dieser Hinsicht."

„Hut ab! Ich bin gespannt, was sie nachher erzählen wird. Wissen Sie es schon, Benito?"

„Die Gibellato war ja Tomès zweite Frau sozusagen, auch wenn sie nicht verheiratet waren …"

„… das hat sie mir erzählt …"

„... aber die erste, Michaela, starb bei der Geburt der gemeinsamen Tochter. Es war der Beginn der neuen Liebe, die erst sehr spät in Gang kam und eines Dramas. Ich war im ersten Moment genauso perplex, als sie uns die Details berichtete, wie sie es sein werden.“

„Und nie hat man davon gelesen!?“

„An der Stelle kommen leider Mandroni und die Baù ins Spiel. Sowie deren Zeitungen. Er bekam von Anfang an Zuwendungen für das Schreiben gefälliger Artikel und sie wurde – wie Sie wissen – zum Schweigen gezwungen.“

„Soweit die nicht ganz neuen Fakten.“

Berlingui zog die Augenbrauen hoch, als sich die Tür öffnete und die Sottotenente hereinkam. In den Händen Tüten, die darauf schließen ließen, dass dieser Tag noch länger gehen würde, als gedacht. Erst jetzt fiel ihm wieder auf, dass sie nicht ihre Uniform trug. Wie sollte es auch gehen? Sie waren ja vom Tatort direkt hierhergekommen. Alessia trug manchmal auch lässige Kleidung und würde ihn aufklären: *Nicht wahr? Die Klamotten sehen doch gut aus?!* Er müsste ihr recht geben.

„Entweder haben Sie doch mehr Hunger, als ich vorhin geglaubt habe, oder Sie gehen von einer Nachtsitzung aus“, meinte er.

„Ich habe nur Ihr Geld ausgegeben.“

„Ich dachte, das *Zzino* wäre teurer?!“

„Nun, als ich sagte, dass ich Sie damit satt bekommen muss, bekam ich Rabatt.“ Ihr Lachen war wieder einmal unnachahmlich.

Berlingui öffnete die Tüte, studierte den Inhalt und zog mit einem passenden Augenaufschlag ein Tramezzino mit Schinken und Ei heraus. Das nächste mit Thunfisch hatte er auch schon entdeckt.

„Delizioso!“, lobte er mit vollem Mund und man konnte sogar ein leichtes, vollkommen untypisches

Schmatzen vernehmen. „Genau das, was ich erwartet habe, und reicht sicherlich – hoffe ich doch – auch noch für die restlichen Unsäglichkeiten, die Sie mir wahrscheinlich noch berichten wollen."

Leider würde Carla Lino anrufen müssen, denn der Inhalt der Tüte sollte sicher bis in die späten Abend reichen, vielleicht sogar bis in die Nacht. Er lehnte sich zurück, fühlte sich wie in einem Kino und wartete auf die nächsten Szenen. Was fehlte, war ein passendes Getränk. Ein anständiger Espresso. Dunkel. Wunderbar langsam gepresst. Dadurch voll im Geschmack und mit wenig Säure. Und die kleine Portion Zucker machte ihn süß wie die Liebe. Berlingui seufzte und schaute Collassos kleine Espressomaschine vorwurfsvoll an.

„Benito hat sicher inzwischen erzählt, was nach der Geburt der Tochter geschehen ist. Ich meine damit den Tod seiner Frau. Er erholte sich nur schwer davon. In diesem Fall ist es Signora Gibellato zu verdanken, dass er wieder auf die Beine kam. Ich hatte das Glück, mit der damaligen Haushälterin sprechen zu können, eine richtige Nanny, wie man in Amerika sagen würde." Loretta suchte zwischen den Papieren ein bestimmtes Dokument und reichte ihm die Abschrift eines Gesprächs. „Sie erzählte, Signora Gibellato wäre schon in der darauffolgenden Woche gekommen, um nach dem Kind und ihm zu schauen. Zwei- bis dreimal die Woche kam sie im Wechsel mit seiner Schwester, ein Vierteljahr lang, dann wäre sie auch über Nacht geblieben. Diese Nanny hatte sich zunächst nichts dabei gedacht, das kleine Kind brauchte ja auch nachts seine Zuwendung, erst als sie dann häufiger nach Hause geschickt wurde, wäre ihr klar gewesen, woher der Wind wehte. Und *das* bestätigte sich eines Morgens, als sie die Gibellato nur im Morgenmantel antraf. – Unter dem war sie nackt."

„Ein Morgenmantel allein macht noch keine gemeinsame Nacht. Aber es würde ja mit dem übereinstimmen, was sie mir erzählt hatte, dass sie sich ineinander verliebt hatten", wendete Berlingui ein.

„Und ab da gehen die Ansichten, oder wie wir es nennen mögen, auseinander. Das Foto da, das Sie vorhin in der Hand hielten, zeigt eine ungewöhnlich attraktive Frau, die ihren Sex-Appeal, wenn ich ein Wort aus ihren Notizen verwenden darf, sicher einzusetzen wusste, aber die Nanny, Ilonka Szabó, ihre Eltern stammten aus Ungarn, und seine Schwester widersprachen heftig. Denn er hat ihrem Drängen zumindest in den ersten Jahren nicht nachgegeben. Es scheint vielmehr, dass sie genau diesen Eindruck erwecken wollte."

„Sie erzählte mir von einer Schwangerschaft, die leider fehlgeschlagen ist ..."

„... und zu der wir keinerlei Unterlagen gefunden haben. – Auch Frau Szabó und die Schwester wissen von nichts."

„Und die ganzen Blumensträuße und Geschenke, die sie erhalten haben will?"

„Seine Schwester hat ihr höchstens vier oder fünf geschenkt. – Mehr nicht. Im Abstand von mehreren Wochen."

„Aber – Loretta – ich bitte Sie!" Berlingui setzte sich mit einer gewissen Entrüstung auf und schlug leise mit der flachen Hand auf den Tisch. „Er schenkt ihr einen *Stipo* mit erotischen Bilderchen und nicht zuletzt eine ganze Wohnung. – Das passt doch nicht zusammen."

„Leider doch. Sehen Sie es mal so: Sie half ihm nach dem Tod der Frau, sie kümmerte sich um das Kind, sehr aufopferungsvoll, wie bestätigt wurde, und sie hatte sich vielleicht tatsächlich in ihn verliebt, weil ihr Mann weniger attraktiv und sympathisch war. Zumindest optisch hatte Tomè mehr zu bieten. Das wissen wir. Der aber konnte auf diese Gefühle nicht eingehen, noch nicht. Das Verhältnis ging ja auch über einen längeren Zeitraum. Fast zwanzig Jahre. Somit könnte beides eine Art Wiedergutmachung sein, für ihre Fürsorge bezüglich Gianna, und ein Trost für das, was er ihr jahrelang hat nicht geben können, sondern wohl erst in den letzten beiden Jahren. Nämlich diese Liebe, von der sie Ihnen erzählt hatte, sie von Anfang an bekommen zu haben. Diese entwickelte sich bei ihm erst später."

Der Commissario war tatsächlich perplex und pustete gegen die Decke.

„Was sollen diese ganzen Lügen und warum klingt genau das irgendwie nicht logisch genug?"

Nun schaltete sich der Ispettore ein, nicht ohne mit einem fragenden Blick sich von Loretta wieder die Erlaubnis geholt zu haben:

„Es gibt ja nicht besonders viele Unterlagen dazu. Nur die Nanny und seine Schwester leben. Doch so fanden wir heraus, dass sie, also die Gibellato, ihm, nämlich Tomè, wohl ganz andere Geschichten aufgetischt hatte. Diese fingen ganz harmlos an, ihr Mann hätte ihr quasi den Auftrag gegeben, sich um diese Familie zu kümmern. Er sei mit Tomè bei einigen Projekten in der Abwicklung beteiligt und Tomè könne sich nicht um beides und schon gar nicht genügend um die Erziehung Giannas kümmern, den Part könnte sie doch übernehmen. Denn Tomè bestand wohl auch darauf, dass Gianna bei ihm zu Hause groß werden könne." Er machte eine Pause: „Somit stimmt wohl nur Letzteres."

„Und der Rest?"

„Halb. – Jetzt kommt wieder Frau Szabó, also die Nanny, ins Spiel. Sie hätte, sagt sie, zusammen mit der Schwester eine familieninterne Lösung gefunden. Aber die Gibellato spielte ihre Karten in alle Richtungen aus."

„Also doch, um ihren Mann zum Gewinner werden zu lassen", stellte Berlingui nüchtern fest.

„Sicher nicht! Sie haben die ganzen Gelder vergessen, die sie bekommen hat."

„Ich versteh' nicht."

„Sie ließ die beiden Unternehmen auch ein wenig für sich, also für ihre Interessen arbeiten. Wir haben Überweisungen gefunden, die das belegen. Überweisungen von ihrem Konto auf die der Firmen, wenn diese in Schwierigkeiten waren."

„Sie strich das Geld von den beiden ein, um es bei nächster Gelegenheit als Finanzierung wieder zurückfließen zu lassen?"

Collasso und Loretta nickten synchron mit dem Kopf.

„Wie ein Kind, das sein Taschengeld gespart hat, und den Eltern damit möglich machte, bei knapper Haushaltskasse einkaufen zu gehen. – Mit Zinsen natürlich im Fall der Rückzahlung. Bei Kindern reichen allerdings Cent-Beträge", wieder machte der Ispettore eine Pause, „wir reden hier aber nicht von zwanzig oder vielleicht fünfzig Euro, sondern von Summen zwischen fünfhunderttausend und eineinhalb Millionen. Plus der Liebe, die sie mit ihrem Sex-Appeal von Tomè einforderte. Wie sie das schaffte, wird klar, wenn man an eine Situation mit Bademantel denkt."

„Eineinhalb Millionen. Das, was ihr auf den Konten in Dubai gefunden habt", rechnete Berlingui aus.

„Nein, was wir zusätzlich auf Konten ganz normaler Banken zum Beispiel hier in Padua, Venedig und Bologna gefunden haben. Und an die sie nicht mehr so leicht gekommen wäre, wenn sie in Argentinien gewohnt hätte. Also schob sie das Geld immer wieder hin und her."

„Ihr macht gerade die Salamitaktik!"

„Wir versuchen, sechs Monate, die wir gebraucht haben, innerhalb eines Nachmittags zu erklären."

„Wie lange habt ihr dafür geübt?" Das Lächeln in seinem Gesicht sah nicht ganz ernst gemeint aus.

„Gar nicht. Wir kamen ungefähr in dieser Reihenfolge dahinter."

„Und wie erklärt ihr euch diesen Brief?" Berlingui griff in eine der Schubladen und holte den Brief heraus, den Tiziana damals nur für ihn geschrieben – zumindest dachte er dies bislang – und den er deshalb einfach behalten hatte. Er gab ihn Loretta und sie las ihn wie ein Pokerspieler, verzog dabei keine Miene. Dann legte sie den Brief langsam auf den Tisch und meinte:

„Die Sache mit den Gefühlen gegenüber Ihnen ist selbstverständlich gelogen, der Rest stimmt aber ziemlich genau."

Ihr Blick irgendwas zwischen Irritation und Tadel. Berlingui glaubte einen eifersüchtigen Ton in ihrer Stimme zu hören und lächelte deshalb.

„Und das mit Sullavenga?"

„Stimmt auch. Der kam ihr dazwischen. Wie vorher schon mal geschildert. Auf Betreiben ihres Vaters."

„Das hatten Sie erzählt. Was hat das mit ihr zu tun?"

„Mit seinem Eingreifen behinderte er ihre Pläne gegenüber dem eigenen Mann. Was sie unglaublich aufgeregt hat", antwortete Loretta.

„Wie soll das funktioniert haben?"

„Bis zu diesem Zeitpunkt konnte sie durch ihr Eingreifen eine gerechte Verteilung von Geld und Verantwortungen schaffen. – Und ihr eigenes Vermögen weiter anhäufen. Wer weiß wofür?!"

„Was Sullavenga unterband?"

„So sieht es aus."

„Könnte es sein, dass die beiden doch ein Liebesleben hatten?"

„Sullavenga und die Contessa?"

„Ja. Er ist ja inzwischen genauso unattraktiv wie Gibellato, hat aber vielleicht ein paar Sachen gegen sie in der Hand gehabt, um genau das von ihr verlangen zu können. Wenn's stimmt, hatte er ja mal ein Auge auf sie geworfen."

„Das würde ich dann nicht Liebesleben nennen, sondern Hörigkeit oder Erpressung", erklärte Collasso.

„Auf jeden Fall tun sich Abgründe in dieser Gesellschaft auf", meinte der Commissario.

„Die sind nicht besser als andere."

„Und ihr habt noch ein paar Keulen in der Tasche!?"

„Zum Beispiel die, dass sie mit ihren finanziellen Manipulationen auch verhinderte, dass bestimmte Sachen in die Öffentlichkeit gerieten."

„Eine tolle Umschreibung für Bestechung. – Wieder Giuseppe?"

„Wie wir nun leider seit heute Morgen wissen, ja. Bislang vermuteten wir Zahlungen an ihn. Sie vielleicht auch. Violetta hatte Ihnen das ja damals kurz vor dem Attentat schon erzählt. Aber den Beleg dafür erhielten wir jetzt erst", erklärte der Ispettore.

„Fehlt das mit Violetta. Ihre Vergewaltigung und die Verwüstung ihrer Wohnung. Waren das nun Männer, die auf Gibellatos Baustellen gearbeitet haben oder sogar welche, die für Sullavenga tätig waren?"

„Das wäre auch noch eine Variante. Nein, sie waren tatsächlich auf einer der Baustellen tätig. Sie standen für diesen Abschnitt auf der Liste der Gibellato S.r.l."

„Für diesen Abschnitt? Das klingt geheimnisvoll."

„Sie waren auch schon für Tomè tätig gewesen."

„Und unser Jurist hat sie bestochen und die Baù vergewaltigen lassen."

„Vielleicht noch mehr", ergänzte Collasso.

133

„Vielleicht noch mehr? Mir reicht, was ich von ihr dazu erzählt bekommen habe."

„Chefredakteure und Verleger haben eine manchmal seltsame Denkweise, wenn es um die Pflege von Freundschaften geht."

„Mannomann! Und woher wisst ihr das wieder."

„Dazu war nicht direkt was zu finden. Aber ansonsten wurde alles bis ins Kleinste festgehalten. Unterschriften in Hülle und Fülle."

„*Va bene!* Noch mal zurück zu Tomè und dieser komplizierten Sache mit der Gibellato. Warum hat ihr Mann nicht rebelliert? Gerüchte gab es doch genug, oder?"

„Auch davon kam nicht eines in die Zeitungen", antwortete Loretta, „Signor Mandroni durfte nichts schreiben und sorgte auch dafür, dass seine Zeitung Ruhe gab. Und bei Signora Baù hielt sich die Zeitung zu ihrem Schutz zurück und versuchte über Jahre im Stillen in diesem Morast etwas zu finden, was ihn – wie soll ich sagen? – final treffen würde. Bislang wohl erfolglos. Wir können davon ausgehen, dass man das wusste."

Berlingui schaute beide nachdenklich an und fühlte die Emotionen wieder hochkommen. Kaum zu glauben, dass Giuseppe genauso ein bezahlter Schreiberling für Gibellato oder wen auch immer war. Genau ein solcher Schreiberling, wie er immer diese Brut nannte, und vorgab zu hassen. Hatten sie nicht an diesem einen Abend darüber gesprochen? Und hatte er andererseits nicht manchmal auch seltsame Dinge zu seiner Art, Fälle aufzuklären, gesagt? Seine Hände wurden zu Fäusten, dann spreizte er die Finger.

„Giuseppe und ich diskutierten seinerzeit einmal über investigativen Journalismus, von dem ich glaubte, er würde ihn vertreten. Stattdessen entgegnete er mir, das Wort investigativ hätte er das letzte Mal *vor* Berlusconi in Zusammenhang mit unserer Presse gehört. Ich solle mich umschauen und zählen, wie viele *Il Giornale* lesen oder *Mediaset* glotzen würden. Seit Jahren schon sei unser Journalismus korrumpierbar, daran würde sich so schnell auch nichts ändern. Er meinte: Roberto Saviano, der Mafia-Enthüller, würde sein Buch jetzt bestimmt auch nicht mehr schreiben, das bereue er inzwischen sicher zutiefst. Denn der würde sicherlich jeden Abend einen Strich auf seiner Tapete im Wohnzimmer machen, weil er wieder einen Tag überlebt hat, und sich darüber freut, wenn er am nächsten Morgen wieder lebend aufwacht. – Und ihm, Giuseppe also, werfe man vor, zu wenig Geld anzunehmen. Er solle sich mehr um rote Teppiche kümmern, um Karrieren, die zu Geld geworden sind, statt Partei zu ergreifen – Das ‚zu wenig' scheint ja nicht zu stimmen. Hat die *Guardia* notiert, wie viel er bekommen hat?"

Loretta nahm noch mal die Mappe an sich und zog die Kopien heraus, schaute sie an und gab sie weiter.

„Fünfzigtausend. In einer Summe. Vor über 15 Jahren."

Berlingui schaute verwundert und überlegte. Er klopfte gegen das Blatt und schien zu rechnen.

„Viel und doch nicht viel. Unter Killern der Preis für einen Toten. Für ihn ein gutes neues Auto vielleicht, plus einem Urlaub irgendwo in der Ferne. Eine Wohnung oder ein Haus bekommst du nicht dafür. Und das vorhandene damit zu renovieren, kann knapp werden. Also versteckt man das Geld in Dubai, oder?"

„Ja. Und versucht zumindest dorthin zu fliegen, um es an sich zu nehmen", war Collassos Erklärung.

„Was die Vermutung zulassen würde, sich von dort aus den Staub zu machen."

„Zunächst einmal haben die das Konto dort dafür genutzt, genau *diese* Transaktion unsichtbar zu halten."

„Die hätten ihm das Geld doch auch in bar, in einem Koffer oder so geben können", widersprach Berlingui.

„Dafür hätten die es zuvor bar abheben oder irgendwo auftreiben müssen. Solche Summen muss man aber inzwischen deklarieren", erwiderte Loretta.

„Das heißt, meinen nächsten Ferrari kann ich nicht bar bezahlen?"

„Abgesehen davon, dass Sie es tatsächlich nicht können, sagt Ihnen das europäische Geldwäschegesetz ganz genau, wie Sie vorzugehen haben, Piero", grinste der Ispettore.

„Wahrscheinlich werden wir nie erfahren, was er mit dem Geld vorhatte", seufzte der Commissario, „aber warum gibt es ein Ticket nach Dubai?"

„Sie können das Geld abheben und mit nach Hause nehmen. In Dubai ist man bei den Kontrollen nur bezüglich Sprengstoffs und dergleichen penibel. Ähnlich wie bei unseren Flughäfen. Auch Wasserflaschen, Kosmetika und der ganze Kram dürfen nur den internationalen Bestimmungen entsprechen. Geld hingegen ist für die wie Unterwäsche und 50.000 passen locker in einen Kulturbeutel oder so."

„Sie klingen wie ein Anlageberater."

„Als wir vor ein paar Wochen bei der *Guardia Finanza* waren, fühlten wir uns genauso. Ich kann Sie also durchaus verstehen. Aber ein solcher Stapel 500er ist gerade mal einen Zentimeter dick."

„Ich fasse mal zusammen. Alle wichtigen Beteiligten sind inzwischen tot. Flaviano Tomè, seine Frau Michaela, die beiden Gibellatos, Tiziana und Fabrizio, Matteo Marino, Giuseppe und acht Schwarzafrikaner, von denen wir nur drei namentlich kennen. Auf diversen Konten liegen zusammengerechnet mehrere Millionen. Die beiden Firmen sind pleite – oder auch nicht, wer weiß das? – und es spielt wohl gerade auch keine Rolle. Die

Nanny und Tomès Schwester wissen was, oder auch nicht. Sullavenga ist in die ganze Sache verstrickt, es fehlen nur Beweise. Und Di Marchio, der Vater von Tiziana und der große Unbekannte im Hintergrund, ist einer der Drahtzieher, der es geschafft hat, sich nichts zuschulden kommen zu lassen. Wer fehlt, ist der letzte Mörder. Jakunovic? Stimmt's bis hierhin?"

„Das ist die grobe Aufzählung", stimmte der Ispettore zu, „es fehlt noch Gianna, aber ihr Unfall ist viele Jahre her."

„Ach ja! Gianna. Die Tochter. Sie lebt ja auch nicht mehr. Also gut. Aber dann mach ich mich mal an eine Art feine Aufzählung, die sieht für mich bis jetzt so aus: Tomè und Gibellato kämpfen um das Überleben ihrer Firmen und würden bei passender Gelegenheit den jeweils anderen gerne in die Wüste schicken oder zumindest in die Pfanne hauen, dafür lassen sie sich ein paar fiese Sachen einfallen. Der Gegner wackelt jedes Mal, fällt aber nicht, also greifen sie zu schwereren Waffen. Sie versauen sich gegenseitig den Beton, suchen sich komische Finanziers, schaffen es mithilfe eines nicht ganz unbekannten Juristen und Politikers an Pläne für Projekte zu kommen, die noch nicht öffentlich gemacht wurden und sprechen sich bezüglich der Preise und der zu bewerkstelligenden Lose miteinander ab. Wissen dadurch natürlich auch, was der andere vorhat oder vorhaben könnte, und schmieden die nächsten hinterhältigen Pläne. Aber natürlich will nun auch ein dritter und vierter ein Wörtchen mitreden. Man hat ja mitbekommen, wie es klappen könnte. Was bislang in euren Darstellungen nur bedingt funktionierte. Jetzt kommt Tiziana mit ins Spiel, die merkt, dass für ihr feudales Leben nicht mehr genug übrig bleibt und ein Zufall – der einzige natürliche Tod in diesem ganzen Zusammenhang – nämlich der von Michaela – eröffnet ihr die

Möglichkeit, nun kräftig mitzuspielen. Wenn es schon keinen Sex gibt, läuft sie verwirrenderweise halb nackt durch die Gegend und will wenigstens Geld. Von ihrem Mann nimmt sie es für die Schmerzen, wegen der Brandmarke auf dem Rücken, und weil sie ihm droht, es doch an die Presse weiterzugeben, und von dem anderen lässt sie sich ihre Fürsorge für Gianna und die abgelehnte Liebe gut bezahlen. Wahrscheinlich konnte sie nicht nur bei mir mit dieser Vorgehensweise erfolgreich auf die Tränendrüse drücken, sondern noch viel besser und effektiver bei Tomè und ihrem Mann, der sich immer mehr als zwar arroganter Idiot, aber als gar nicht so unsympathisch herausstellt. Vielleicht hat sie sogar noch mehr Männer auf dem Gewissen. Ich stelle mir dabei gerade wieder Sullavenga vor. Hab' aber noch nicht ganz die Idee, was sie von ihm hätte verlangen können. Vielleicht noch am ehesten, dass er ihrem Vater nicht mehr Folge leistete. Sie also ihren Vater auch noch zu einer Geldquelle hätte machen können. Die weiße Weste musste ja irgendwie finanziert werden. Lieg ich richtig?"

„In etwa", bestätigte der Ispettore.

„In etwa? Was fehlt?"

„Der Weg zum *Prato*."

„Ich dachte ..."

„... nun, wie die drei Bauarbeiter umgebracht wurden, können wir uns denken. Sie haben alle drei in einem der Baucontainer gewohnt. Ihnen dort aufzulauern, sie umzubringen und mit einem Kleinlaster oder Ähnlichem fortzubringen ist fast keine Schwierigkeit. Man braucht für eine solche Aktion vielleicht ein paar Leute, um es schnell hinzubekommen", erklärte der Ispettore, „und hier kommt unserer Ansicht nach einer ins Spiel, der über Verbindungen in den organisierten Untergrund verfügen muss. – Der hatte vielleicht, nein, nicht vielleicht, auch die Möglichkeiten, irgendwo illegal wohnende Emigranten in den Tod zu locken."

„Doch da haben wir noch Lücken aufzufüllen", schränkte der Commissario ein.

„Zum Beispiel die, warum hat er sich ein so kompliziertes Manöver mit dem *Prato* ausgedacht. Die drei auf einer der Baustellen zu deponieren, hätte für die gewünschte Wirkung doch gereicht", meinte Collasso.

„Das stimmt. Klingt, als wenn jemand sich eingemischt hätte, um diesen Plan ordentlich zu versauen."

„Der Fantasie sind nahezu keine Grenzen gesetzt. Von politischen Motiven bis zu Rache und Habgier können wir alles nehmen."

„Nicht nur die Armen kennen also solch niedrige Gefühle, wie die Kirche diese gerne nennt."

„Wir wissen allerdings, wer die drei identifizierten Afrikaner auf dem Gewissen hat", warf Loretta ein.

Padua, 22. März desselben Jahres, 22 Uhr 20

Mit solchen Leuten macht man genau diese Art von Geschäften. Nur mit solchen. Während seines Studiums Anfang der 80er Jahre übten sie zusammen Selbstverteidigung. Zunächst mit Händen und Fäusten, wenige Monate später mit Kopfschutz und Boxhandschuhen. Die Gymnastikmatten wurden im Laufe der Zeit mit der freien Natur getauscht. Was im Wald wie Räuber und Gendarm anmutete, artete aus. Sie griffen zu Ästen und machten daraus Stöcke, die immer dicker wurden. Das ging keine vier Wochen gut. Die Prellungen waren noch das Geringste. Aber die gebrochenen Finger und Arme waren nicht immer zu erklären. Was dem anderen nichts auszumachen schien, führte bei ihm dazu, dass er sich eine Schutzweste für Kampfsport besorgte.

Aber auch das genügte nicht. Vor allem nicht dem Partner. Deshalb besorgten sie sich Gewehre mit Farbpatronen, das schonte die Knochen, doch nach jedem Training sah er wie ein verblutender Landser aus. Und er fragte nie nach dem Grund, warum der andere so gut darin war. Eines Abends erwischte es ihn am Kopf und sein Gegenüber meinte laut lachend:

„Gib mir echte Waffen und ich veranstalte dir Blutbäder wie in den schlimmsten Thrillern."

Genau an diesen Satz hatte er sich erinnert und ihm in der Ecke einer Bar eine gewöhnliche Schachtel auf dem Tisch hinübergeschoben. Drago Jakunovic, früher nur *Petrit*, der Falke genannt, öffnete den Deckel nur leicht, als wisse er schon, was das Geschenk beinhalten würde.

„Wen?", fragte er nur.

„Schwarze Nassauer, die sich auf unsere Kosten den Bauch vollschlagen und einigen von unseren Leuten die Arbeitsplätze weggenommen haben."

„Das sagst du nur, weil ich sie nicht mag."

„Das sage ich, weil du damals besser getroffen hast als ich."

„Nicht unbedingt ein guter Grund."

„Vielleicht aber das!?"

Wenn in dem Umschlag nur 500-Euro-Scheine waren, müssten es an die Zehntausend sein. Für zwanzig konnte er schon ein kleines Haus in seiner alten Heimat kaufen. Sogar nah am See. Für dreißig ein gutes Boot dazu, um auf ihm herumzufahren und zu fischen. Wie in den Jahren, bevor sein Land auseinanderfiel. Der bescheuerte Krieg damals hatte ihn unempfindlich gemacht. Von dem Krieg, der dann auch seiner wurde, wusste hier niemand. Von den vielen Toten, die er deshalb auf dem Gewissen hatte, auch nicht. Ein Bedauern gab es auf keiner Seite. Jeder hatte zu viel verloren.

Was wusste der andere also vom Krieg? Vom Töten und Morden? Über das Gefühl, Menschen umzubringen, wenn man monatelang den Hauch des Todes im Nacken spürt und Freunde und Verwandte sterben sieht. Was wusste der von Zerstörung und Verlust? Über das tagelange Zittern, das du hast, weil du dich in einem nassen Graben oder unter morschen Fußböden vor den Schergen der anderen Seite versteckst. Dabei wusste er nicht einmal, welcher er angehörte. Schon wenige Wochen später war das egal. Sie nannten ihn einfach *Petrit*, den Falken, weil er vor jedem Angriff wie ein Falke über seiner erspähten Beute das Flattern begann, das fünf Minuten später einer schon unheimlich wirkenden Konzentration gewichen war, die ihn wie ein bluthungriges Tier durch diesen Krieg ziehen ließ.

Ihm waren die Kugeln egal, die ihm um die Ohren pfiffen. Er zielte mit seiner vollgeladenen Pistole in deren Richtung wie mit einer Fernbedienung, mit der er diesen Lärm abschalten konnte. Und an manchen Tagen herrschte danach tatsächlich Ruhe.

„Für einen", antwortete Jakunovic. Es klang wie eine Einverständniserklärung.

„Darüber können wir reden."

„Warum das Ganze?"

„Es macht den Weg frei."

Es macht den Weg frei. Was für eine dämliche Begründung! Der hatte tatsächlich keine Ahnung. Jakunovic wedelte mit dem Umschlag.

„Schwarze Nassauer heißt mehrere. Wie viele also?"

„Es muss Wirkung hinterlassen. Also gehen wir von zumindest zwei, vielleicht sogar drei aus."

„Dann fehlen mindestens zwei davon." Wieder hob er die Umschläge in die Luft. „Und ich gebe keinen Rabatt! Falls du damit rechnen solltest. Sonderwünsche kosten extra."

„Das habe ich mir gedacht.“

„Wo finde ich sie?“

„Auf einer Baustelle in einem Container.“

„50.000 und ich spreng ihn in die Luft.“

„Nein, kein Lärm! Räucher sie aus und verbrenne sie woanders.“

„Aber es muss Wirkung hinterlassen. Deine Worte. Also 50.000!“

„Du kennst mich nicht.“

„Du kennst *dich* nicht“, lachte Jakunovic. „Also?“ Er streckte ihm eine offene Hand entgegen.

„Abgemacht, oder?“, schob er nach.

„Wie weiß ich, ob ich mich auf dich verlassen kann? Und du keinen Mist baust?“

„Eine ziemlich dämliche Frage, nachdem du hier mit einer Schachtel voller Munition angetanzt bist.“

„Du wirst Leute brauchen.“

„Leute? Wofür? So was mache ich alleine. Deshalb 50.000. – Außer du hast noch mehr Wünsche.“

„Hast du etwa schon einen Plan?“

„Ich kenn’ noch nicht einmal den Container.“

„Am neuen Kongresszentrum.“

„Mitten in der Welt. Lass mich doch über den Preis nachdenken“, erwiderte Jakunovic lachend.

„Ich gebe dir 50.000“, meinte der andere unwirsch. Dann griff er in seine Sakkotasche, zog einen Kugelschreiber und ein paar zerknitterte Zettel heraus. Jakunovic beobachtete ihn mit schmalen Augen, wie dieser wohl eine Adresse aufschrieb.

„Lern das auswendig und verbrenne es dann. Ich lass dir bis morgen Abend Zeit, dann rufe ich dich an und wir sprechen darüber. Denk dir also was aus. Ich hab’ mich schlaugemacht, ich kenne deine Vorgeschichte.“

Jakunovic stellte die Schachtel neben sich und öffnete den Deckel. Mit einer Hand griff er hinein und klickte mit einem Fingernagel gegen den Abzug.

„Nichts kennst du. Gar nichts. Wer soll dir auch davon erzählen können? Red' also keinen Blödsinn. Ich habe Sachen gesehen, die kommen nicht einmal im Nachtprogramm eurer Privatsender."

Was ging es seinen ehemaligen Sparringspartner an, was er in seiner Heimat schon alles erlebt hatte. Als er im Untergrund im Kosovo aufräumte, war der ja noch nicht einmal in der *scuola media*, in der Mittelschule. Die einzigen Kugeln, die der kennen konnte, waren seine Popel, die er aus der Nase ans Tageslicht beförderte und auf den Boden schnippte. Und als sie sich an der Uni kennenlernten, war der Krieg schon seit über zehn Jahren zu Ende.

In all den Jahren hatte es den auch nie gekümmert, wo er hauste, und dass er aus dem einzigen Fenster seiner Wohnung nur das alte Meer der Häuserdächer Paduas sah. Gerade mal zwei Armlängen von ihm entfernt. Teilweise so verrottet wie die in seiner Heimat, teilweise jedoch nur zur Schau, denn die Mauern darunter waren im Gegensatz zu denen in Donje Prekaze in Ordnung, meist sogar renoviert. Und gestunken wie dort hatte es hier auch noch nie. Selbst in dem großen Krieg damals nicht, wenn es stimmte, was die Leute ihm erzählt hatten.

In einem der Häuser dort hatte sein Vater gelegen. Gleich hinter der Tür. Mit dem kompletten Inhalt eines Magazins einer Pistole im Kopf und Körper. Neben ihm sein kleiner Bruder mit weit aufgerissenen Augen in seinem eigenen Blut und im Raum nebenan seine 17-jährige Schwester mit verschobenen Kleidern und *danach* erwürgt. Seine Mutter musste diesen Gräuel Gott sei Dank nicht mehr miterleben, sie war zwei Jahre zuvor gestorben. Draußen auf dem Feld schlug sie sich plötzlich auf die Brust und rief noch Vaters Namen *Ilija*, den Rest hatte keiner mehr verstanden. Schon damals war er zu spät gekommen und beschloss nach dem Massaker an seiner Familie, jeden Toten mit hundert weiteren zu rächen.

Jetzt dachte er an seinen ersten, während er mit den Fingern den Inhalt der Schachtel prüfte. Eine Walther PPQ. 9 mm. Gummierter Griff. Das neueste Modell. Einmal durchgeladen immer schussbereit. Vermutlich aus deutschen Polizeibeständen. Mit Schalldämpfer und drei vollen Magazinen. Zusätzliche Munition war auch dabei. Fein säuberlich auf dickem Schaumgummi gebettet. Alles zusammen auf dem Schwarzmarkt nicht unter 2000 zu haben.

Eine gute Waffe, befand er anerkennend. Seine erste Leiche und all die anderen danach starben durch eine Zastava. Ein schweres Ding, das ihm beim ersten Schuss fast aus der Hand geflogen war. Danach musste er kotzen. Warum genau, wusste er nicht mehr. Eine wie diese hier hätte mehr Spaß gemacht und ein paar Idioten mehr den Himmel beschert. Oder das Paradies mit den ewig gleichen 72 blutjungen Jungfrauen. Aber das Glück verschenkte manchmal leider etwas verspätet seltsame Zufälle im Leben.

Unverwandt schaute er mit seinen stahlgrauen Augen sein Gegenüber an und schraubte mit einer Hand versteckt unter dem Tisch den Schalldämpfer auf. Das gezeichnete Gesicht versteinert. Dieser Krieg war auch an ihm nicht vorbeigegangen, ohne Spuren zu hinterlassen. Zwei tiefe Narben auf der linken Seite seines Gesichtes zeugten von den Splittern einer Granate, die nur wenige Meter neben ihm explodiert war. Anschließend hatte er mit seiner Zastava wie wild um sich geschossen, bevor er bewusstlos zu Boden sank. Nun stülpte er den Ärmel seiner Jacke über die neue Waffe und legte beides zusammen auf den Tisch. Höchstens der erste Zentimeter des Dämpfers war zu sehen.

„Ein gutes Werkzeug. Möchtest du die Wirkung sehen?", grinste Jakunovic über den Tisch.

„Bist du verrückt geworden?", erhielt er zischend als Antwort zurück und Jakunovic glaubte eine Schweißperle auf der Stirn zu erkennen, als er hörte:

„Ich kann mich doch auf dich verlassen, oder?"

„Du warst derjenige, der immer Krieg spielen wollte, weil du für irgendeinen Ernstfall üben wolltest. Nur an einem Tag in einem echten hättest du nicht einmal den Morgen überstanden, trotzdem hast du weitergemacht. Selbst als ich dir deine Hand gebrochen hatte. Drei Wochen später warst du wieder mit dabei. Vielleicht bist du ein wenig zu dick geworden, auch zu träge, aber immerhin ist etwas aus dir geworden und hast mich trotzdem nicht verraten. So etwas honoriere ich, – wenn der Preis stimmt. Danach entscheidet sich, ob Freund oder Feind. Erstere habe ich nicht mehr. Sie liegen alle in einer Wiese bei Donje Prekaze."

Seine Finger klimperten wieder auf dem Metall der Walther herum.

„Ist schon gut, ist schon gut." Der andere hob beide Hände, als müsse er beweisen, unbewaffnet zu sein, und setzte sich auf. „Du machst das. Du bekommst dein Geld. Versprochen! Danach sehen wir uns nicht mehr wieder." Seltsamerweise klang es eher reserviert, sogar fast resigniert, als nach einem Plan. Jakunovic schaute ihn mit schmalen Augen an, war da plötzlich Angst mit im Spiel?

„Damals hatte ich immer auch noch andere Waffen dabei. Zum Beispiel Messer, an den Unterschenkeln

145

festgebunden oder kleine Pistolen. Jeder hatte das. Aber keiner wusste, wie viele *ich* hatte. Die meisten erfuhren es nie. Aber du kennst dich ja aus. Das weißt du ja alles schon. Du kennst ja meine ganze Vorgeschichte", spottete er.

12. Oktober, 14 Uhr 55

Der Commissario legte langsam die Sichthülle auf den Stapel zurück.

„9 mm. Keine große Besonderheit. Sogar fast alle unsere Pistolen haben dieses Kaliber. – Auch bei den Carabinieri."

„... und den ausländischen Kollegen", ergänzte Collasso: „Das kann ein Fluch sein. Denn immer wieder tauchen Waffen aus solchen Arsenalen auf dem Schwarzmarkt auf. Und in den seltensten Fällen bekommen wir die Ursachen dafür heraus. Meistens sind die Nummern sowieso herausgefräst."

„Das heißt, ihr glaubt, die Waffe war aus Beständen der Polizei?"

„Auch Teile der Armeen haben solche Waffen", gab Loretta zu bedenken, „ebenso in fast ganz Europa."

„Welche Geschichte wollt ihr mir jetzt damit erklären?"

„Sie ist in meinen Augen nur eine von drei Möglichkeiten. – Vielleicht. – Und spielt, befürchte ich, keine große Rolle für das Ergebnis."
Die Sottotenente zuckte mit der Schulter, beugte sich über das allmählich entstehende Chaos auf dem Tisch und zog daraus eines der bekannten Bilder vom Tatort und hob es kurz hoch.

„Ich denke, es spielt keine Rolle, woher die Waffe kommt. Wir haben deren mögliche Herkunft dazu genutzt, herauszufinden, *wer* sie nutzen könnte. Denn so einer schießt nicht zum ersten Mal in seinem Leben. So einer hat leider Erfahrungen. Die sammelt man zumeist in Kriegen. Diese wiederum finden zurzeit in Afrika, im Nahen und Mittleren Osten und als Drogenkrieg in Mexiko statt. Im Letzteren sind in den vergangenen zehn, zwölf Jahren über 80.000 Menschen umgekommen. Die Datenbanken der *Polizia* sind gut gefüttert. Wir fanden daher einige Namen."

„Statt einfacher wird es jetzt wieder komplizierter." Berlingui schüttelte den Kopf, nahm ihr die Fotos aus der Hand und schaute sie ein paar Sekunden an. Eine Antwort für all das konnte er in ihnen nicht entdecken.

„Sie sagen drei Möglichkeiten. Ich fang von hinten an: Ein Drogenboss, oder wie auch immer, erweitert sein Geschäftsfeld und nimmt daher gerne den Auftrag an, angebliche Konkurrenz aus Afrika ins Jenseits zu befördern. – Ein ehemaliger Angehöriger des Mossad hört, dass in Italien Mitglieder der Boko Haram ihr Unwesen treiben und beschließt, sie der Öffentlichkeit zu präsentieren. Tot natürlich. – Dritte Version, hatten wir hier schon mal, ein Irrer aus Osteuropa, zum Beispiel dem ehemaligen Jugoslawien, damals war es aber ein Albaner, geschult in allem und frustriert von allem, nimmt, ohne mit der Wimper zu zucken, einen Auftrag an und ballert Schwarzafrikaner über den Haufen."

„Ihr Drogenboss würde vermutlich eine Pumpgun oder AK-47 aus rumänischer Produktion oder eine 45er Browning verwenden", wendete sie ein.

„Blieben immerhin Mossad und der Osteuropäer."

„Wir kamen auch nicht bis in den Nahen oder Mittleren Osten, sondern nahmen den Osteuropäer."

„Also doch den, von dem ihr schon gesprochen habt. Stimmt's? – Aber nach allem, was ich jetzt gehört hab', gibt es in meinen Augen auch noch eine vierte Option, die passen würde. Eine politische. Was meinen Sie?"

„*Va bene!* Gut! Sie denken dabei an die Rechten. Auch diese Möglichkeit haben wir in Erwägung gezogen, aber nach einigen Überlegungen nicht weiterverfolgt. Sagen wir aus hygienischen Gründen."

„Aus hygienischen Gründen nicht weiterverfolgt? Das halte ich für gefährlich. Ich könnte mir ohne Schwierigkeiten so Leute wie den Parteisekretär der Lega Nord vorstellen. Natürlich im Hintergrund. Der ist nach vorne laut genug, um solche Taten zu provozieren, und freut sich, wenn es jemand tut."

„Als krakeelender Populist ist er sicher nicht weit von der Einstellung entfernt, alle wieder ins Wasser zurückzustoßen. Aber dennoch würde er es anders bewerkstelligen. Nicht brachial, sondern stiller und subtiler. Hätte er zum Beispiel eigene U-Boote, würde er Dutzende Kilometer vorher andere Lösungen finden."

Berlingui schaute sie verwundert an. Lorettas Analyse überraschte ihn, ob ihrer Härte. Er runzelte die Stirn und sah sogleich vor seinem geistigen Auge durchgeknallte Faschisten mit bewaffneten U-Booten kleine Schiffe versenken. Ohne Rücksicht auf Verluste. Tage oder Wochen später wurden Leichen aus angeblich gekenterten Schiffen an Land gespült. Er schüttelte angewidert der Kopf. Es reichte, dass die Schleuserbanden schlecht ausgerüstete Nachen für unfassbares Geld verkauften und dabei undurchsichtige Aufträge erfüllten. Erst unlängst hatte er im Zusammenhang mit einem anderen Fall von den Kollegen in Alicante gehört, wie durchorganisiert die Banden im westlichen Mittelmeer waren, wenn es darum ging, Drogen und Menschen nach Spanien hinüberzubringen. Denen waren die

Gründe für eine Flucht aus der Heimat und die körperliche Verfassung herzlich egal, obwohl viele von ihnen eigene Landsleute aus Afrika waren. In diesem Fall war es womöglich nicht anders. Andererseits waren die meisten dieser Krakeeler nur groß im Klappe-Aufreißen, ansonsten drückten sie sich, sobald es wirklich etwas zu tun gab.

Diese neuen Faschisten waren nichts anderes als machtgierig und machten im Hintergrund ihre Geschäfte, die ihnen Geld einbrachten. Denen, die sie wählten, gaben sie nichts. Nach ein zwei Wahlperioden war dann Schluss, doch der Schaden immens. Ganze verheerende Kriege waren so entstanden. So weit wollte er jetzt in seinen Gedanken nicht gehen und eine schlüssige Verbindung zum Fall Gibellato fand er in ihnen auch nicht. Egal, welche Einstellung Gibellato gehabt hatte. Vielleicht noch nicht.

„Die Stimmung dafür ist aufgeheizt genug. Doch häufig ist unklar, was gerechtfertigt und was nur Panikmache ist. Dieser Parteisekretär ist zudem nicht alleine, wenn es um krude Vorstellungen über das Zusammenleben in Europa geht. Schauen Sie nur nach Frankreich, Ungarn, Polen ...“

„Trotzdem, es gibt eher welche, die *behaupten*, genau so etwas für diesen Rechten tun zu wollen, freiwillig, als dass er es anordnet oder wünscht. Schon gar nicht vor versammeltem Publikum“, wand Loretta ein.

„Nun, sehen wir ihn uns ein wenig genauer an. Auf jedem Podium proklamiert er, dass er nicht an den Flüchtlingsnotstand glaubt. Wir sind, nach seinen Worten, mit einer geplanten, fremdfinanzierten und organisierten Masseninvasion konfrontiert. Leider hat er mit manchem Detail recht – was aber nur die Organisation betrifft. Mixt aber viel Gelogenes dazu und dann zu einer gefährlichen Brühe zusammen, die weiß Gott was alles verätzen könnte. Im Laufe der Zeit haben er und seine Leute sogar die Sätze der ehrenwerten Parteien kopiert und mit neuen Inhalten versehen. Benito erinnert sich sicher noch an *I veri valori non sono vendita*, wahre Werte stehen nicht zum Verkauf. Diese wahren Werte, nicht die, die Casini damals meinte, aber Familie, Würde, Sicherheit und so weiter, hat er neu interpretiert. Und die Leute glauben ihm und rennen ihm hinterher. Von den anderen erfolgen schwächliche Reaktionen. Sie denken an einen Spuk und jedes ihrer Argumente ist längst durchleuchtet und wird sogleich – nicht einmal laut – niedergeschmettert. – Und nebenbei wüsste so einer sicher noch ein paar Auswege mehr, um seine Geschäfte weiter zu verbessern. Ich mag mir diese nicht vorstellen wollen."

„Und ich mir nicht, wie Sie von seinen Leuten, Sympathisanten und Anwälten in der Luft zerrissen werden, wenn Sie Untersuchungen einleiten. Denn er wird jeden Vorwurf allein schon damit kontern und abtun, dass er doch jeden Kriegsflüchtling aufnehmen wird. – Ehrlich, wir hier haben in dieser Hinsicht leider nichts in der Hand."

„Wann immer man auf solche Leute trifft, geht es um das Gute, das Richtige, und allenfalls um bedauerliche Notwendigkeiten", begann Berlingui nachdenklich zu philosophieren: „Alle sagen, sie seien keine Faschisten oder Nazis. Es dürfte trotzdem keinem entgangen sein, was man in Teilen Europas über deren Sprüche denkt und – wählt sie mehrheitlich trotzdem. Sollte dieser Parteisekretär der Lega Nord, was sich inzwischen durchaus andeutet, als großer Sieger aus den kommenden Wahlen hervorgehen, liegt es sicher nicht daran, dass die große *Corriere della Sera* oder unsere *Il Padova* diese Partei zu wenig rechts dargestellt haben. Schauen Sie, Schwedendemokraten, Le Pen und Front National,

Lega Nord, egal wo in Europa – jeder Wähler sieht, wen er da gerade zur größten Partei macht. Sie sind alle laut genug, wenn sie sich kundtun. Doch die Wörter Faschist, Nazi oder Rechter schrecken nicht mehr ab. Im Gegenteil, sie tragen zur Willensbildung bei."

„Wir alle wissen, da sind Sprüche und Sätze, die zurzeit überall in Europa ausgesprochen werden und alle schon einmal gesagt worden sind. Jedes Mal nahm die Katastrophe dann ihren Lauf und keiner wollte es gewesen sein, und ihr Parteisekretär bringt so etwas auch noch den Journalisten bei, die das mit Wonne in ihre Zeitungen bringen." Loretta griff in den Stapel, zog eine Zeitung hervor und zitierte: *Ich würde den Roma in Italien sechs Monate Zeit geben, eine Unterkunft zu finden und dann die Bagger einsetzen, um die Barackensiedlungen abzureißen, die es in anderen europäischen Ländern nicht gibt. In der Zwischenzeit sollen sich die Roma wie alle anderen Bürger eine Wohnung mieten, oder kaufen."* Sie legte die Zeitung wieder zurück:

„Da geht es nicht um Flüchtlinge oder Migranten, sondern es handelt sich hierbei zumeist um italienische Staatsbürger", gab die Sottotenente zu bedenken, „denen der Zugang zu den sozialen Einrichtungen aus vielerlei fadenscheinigen Gründen gekappt wurde. Ich möchte nicht wissen, wie er mit anderen Minoritäten umspringen würde oder wird. Er, der große Norditaliener, schielt ja gerne in den Süden. Dort würde er sehr gerne aufräumen. Das sage ich nicht nur, weil ich von dort stamme."

„Ja, der Süden trägt die Hauptlast und Padua stöhnt, stand neulich über einem Artikel. Aber den Paduanern hier war das bislang nicht aufgefallen. Es war nie eine Zeile wert. Alle waren zufrieden, nicht weiß Gott wo leben und arbeiten zu müssen. Erst als die Rechten wieder auftauchten, wurde das alles zum Thema. Still und leise regte sich jeder mehr und mehr auf und die Maus wurde damit zu einem Elefanten. *A goccia a goccia s'invaca la pietra.* Dabei sollte uns die Vergangenheit genug gelehrt haben. Das Problem, sofern es eines ist, kann – ich hoffe, Sie sehen das genauso – auch anders gelöst werden. Der Mezzogiorno hat ja seine ganz eigenen Lösungsmomente dafür."

Die Sottotenente erschrak sichtlich und wurde blass.

„Um Gottes willen! Habe ich etwa den Eindruck hinterlassen, mit denen zu sympathisieren? Nein, ich bin Ihrer Meinung, bei uns im Süden habe ich im Übrigen bisher auch keine solchen Ressentiments wahrgenommen."

„Wo allerdings bestimmte Zweige der Mafia zugange sind, die daraus ein Geschäft machen könnten und es auch schon tun. Deren Forderungen an die Politik wären sehr kostspielig. Er wird sich also hüten ..."

„... oder gerade deswegen mit ihnen zusammenarbeiten, wenn sie damit neue Einnahmequellen kreieren können", ergänzte sie.

„Ich meinte, er wird sich hüten, solche Verbindungen zu deutlich werden zu lassen. Kämen sie heraus, wäre nicht nur seine politische Laufbahn beendet. Sie haben recht, er würde es stiller und subtiler machen. Ihm kämen Typen wie Sullavenga gerade recht. Sie sind sehr ehrgeizig, namhaft, haben eine gewisse Macht und Position. Sie drängen sich auf eine ganz eigene Weise nach vorne, sind also gern im Licht der Scheinwerfer und könnten sich daher auch nicht herausreden und sich auf andere berufen. Und in gewisser Weise sind solche – nennen wir sie Anhänger – einem wie ihm oftmals hörig und dienen solchen Leuten ohne das nötige und gesunde Schmerzempfinden."

„In Norditalien gibt es genug davon. – Leider. Nahezu in jeder Stadt haben wir in den vordersten Reihen

solche Leute. Das erklärt, warum wir bei unseren Nachforschungen auf wenig Bedauern und Mitleid in den
oberen Etagen der Zeitungen gestoßen sind. Die meisten Redaktionen hatten noch nicht einmal auf diesem
Gebiet zu recherchieren angefangen", meinte Collasso.

„Das wundert mich nicht. Selbst unser neuer Bürgermeister ist aus ähnlichem Holz geschnitzt und ver-
steht den Umgang mit diesen Blättern. Er will den Sinti
und Roma Tickets für die *Heimreise* schenken und sieht
in der Flüchtlingskatastrophe eine Attacke auf uns. Da
kommt ihm die *ruspa*, der Schaufelbagger, von der dieser Parteisekretär der Lega-Nord überall spricht, gerade
recht."

„Und trotzdem ist der Zusammenhang zu unserem
Fall ein paar Etagen tiefer zu finden. Leider haben wir
darüber hinaus auch nichts in der Hand, um weiter
oben tätig werden zu können. Man hat uns klar zu verstehen gegeben, dass das nicht unsere Angelegenheit
ist. Wir haben lediglich den Abfluss sauber zu machen
und die regeln den Verkehr."

„Dann gehen wir in die tieferen Etagen." Berlinguis
Lächeln sah nach einer ernst gemeinten Aufforderung
aus, denn er tippte gleichzeitig auf mehrere Unterlagen
auf dem Tisch: „Menschen haben Tiere domestiziert.
Hund, Katze, Kuh. Haben vermeintliche wilde Menschen versklavt. Nun wird der moderne Mensch auf
hinterhältige Weise in die aktive Rolle einer Gefolgschaft gezwungen. – Wer von denen könnte dafür in-
frage kommen?"
Collasso und die Sottotenente schauten sich verwundert an.

„Das heißt, Sie denken, der von uns verfasste Bericht
stimmt nicht? Wir hätten doch den politischen Mög-

lichkeiten als Grund für das Massaker nachgehen sollen?" Loretta fand als Erste Worte auf die Gedanken des Commissarios.

„Seit Jahrhunderten sind wir eine Stadt für Einwanderer. Die Firmen hier sind häufig in der ganzen Welt aktiv. An *unserer* Universität lehrte einst Galileo Galilei und nicht in Rom oder Florenz. Und nach wie vor zählt die *Bò* zu den besten in Italien. Aus aller Herren Länder kommen Studenten. Nun gut, natürlich ist auch dadurch der Ausländeranteil mit rund 15 Prozent überdurchschnittlich hoch im Land. Aber gerade deshalb, weil wir eine Stadt des Wissens sind, gibt es doch eigentlich keinen Grund, hier ein solches Schlachtfest zu veranstalten."

Alle drei schauten sich für einige Sekunden still an. Der Ispettore blätterte daraufhin noch mal durch die Blätter vor sich und zog ein paar Zeitungsartikel aus dem Stapel. Als kontrolliere er nochmals deren Inhalt, überflog er die Zeilen und verzog nachdenklich das Gesicht. Loretta schaute ihm dabei über die Schulter. Dann legte Collasso die Ausschnitte wieder zurück und meinte:

„Also gut, man verquickt deshalb dieses Problem mit Begriffen wie Austeritätspolitik, Lira-Nostalgie, Renationalisierung, Migrationslawine, Europas angeblichem Verordnungswahnsinn, schüttet noch ein bisschen Mezzogiorno-Problematik hinzu und schon kann man den nächsten Schlachtruf hinausposaunen und suggeriert mit ihm, dass in einem Europa der Regionen der Wunsch nach der Gewissheit um die eigene Identität in einer scheinbar entgrenzten Welt nur rechtens ist und macht es in einem Zeitungsinterview noch zur *questione meridionale*. So wundert es uns nicht, dass die Zeitungen nach diesem Massaker auf dem *Prato della Valle* alles in allem sehr zurückhaltend reagiert haben. Kaum ein Bericht, den wir gelesen haben, nahm mit dem Versuch einer Analyse Stellung. Alle berichteten nur sehr sachlich über die Geschehnisse."

„Ich sagte ja, statt einfacher wird es immer komplizierter. Irgendwie erinnert mich das alles inzwischen an die Suche nach dem mythischen Einhorn."
Nun schaute Loretta ihn an und lächelte sanft.

„Sie suchen ein Einhorn? Das Symbol für das Gute. Ich kann Ihnen eines besorgen. Als Jugendliche vertraute ich nämlich einem solchen mein damaliges Leben an, es bewachte über der Zimmertür mein Zuhause. Ich glaube an das Gute und habe es noch."

Padua, 24. März desselben Jahres, 1 Uhr 35

Der Container war kein Problem. Für sein Vorhaben der reinste Selbstbedienungsladen. Da hatte er damals in diesem bescheuerten Krieg vor ganz anderen Herausforderungen gestanden. Das dauernde Hin und Her hatte dazu geführt, dass Rache zum Alltag wurde. Der eine nahm Rache für den anderen. So musste in Racak der Tod von Zivilisten sowohl der UÇK als auch den serbisch-jugoslawischen Sicherheitskräften in die Schuhe geschoben werden können. Also nahm er die Munition der einen und verhielt sich bei dem Angriff, wie die anderen es immer taten.

Jetzt saßen vor dem Blechding nur zwei unbewaffnete, harmlose Schwarze auf einer selbst gezimmerten Bank aus Bierkästen und Brettern und unterhielten sich. Lachten, schauten ab und zu auf ihre Smartphones nach Afrika, während er draußen vor der Baustelle wie ein x-beliebiger Passant zügig den Zaun entlanglief und diesen und das Dahinter gleichzeitig inspizierte. Nach einer Viertelstunde kam er zurück und schlüpfte durch eine Lücke, die wohl auch die Bauarbeiter regelmäßig benutzten.

Auf die Walther hatte er bereits den Schalldämpfer geschraubt, sie aber auf seinem Rücken noch hinter den Gürtel geschoben. Die Schwarzen saßen immer noch dort und feixten. Sie schienen Spaß zu haben. Verstehen tat er nichts. Gerade trank jeder aus einer Flasche *Peroni* einen großen Schluck Bier. Beide schlugen sich auf die Schenkel, als er näher kam, und sahen zu ihm hinüber. Sie hatten keine Zeit und Chance zu reagieren, etwas zu sagen oder ihn zu fragen, was er hier wolle. Der eine kippte lautlos nach vorne in den Kies, der andere zur Seite. Die Tür der rechteckigen Blechbüchse links neben ihnen stand offen. Er nahm die beiden Flaschen und leerte sie aus. Keine drei Sekunden später war er drin und hatte mit einem widerlichen Plopp den nächsten Schwarzen umgebracht. Dessen Mobiltelefon flog im hohen Bogen aus seinen Händen auf den Boden. Das Display zeigte eine lachende, dunkelhäutige Frau. Afrika würde nun nicht erfahren, was passiert war.

Dann machte er das Licht im Container aus und nahm draußen zwei, drei größere Kieselsteine, mit denen er den Scheinwerfer über dem Platz in Scherben warf. Es war der einzige Knall, den man hätte hören können. Wenige Minuten später hatte er das Tor geöffnet und war mit seinem Wagen reingefahren. Niemand interessierte sich für ihn. Weder auf der Straße noch auf dem Bürgersteig gegenüber. Denn Ende März um halb zwei nachts gab es keine normalen Spaziergänger. Diejenigen, die sich jetzt noch hier herumtrieben, waren mit Sicherheit auf der Suche nach anderer Unterhaltung und wollten nicht wissen, was da drüben in den Kofferraum eines alten Opel Combo gepackt wurde. Schöne Frauen waren es sicher nicht.

12. Oktober, 15 Uhr 20

„Hast du was getrunken?"

„Was ist das für eine Frage? Natürlich nicht."

„Ich meinte, genug Wasser oder Saft."

„Vor mir steht schon die zweite Karaffe. Deine Mutter macht den ganzen Tag nichts anderes, als mir eine Karaffe Wasser nach der anderen zu bringen. Jedes Mal hat sie einen passenden Spruch. Nur weil ich einmal zu wenig getrunken habe."

„Sie sorgt sich um dich."

„Der Sommer war für alle zu heiß."

„Du bist also fit?"

„Ich war bis auf dieses eine Mal immer fit. Was habt ihr nur? Ist schon schlimm genug, was mit dir passiert ist, und dass du meinetwegen ...‟

„Ist alles gut und überstanden – hoffe ich."

„Carla hat mir das mit Giuseppe erzählt. – Wie soll ich sagen, eine ... dumme Sache. Es tut mir leid. – Er war dein Freund. – Ihr kanntet euch seit der Uni."

„Ich muss zu meiner Schande gestehen, dass mir sein Tod entweder noch nicht bewusst genug ist oder mich durch ein paar spezielle Umstände nicht mehr so berührt, wie man es von mir erwarten könnte. Es ist leider viel geschehen in den letzten Monaten."

„Du kennst meine alte Einstellung zu ihm: *Vantate sésto che te ghe un bel màmego.* Gib dich nicht mit dem Korb ab, wenn du nur einen schönen Griff hast."

„Ich weiß. Dein Verhältnis zu ihm war eher von Distanz geprägt. Aber alte venetische Sprichwörter helfen uns nicht weiter. – Was sagt dir der Name Sullavenga?", unterbrach ihn der Commissario, auch, um von diesem Thema abzulenken. Sein Vater schien einen Augenblick zu zögern, antwortete aber dann:

„Carlo Sullavenga. Wenn du mich so fragst, bist du in diesem Moment schon zu dicht an ihm dran. An ihm haben sich schon andere die Zähne ausgebissen."

„Ja. Ich weiß. Die *Guardia di Finanza* wollte seine Konten durchleuchten."

„Und ist sicher genauso gescheitert, auch wenn sie wüsste, wo sie suchen müsste. Nenne ein beliebiges Steuerparadies und du hast mit jedem der genannten Ländernamen recht."

„Hattest du mit ihm schon mal zu tun?"

„Als ich noch Richter war, wurde sein Name von Zeugen in Zusammenhang mit einem Korruptionsfall in Bologna genannt. Dort hatte er damals auch studiert. Wir baten ihn um eine Aussage – sozusagen unter Kollegen – hinter verschlossener Türe. Er war gerade in eine Sozietät eingetreten. – *Ma molto scivoloso!*"

„Worum ging es in eurem Fall?"

„Bestechung, Korruption, Schmiergelder. Nenne es, wie du willst. Angeblich soll alles über seinen Tisch gelaufen sein. Aber beweise das mal. Indizien helfen hier nicht weiter. Und mehr als Indizien gab es auch hier nicht. Das Wort Zeuge traf in seinem Fall leider nicht den richtigen Sinn. Nach einer guten Stunde ging er quietschvergnügt nach Hause."

„Erzähl mir mehr! Um Bestechung, Korruption und Schmiergelder geht es auch bei uns. Aber jetzt haben wir eventuell mehr als nur Indizien."

„Wenn du mich anrufst, weil du mehr erfahren willst, sind deine Indizien nichts."

„Es ist eine Verkettung von vielen Indizien."

„Schau dir aktuell den Fall *Labyrinth* an. Der ist nur ein paar Monate her. In diesem Fall wird sogar gegen einen Parlamentarier ermittelt. Und wir – auch wenn ich draußen bin, fühle ich mich immer noch in der Rolle des Richters", lachte Berlinguis Vater über sein Wir,

„wir wissen jetzt schon, dass das eine zähe Sache wird. Von den 13 Millionen Euro werden wir nicht besonders viel wiedersehen. Da hilft auch unser Antikorruptionsgesetz aus dem letzten Jahr nicht viel. Es wird dauern, bis wir diesen glitschigen Fischen die Köpfe abgeschlagen haben. Und vermehren tun sie sich auch noch wie von selbst."

„Das heißt, Sullavenga ist einer von diesen?"

„Mit der Sache in Rom hat er sicher nichts zu tun. Aber es gibt in dieser Hinsicht in unserer Region genug Projekte, die in dieser Richtung verlockend sind. Padua hat genug davon zu bieten. Nicht nur das Flutschutzwehr Mose in Venedig hat einem Prominenten, dem Bürgermeister Orsoni, den Job gekostet und dafür den Knast eingebracht. Unser Bürgermeister hat ja auch die richtigen Sprüche für so etwas."

„Ich könnte dir eine Geschichte aus Mallorca erzählen ..."

„... ich kenne sie bereits, stand sogar in unserer Zeitung: *Italienischer Polizist sprengt Mädchenhändlerring, Bürgermeister verhaftet.* Das war sicher auch so eine Drecksau. Gratuliere dir. Ich meine das ernst."

„Wie kommen die so einfach an die Gelder?"

„Ich sehe schon, du denkst im Ansatz wahrscheinlich zu kompliziert. Ist im Prinzip nämlich ganz einfach. Man besorgt sich ein Konto, das nach einer etablierten, gut gehenden Firma aussieht, und schreibt Rechnungen in Namen dieser Firma und lässt sich die Beträge auf genau dieses Konto überweisen. Oder man schreibt Rechnungen ohne Gegenleistung, also einfach so. Oder berechnet eine Position in unterschiedlichen Quantitäten und auf mehrere verschiedene Daten verteilt einfach mehrfach. Oder ..."

„... schon gut, dann habe ich es doch gewusst. Ich dachte, es gäbe neue Methoden, von denen du mir berichten könntest. Die letzten Jahre waren ja reich an solchen Skandalen, Mailand, Venedig, Palermo, Rom sind ja nur die großen Fälle und Orsoni und der Kulturminister Galan die fettesten Fische. Aber so einer wie Sullavenga ...“

„... der nach den nächsten Wahlen sicher in Rom landen wird, wenn ihr nicht besonders gute Fakten finden werdet ...“

„... besorgte mit ziemlicher Sicherheit ein paar Bauunternehmern hier in der Region, gegen gutes Geld natürlich, öffentliche Aufträge und die holten sich ihre Investitionen – wie ich das mal nennen möchte –, indem sie die Kosten künstlich aufbliesen oder diese Aufträge gleich ein paar Mal unter sich verteilten, wieder zurück.“

„Jetzt hast du das Prinzip erkannt. Hole dir Beweise und sperr ihn weg. Es gibt eine Menge ehrlicher Leute, die dich umarmen werden.“

„Es ist, wie du weißt, nicht mein Kampfgebiet. Ich bin für die eventuellen Folgen zuständig und muss Blut an seinen Fingern finden, das ist mein Königsweg. Die Staatsfinanzen muss die *Guardia di Finanza* retten. Und durch die Carabinieri habe ich eine neue Kollegin an meiner Seite. Fast habe ich den Verdacht, weil sie selbst zu wenig in der Hand haben. Aber dem Blut bin ich – vielmehr Collasso und gerade diese Sottotenente – ein Stück näher gekommen. Meine Hoffnung war, noch mehr über seine Verbindungen zu erfahren, um den Fall auch von einer anderen Seite aufzurollen.“

„Wie glaubst du, sind manche Bauprojekte in der historischen Innenstadt zustande gekommen? Und wie manches Geschäft in ein solches renoviertes Gebäude?“

„Meinst du etwa das ...“

„… denke nicht daran! Dazu gab es nie Untersuchungen oder einen Beweis. Ein Journalist hatte damals etwas herausgefunden und ein wenig darüber schreiben wollen. Ein erster Artikel war bereits erschienen. Aber ein zweiter blieb unveröffentlicht und die zuständigen Stellen haben erst gar nicht ihre Büros verlassen, um irgendwas herauszufinden.“

„Klingt nicht anders als heute: Nach Geldwäsche, die von oben abgesegnet wurde und gleichzeitig denen da oben ihre Macht sicherte.“

„Die politische Zeit seinerzeit war noch etwas anders, die Mafia in noch ganz andere Geschäfte verstrickt und das sogenannte organisierte Verbrechen relativ gut in Schach zu halten. Das hat sich seit Berlusconi geändert. Der verkörperte all die – wie soll ich sagen –, die in zweiter Reihe parken. Und das ist inzwischen die Mehrheit in Italien. Diese Menschen sind allergisch gegen Gesetze und als er regierte, schämte sich auch niemand mehr dafür. Nur gibt es seit dieser Zeit auch kaum jemanden, der noch etwas herausbringt.“

„So ähnlich hat es Giuseppe auch einmal beschrieben. Dabei ist Padua eigentlich bekannt dafür, sich zu wehren. Die Habsburger Herrschaft war auch verhasst und ist 1866 untergegangen. Und soweit ich weiß, ist Berlusconi auch weg.“

„Dafür sind genau solche aus diesem Morast wieder hochgekommen wie Sullavenga.“

„Du meinst also, der hat sich die gleichen großen Schuhe angezogen?“

„Du kennst die Mosaiken im Markusdom in Venedig. Schau dir das von Kain und Abel in der Klemenskapelle an. Neben dem Fenster, hinter dem der Doge der Messe beiwohnen konnte. Nach den Regeln der Ikonografie kann es nichts zugeordnet werden und doch ist es als Warnung an den Dogen zu verstehen: Gott sieht gnädig auf Abel, aber nicht auf Kain. Es weist darauf hin, dass jede Handlung des Dogen uneigennützig und transparent sein muss. Das hat Jahrhunderte funktioniert. Auch vor Berlusconi. Nun übersehen es allerdings sogar die Touristen."

Berlingui seufzte und dachte an die Fresken im Salone. Markus war allgegenwärtig. Die Gerechtigkeit nicht.

„Ich weiß, du hast mir oft genug erzählt, dass an der Südfassade des Doms die Darstellung der Gerechtigkeit auch nur zum Wasser schaut und nicht, wie es sich gehören würde, auf die Stadt."

„Sie schaute auch auf den Palast, aber niemand in ihm auf die Kirche", ergänzte Berlinguis Vater.

„Mit Philosophie komme ich in diesem Fall aber leider nicht weiter. Was schlägst du mir vor?"

Obwohl er seinen Vater nicht sehen konnte, wusste er, dass er in diesem Moment lächelte und seinen Kopf hin und her wiegte, bevor er antwortete:

„Du hast zwei Möglichkeiten: Gib deine Hinweise der *Guardia di Finanza* und lass die das machen, während du am *Canal Bianco* bei der *Ponte di Castello* deinen *Ombra* trinkst, dann machst du dir schon nicht die Hände schmutzig an den Dingen, die für weiße Westen sorgen sollten. Oder besorge dir eine Liste mit den Namen, die damals mit dem G-8-Gipfel auf der sardinischen Insel Maddalena, der ja nie stattgefunden hat, in Verbindung standen. Ich schätze, sein Name wird immer noch auf dieser zu finden sein. Allerdings konnte er nicht in den illustren Kreis der Organisatoren vordringen. Denkbar wäre aber, dass diese Leute ihm nachträglich etwas Gutes tun wollten. Damals flossen Ströme von Steuergeldern in private Taschen."

„Den Wein an dieser zugegebenermaßen malerischen Ecke werde ich noch ein Weilchen verschieben müssen. Aber was steckt hinter dem zweiten Tipp? Was könnte er damit finanziert haben?"

„Er wird von den Geldern noch nicht viel gesehen haben. Seine Finanzierung wurde in den ersten Jahren ohnehin von Di Marchio übernommen. Aber später hat er Blut geleckt und sich immer unabhängiger gemacht und – alles zurückbezahlt. Vielleicht auch auf Wunsch seines Mäzens. Wegen der weißen Weste. – Ärmer ist er auf jeden Fall nicht geworden. Aber beweis das mal."

„Ich hoffe, wir sind nah dran. Vielleicht werde ich gleich ein paar weitere Details erfahren, die den nächsten Schritt möglich machen. So eine Art zweite *Insurrezione*. Und die geht nicht gegen die Österreicher."

„Du hättest es verdient!"

Mailand, 3. April, 10 Uhr 20

Seine Leute verfügten über die richtigen Informanten. Was diese allerdings zu berichten hatten, ließ ihn unruhig werden. Obwohl das Wort Angst zutreffender gewesen wäre. Seit einigen Minuten lief er wie eine Billardkugel in seinem Büro herum, prallte von Wand zu Wand und versuchte in Ruhe nachzudenken. Allein das war in seiner Situation kaum möglich. Der Plan, wenn er ihn überhaupt noch so nennen konnte, hatte die Absicherung für seine Vorhaben verloren. Die Sache mit der Kassette war danebengegangen. Die Fährte wohl falsch gelegt. Deshalb musste dieser Mann weg. Er stocherte schon zu tief. Es war nur noch eine Frage der Zeit, bis er auf weitere Namen – vor allem seinen Namen – stoßen würde. Jeden Tag bewegte er sich wie ein hungriger Wolf auf einem konzentrischen Kreis auf ihn zu, schien ihn zusammen mit seinem Kompagnon, diesem allwissenden und viel zu besonnenen Ispettore viel zu schnell einzukreisen.

Er musste eine empfindliche Lücke in dieses System schlagen, um Zeit zu gewinnen, um untertauchen zu können. Um dahinterzukommen, würden sie einige Zeit benötigen und die Schuldigen, die dann eventuell gefunden würden, könnten mit dem Namen, den er ihnen als seinen nennen würde, nichts anfangen. Auf jeden Fall wäre er diesen Commissario los und diejenigen, die es bewerkstelligen sollten, hätten ein bisschen Geld. Und wenn sie es geschickt anstellten, würden sie auf Nimmerwiedersehen verschwunden sein. So seine Vorstellung. Solchen Leuten war ohnehin egal, wer der Auftraggeber war oder was dieser damit bezweckte.

In seinen Kreisen hatten alle *un taccuino speciale*, das besondere Notizbuch. Er atmete tief durch und wählte mit seinem Handy eine Nummer, die man ihm vor Monaten empfohlen hatte.

„Sie werden sehen, es gibt in diesem Fall kaum einen anderen Ausweg. Bevor Ihnen einer aus den Parlamenten in die Suppe spuckt oder die *Guardia*, sollten Sie sich wehren können. Auch wir machen es nicht anders als die Herrschaften an den entscheidenden Stellen. Soll keiner glauben, die kämen alle in den Himmel", lächelte ihn ein Kollege aus Florenz an, als dieser einen tödlichen Autounfall eines namhaften Architekten erklärte, der einigen Bauunternehmern zu sehr ins Handwerk pfuschen wollte. Der dachte wohl, er dürfte mehr, als einen Plan erstellen.

„Alles inklusive 50.000. – Vorab. Ist ja immerhin ein Commissario", war die Antwort auf seinen mit zittriger Stimme vorgetragenen Wunsch.

„Alles andere ist uns egal. Wenn Sie heute einzahlen, ist morgen das Geld auf dem Konto und wir haben die Sache Ende der Woche erledigt. Sie lesen davon in der Zeitung, oder wo auch immer. Von uns hören Sie nichts mehr. Beeilen Sie sich also."

12. Oktober, 15 Uhr 45

Die Sottotenente schien einfach nicht müde zu werden. Ihre Hände schwebten ohne Unterlass vor ihrem Körper hin und her, als würde sie Klavier spielen. Statt allerdings Tasten zu drücken, zählten ihre Finger irgendwas auf. So erklärte sie die Zusammenhänge aus ihrer Sicht. Sie war unzweifelhaft in ihrem Element. Und die Dinge bekamen tatsächlich nach und nach eine neue sinnvolle Struktur. Berlingui hingegen kämpfte mit einem weiteren Espresso gegen eine aufkommende Müdigkeit an und wegen dieser nun gegen ein Gähnen. Als könne er nicht verstehen, warum er schläfriger statt wacher wurde, starrte er in die kleine Tasse und murmelte einen unverständlichen Kommentar. Der Hypnoseversuch war allerdings gescheitert. Auch nach dem hundertsten Tässchen würde diese *Panafe* trotz allem nicht sein Liebling werden und – er würde noch mal mit den Ärzten sprechen oder mit Pantatti oder Ravanelli. Die müssten es auch wissen. Vielleicht handelte es sich um postoperative Effekte. Loretta bemerkte nichts davon, zog derweil wieder ein Foto aus dem Sammelsurium vor ihnen heraus und reichte es ihm hinüber.

„Zwei Wochen nach dem Attentat auf Sie waren wir auf der betreffenden Baustelle. Ravanelli und seine Männer haben alles fein säuberlich umgedreht, aber nicht besonders viel gefunden. Der Mörder muss alles mitgenommen haben. Selbst die blutverschmierten Kieselsteine. Nur die zwei für Laien unauffälligen Dellen

165

außen am Schlafcontainer stellten sich als Aufschlagspunkte von Munition heraus."

„Von einer 9 mm. Wie Sie es vorhin gesagt haben."
Nun musste er doch gähnen.

„*Scusa!* Kondition fehlt mir auch noch."
Der Commissario hob bedauernd die Hände.

„Lassen Sie uns eine Pause machen", erwiderte Loretta verständnisvoll, „Bewegung würde uns allen nicht schaden. Ich gebe zu, auch mir nicht. Benito, kommst du mit? Beim Spazierengehen haben die Gedanken mehr Spielräume und man kann sich gut unterhalten. Das hab' ich in den letzten Monaten auch häufig gemacht. – Mit mir selber." Loretta lachte, hatte bereits die Organisation übernommen und war aufgestanden: „Sie könnten mir bei der Gelegenheit ein paar Sehenswürdigkeiten zeigen – zum Beispiel die Basilika."

„115 Meter lang, 55 Meter breit, über 38 Meter hoch", dozierte Berlingui gar nicht verblüfft. Er machte dem Ispettore ein aufmunterndes Zeichen und stand ebenfalls auf: „Aber Danke! Ein Spaziergang ist tatsächlich nicht schlecht. Ist ja doch allerlei passiert heute. Und – wie gesagt – meine Kondition hat gelitten."
Auf dem Gang nahm er Collasso zur Seite:

„Wir haben nie darüber gesprochen, aber über diesen Lorenzo Rossi und Francesco Ferrari ..."

„... Francesco Rossi und Lorenzo Ferrari", verbesserte ihn Collasso.

„... wisst ihr nicht mehr?"

„Wir haben so viele Dateien wie möglich abgeglichen. Nichts zu finden. Wäre der Anschlag nach Plan gelaufen, hätten sie das Motorrad ein paar Kilometer später sicher in einen bereitgestellten Transporter geschoben und diesen wiederum auf irgendeinem entlegenen Parkplatz abgestellt, von dem sie mit einem geklauten Pkw mit ausländischem Kennzeichen abgehauen wären. – Und so weiter und so fort. Vielleicht wären wir Wochen später auf den Transporter gestoßen, aber was hätten wir finden können?"

Berlingui blies die Wangen auf und pustete in die Luft. Was hatte er erwartet? Eine zufällig vorbeifahrende Streife nahm die Verfolgung auf, stellte die zwei und verhaftete sie? Und nach einem kurzen Verhör kannte man die Drahtzieher. So etwas funktionierte nur in den dusseligen Krimiserien im Fernsehen. In denen musste der Mörder, Dieb und Betrüger nach einer Dreiviertelstunde oder Stunde überführt sein. In ihrem Alltag konnte man froh sein, wenn zwei oder drei Zeugen sich den Typ, Teile des Kennzeichens oder gar die Farbe des Motorrads gemerkt hätten. Seufzend wedelte er mit seinen Händen und fragte stattdessen:

„Und im Container hat Ravanelli nichts gefunden? Hülsen? Blut? Zerschossene Matratzen? So was hinterlässt doch Spuren!"

„Nein! Nichts!" Collasso schüttelte den Kopf: „Die Matratzen und Decken, wenn es denn welche gab, muss er mitgenommen haben. Mitsamt den Kugeln."

„Haben Sie damals die Kugeln gespürt?", wollte Loretta hinter ihm plötzlich wissen, weil sie das halblaute Gespräch doch mitbekommen hatte, und erschrak sogleich über ihre eigene Neugier. Gerade als sie sich dafür entschuldigen wollte, antwortete Berlingui:

„Erst Wochen später habe ich nachts davon zu träumen angefangen und jeden Treffer gespürt. Dann bin ich schweißgebadet aufgewacht und fühlte mich wie ein zweites Mal erschossen. Irgendwann ließ das dann nach. Von dem Unfall selbst habe ich aber nur den Glitzerregen der zerberstenden Frontscheibe in Erinnerung. Sonst nichts. Mit einem Mal war alles schwarz.

Man sagte mir, für einige Tage. Jetzt sind nur noch ein paar Narben zu sehen."

Dann öffnete er die Tür und trat auf den Platz. Der Musiker vor über einer Stunde hatte seinen Platz verlassen. Statt ihm stand nun ein Jongleur dort und warf eine ganze Menge bunter Keulen in die Luft, die inzwischen klarer war. Er hatte mehr Zuschauer um sich herumstehen als der Gitarrenspieler. Berlingui deutete in seine Richtung.

„Sehen Sie, Loretta, so ist das heutzutage, Show ist alles. Damit zieht man Menschen an. Eine Klampfe ist heutzutage einfach zu wenig. Selbst wenn du anständig singen kannst."

Das hatte Luca an diesem Abend auch gesagt, dachte sie, bevor er seinen Kopf an ihre Schulter legte. *Ich hab' zwei Jahre Straßenmusik gemacht, um mein Studium zu finanzieren. Hätten meine Eltern mich nicht unterstützt, hätte ich es aufgeben müssen. Ein Bekannter von mir kann zaubern, so richtig, weißt du? Der hat das Studium auch an den Nagel gehängt. Aber aus anderen Gründen. Show ist alles, hat er nur gemeint, damit kannst du Geld verdienen. – Vielleicht war ich nicht originell genug.* Dafür zärtlich, wollte sie ihm am nächsten Morgen sagen, doch war er schon zur Arbeit gegangen.

„Tiziana – also Signora Gibellato – erzählte", fing der Commissario wieder an, „dass Leute wie die Gibellatos, also diese Wohlhabenderen, von so etwas leben. Davon, sich auf bestimmten Festen zu zeigen und zu präsentieren. So bliebe man bekannt und stünde im Mittelpunkt. Ihre Show, sozusagen, sei wichtiger als ihre Taten. – Wir gehen rechts rum. Mal sehen, was Filippo macht."

Ohne abzuwarten, bog er in die *Via Santa Chiara* ab. Doch in der *Via Rudena* stand er wenig später vor verschlossener Tür.

„Ich dachte, er baut um? Macht er etwa mitten am Tag Pause? So dauert es nicht nur drei Monate, sondern Ewigkeiten!"

Entrüstet boxte er mit einer Faust gegen den heruntergelassenen Rollladen, auf dem ein handgeschriebener und mittlerweile eingerissener Zettel klebte, *Chiuso per lavori di ristrutturazione!,* wegen Umbauarbeiten geschlossen! Eine gut lesbare Handschrift hatte Filippo auch nicht. Dann legte er ein Ohr an die grünen Profile und hörte natürlich – nichts.

Kurz kam ihm die Einbildung hoch, Filippo hätte auch wegen ihm zugemacht, weil ihm nun seine regelmäßigen Einnahmen abhandengekommen waren. Oder vielleicht auch der Gesprächspartner, mit dem er sich unterhalten konnte, wenn er schlechte Laune hatte, die er eigentlich ja immer hatte. Vor allem, wenn es um seinen Lieblingsverein *Udinese Calcio* ging. Die Spiele liefen seit ein paar Jahren in einem scheunentorgroßen Fernseher, für den er in einer Ecke sogar einen Tisch geopfert hatte und der genau gegenüber seiner Theke stand. Statt sechzehn hatten nun an nur noch drei Tischen zwölf Gäste Platz. Und wenn an jedem nur einer saß, war seine Kneipe ohnehin voll. Alle, die hierherkamen, wollten ihren Kaffee, Grappa oder Wein ohne großes Palaver trinken. Filippos Launen wurden nur mit einem leisen Grunzen quittiert. Ein Gespräch kam dadurch nur selten zustande. Man stimmte zu, um Ruhe zu haben. Aber wie konnte er seine Bar mit einem solchen Umsatz renovieren? Und mit wem wollte er sich nun über die immer desolater spielenden und viel zu gut bezahlten Fußballer unterhalten, die im letzten Heimspiel wieder einmal verloren hatten? Ausgerechnet gegen die schlecht erzogenen Hauptstadtbubis von *Lazio Rom*, die er erst recht nicht leiden konnte. Und das mit null zu drei!

„Hast du eine Ahnung, wie lang ich mit einem Monatsgehalt von denen leben könnte? – Jahre!"

Meistens warf er dann einen nassen Lappen quer durch den Raum in Richtung des Bildschirms. Manchmal blieb dieser auf dem oberen Rand liegen, manchmal rutschte er, als bestünde er aus zähflüssigem Schleim, langsam die Mattscheibe herunter, manchmal mussten sich Guido, Paolo oder Giova ducken, um nicht getroffen zu werden. Berlingui wusste in diesen Momenten, warum er in der Ecke neben der Bar unter dem schwarz gewordenen Wasserfleck saß und schlürfte leise grinsend seinen Espresso und biss in seinen Tramezzino.

Ausgerechnet jetzt war Schluss damit. Ausgerechnet jetzt gab es keine Ablenkung vom wieder beginnenden Alltag. Er würde mit ihm darüber sprechen müssen.

„Also gut! Weiter! Sie wollen ja etwas über die Geschichte Paduas lernen ..."

Loretta und Collasso grinsten und gingen dem vorausstapfenden Commissario hinterher.

„... immerhin heißt unsere Stadt im Volksmund ja *la dotta*, die Gelehrte", fuhr er mit verärgertem Unterton fort, „auch wenn sie früher eher durch den Mutwillen der Studenten berüchtigt war. – Ich hoffe, wenigstens das kann ich bei euch ausschließen. Filippo ist mir untätig genug."

In die *Via Bartolomeo Bellano* abgebogen, blieb er nach ein paar Metern vor einem für diese Straße viel zu modernen Mietshaus stehen, dessen Balkone mit trocknender Wäsche bunt leuchteten. Er drehte sich um. Sein Gesichtsausdruck in diesem Moment unerwartet ernst.

„Ich habe vorhin mit meinem Vater telefoniert. Benito wird es Ihnen vielleicht erzählt haben. Er war früher ein wichtiger Richter in unserer Region. Kennt daher sehr viele Leute. Ich wollte deshalb wissen, ob er mit dem Namen Sullavenga etwas anfangen kann. – Ich hätte es mir eigentlich denken können, natürlich kennt er ihn. Er saß vor Jahren sogar schon in seinem Büro, als Zeuge könnte man sagen." Berlingui machte eine Pause. „Sie hatten ihm gegenüber auch den Verdacht, was Korruption oder auch Geldwäsche betraf. Aber auch sie sind gescheitert. Ich glaube, mein Vater würde euch zu euren Ergebnissen bezüglich ihm gratulieren." Wieder drehte er sich um, ging weiter und meinte:

„Wir sollten uns also euer Quartett Tomè, Gibellato, Sullavenga und Di Marchio noch mal genauer anschauen. Es sind so viele Details dazugekommen. Und ich habe Angst, dass wir beginnen, uns im Kreis zu drehen: Wer erhält was durch wen? Wer ist also derjenige, der den meisten Gewinn einstreicht? Vielleicht ist der größte Profiteur von diesen vier gleichzeitig der Vater von Tiziana Gibellato, die zudem die große Unbekannte in diesem Spiel ist."

Kurz blieb er stehen, damit die beiden aufholen konnten. Als Loretta neben ihm war, ergänzte er:

„Wir werden mit Ricarda reden müssen, mit der *Guardia di Finanz*a und uns die Geschäfte von Di Marchio ansehen. Es müsste mit dem Teufel zugehen, wenn wir nicht diese Gründe oder gar Auftraggeber für die Morde herausbekommen würden. Oder? – Nun aber zur Kultur."

Als müsse er den Weg zeigen, deutete er mit ausgestrecktem Arm und übertrieben höflich in die *Via Cappelli* und keine zwei Minuten später standen sie vor dem Denkmal des Erasmo da Narni.

„Der da oben wird von uns nur Gattamelà genannt", begann Berlingui, „das ist venezianisch und bedeutet so etwas wie gefleckte Katze oder geschmeidige Katze. Er war ein sehr gewitzter und ausgebuffter Offizier zu seiner Zeit und am Ende seines Lebens so eine Art Bürgermeister dieser Stadt. Wahrscheinlich wüsste er ein paar

Tricks und Kniffe, den Typen, mit denen wir zu tun haben, Paroli zu bieten. Auch wenn er am Ende gar nicht so viele Schlachten gewonnen hat. Aber schaut, wie er den *Bastone*, den Kommandostab, da oben hält, zeigt, welche Autorität er hatte. Im Übrigen sitzen seit dem Bildhauer Donatello alle großen Krieger so auf ihren Pferden, denn nahezu alle Standbilder sehen so aus. – Haben Sie Lust, dem Santo eine Bitte schriftlich zu überreichen? Dann lassen Sie uns reingehen."

Loretta leicht am Oberarm fassend schob er sie zum Portal und ergänzte:

„Jedes Mal, wenn ich auf solch ein Tor zugehe, sehe ich das dümmliche Gesicht von dem Mann, der sich damals Hoti nannte. Sie nicht auch, Benito?[1]"

Der Ispettore schaute auf den Boden, nickte erfreut und lächelte leise.

„Ein schöner Fall war das!", meinte der.

„Ein sehr schöner!", steigerte Berlingui.

„In Rom und Genua haben sie uns hinter vorgehaltener Hand erzählt, wie viele Kirchenmänner ihre Posten haben räumen müssen", vervollständigte Loretta.

„Auf euren Schulen unser Fall?" Der Commissario war tatsächlich verwundert und ein wenig stolz.

„Deshalb habe ich ja sofort zugestimmt", lächelte sie ihn an. Im selben Moment betraten sie den opulent verzierten und farbenprächtigen Innenraum.

„So etwas können Sie finanzieren, wenn Sie die Bürger einer Stadt hinter sich wissen", erklärte Berlingui und machte eine ausholende Armbewegung dazu, „und denen dann helfen, ihrem Heiligen eine Ruhestätte zu geben. Dann erfüllen diese Bürger wiederum sehr viele Wünsche, um Kriege möglich zu machen. Vorher gaben sie Geld, Lebensmittel und Teile ihres Hab und Guts für

---

[1] Anspielung auf den ersten Padua-Krimi „Schlammschlacht"

den Bau, später sich selber. Selbst wenn sie dabei sterben mussten."

Er ging nach links und das Kirchenschiff bis zum Schrein des Heiligen Antonius entlang.

„Hier liegt er begraben. Kein Tag, an dem keiner einen Wunsch an ihn richten würde." Mit diesen Worten reichte er Loretta eine *carte di preghiera*, ein Gebetskärtchen, das er am Eingang aus einem Kästchen gezogen hatte und zitierte:

„*Gütiger und barmherziger Gott, du hast den heiligen Antonius als Zeugen des Evangeliums und als ...*", hier brach er ab und korrigierte das Satzende mit: „... als Zeugen für unseren Fall, wäre mir ehrlich gesagt lieber. Obwohl die Würdenträger dieses Hauses es unter Umständen als Blasphemie ansehen würden. – Vielleicht sollten wir es trotzdem als Wunsch darauf vermerken?!"

Mit einem Schmunzeln nahm die Sottotenente den Zettel an und fragte:

„Hast du was zu schreiben, Beni?"

„Ich habe sogar noch ein paar unbeschriebene Zettel dabei, für all die anderen Wünsche, die du noch hast und dranheften kannst", lächelte er zurück, während sich Berlingui längst in eine der Bänke gesetzt hatte.

„Man erzählt sich, dass man die Basilika, nachdem der grausam operierende Ezzelino endlich besiegt worden war, auch deshalb schnell fertig bauen wollte, um in die nächste Schlacht ziehen zu können. Immerhin schaffte dieser Ezzelino es in Dantes *Göttliche Komödie*. Seine Rachsucht, Gier und Großspurigkeit waren wohl amüsant genug. Alles ähnelt den modernen Zeiten", flüsterte er.

„Nur mit dem kleinen Unterschied, dass sich die Bauunternehmer heute schon vorab bekriegen", meinte der Ispettore.

„Di Marchio", Berlingui ging wieder einmal nicht auf den Ispettore ein, „hatte und hat – das weiß ich inzwischen – überhaupt nie ein eigenes Baugeschäft, sondern finanziert nur wie eine Bank verschiedenste Projekte. Mit Bau haben die wenigsten zu tun, aber ohne ihn geht kaum ein großes Bauprojekt über die Bühne. Das allein zeigt schon, über welche Vermögen er verfügen muss. Ich frage mich, wie er zu diesen kam. Vielleicht hätte ich das meinen Vater auch fragen sollen."

„Seine Vorfahren hatten eine Bank. Diese wurde schon 1861, im Jahr der Gründung des Königreiches, geschlossen. Die Di Marchios zogen ihr Geld raus, weil sie keine Lust hatten, dieses Reich in dem werdenden Bürgerkrieg mit Geld zu unterstützen und es damit gleichzeitig zu verlieren. Sie warteten einfach ab. Erst mit der Eroberung Libyens trugen sie mit ihren Geldern dazu bei, dass Italien in der Zeit des Imperialismus eine Rolle spielte. Es galt auch, die alten eigenen Interessen wieder zu beleben und sich rechtzeitig zu positionieren. Dort scheffelten sie auf diese Art wieder eine Masse Geld zusammen und vermehrten es durch das geschickte Taktieren im Ersten Weltkrieg. Sie standen immer auf der richtigen Seite – wenn es um Kredite und Zinsen und andere Gegenleistungen ging. Und – sie konnten es daher ziemlich leise angehen. Geld stinkt nur, wenn es auf toten Fischen gelegen hat. – Ein Spruch aus meiner Heimat."

Berlingui schaute die Sottotenente entgeistert an und schüttelte unmerklich den Kopf. Sie hingegen wusste plötzlich nicht, wohin sie schauen sollte. Collasso griff nach dem Zettel, auf dem sie zuvor irgendwas geschrieben hatte, stand auf und ging zu den beiden Gittern unterhalb des Sarkophags des Santo hinüber. Dort rollte er das kleine Blatt zusammen und steckte es in die linke obere Ecke des rechten gusseisernen Gatters, *Sostienci nelle fatiche d'ogni giorno!* Unterstütze uns in den täglichen Mühen!, flüsterte er leise und bekreuzigte sich.

„Sie finden solche Sachen wohl immer nebenbei heraus? Ich muss mir Ihre Arbeitsweise einmal näher betrachten", stellte Berlingui fest.

„In den letzten Monaten hatte ich viel Zeit und nicht immer das Geld, mich in ein Café, Kino oder sonst wo hinzusetzen und dieses auszugeben. So schlenderte ich entweder durch die Stadt, ließ die Gedanken spielen und sah mir die Orte an, die mit dem Fall zu tun hatten und machte mir dabei Notizen, die ich dann mit Benito besprach oder saß in meinem Zimmer und recherchierte im Intranet der *Polizia di Stato*. Dort ist allerdings der geschichtliche Hintergrund leider etwas knapp dargestellt. Aber es gibt ja noch andere Recherchemöglichkeiten. Auf jeden Fall scheint sich, was solche Geschäfte angeht, Geschichte zu wiederholen."
Ihr Lächeln war etwas bemüht und unsicher, als sie sich ihm zuwendete. Seine Antwort bestand lediglich aus einem kurzen Nicken, als verstünde er alles, dann stand er auf, legte dabei für einen kurzen Moment, ohne dass es anzüglich wirkte, eine Hand auf ihre Schulter und ging langsam in den linken Teil des Wandelganges vor. Kurz vor der Schatzkapelle blieb er vor der Kapelle des heiligen Leopold stehen und deutete in dieser auf die Sarkophage der Familie Alvaroti:

„Die waren seinerzeit so bedeutend, dass sie hier ihre letzte Ruhestätte bekamen." Seine Finger tippten auf eine Inschrift, *Hos fratres es utroque parente nobiles genere* ... „Die Brüder waren durch die Eltern von edlem Geschlecht. Man stellte seine Wichtigkeit durch Mäzenatentum zur Schau, dadurch, dass man in seiner Familie Offiziere und Juristen hatte. Diese zwei, Aicardino und Alvareto, wussten die Gesetze zu nutzen. Das erzeugte den nötigen Druck. Wie einst dieser Gattamelà draußen war auch Aicardino Bürgermeister gewesen. Berufe und Verwandtschaftsgrade waren wie ein Zertifikat. Es ähnelt ein wenig der Geschichte, die Sie über die Di Marchios herausgefunden haben. Würde mich nicht wundern, wenn auch die bei ihrer Ankunft hier dasselbe vorhatten. Nur bekamen sie dafür keine würdige letzte Bleibe."

Er ging wieder einen Schritt zurück und zeigte in die blaue Freskendecke.

„Gut möglich, dass seine Ahnen hier also auch beteiligt waren. Vielleicht spendeten sie irgendwelche Goldmünzen oder kauften sich mit diesen Rechte, um ihre Geschäfte betreiben zu können. Und erträumten sich nebenbei einen Platz unter diesem Freskenhimmel als Belohnung."

„Seine Ahnen stammten aus der Toskana", erklärte Loretta weiter, „und mussten sich mit anderen reichen Kaufmannsfamilien um die Vorherrschaft streiten. Ein Mord hatte damals dazu geführt, dass sie nach Venedig kamen und einhundert Jahre später in Padua neu starteten. Ich denke, in dieser Zeit haben sie so manchen Trick herausgefunden, wie man diese Art von Geschäften betreiben kann. Dafür bringen solche Menschen nicht nur im 16. Jahrhundert Menschen um, sondern lassen auch heutzutage drei Schwarze ermorden."

„Und was ist mit den anderen fünf? Woher kamen sie? Warum mussten *sie* sterben? Allein für Dinge, die mein Vater aufgezählt hat, also Schmiergeldzahlungen oder seltsame Finanzierungen, ist die Ermordung von dreien schon ein großer Aufwand. Damit kann man bestenfalls irgendwas noch kaschieren und versuchen undurchsichtig zu machen. Trotzdem hatte es bis jetzt noch eine Logik, aber diese Größenordnung passt meiner Ansicht nach nicht mehr in diesen Fall hinein."

„Sie sehen also einen anderen Zusammenhang?"

„Die Sache mit Tomè habt ihr, denk' ich, richtig herausbekommen. Aber jemandem muss etwas daran gelegen haben, genau dies zu vereiteln oder in einem anderen Licht erscheinen zu lassen. Je länger ich darüber nachdenke, habe ich mehr und mehr das Gefühl, dass auf dem *Prato* mehrere Interessen miteinander kollidierten und wir eigentlich wenigstens zwei Fälle zu untersuchen haben. Vielleicht hab' ich deshalb unbewusst ein paar Mal von Schnittstellen gesprochen, weil mir noch nicht klar war und ist, wo und wann ein weiterer Täter, oder wie wir ihn nennen wollen, dazukam."

Faedo, 11. April desselben Jahres, 7 Uhr 5

„Was ist schiefgelaufen?"

„Was soll schiefgelaufen sein? Ich habe alles ein wenig anders gestaltet, einem Typ den Unimog unterm Hintern weggenommen und das Ganze auf den *Prato della Valle* verlagert. Du hast, was du wolltest, nämlich etwas Großes bekommen. 8 Leichen. Schön schwarz. Mitten in der Stadt präsentiert. Ein wahres Kunstwerk. Mit Knalleffekt. Reicht dir das nicht? Was hast du dir denn gedacht? Das ich Afrika auslösche?"

„Verdammt! Von zwei, vielleicht drei war die Rede!" Er schlug mit einer Faust und so großer Wucht auf die Schreibtischplatte, dass ein lederner Becher mit Schreibutensilien am Rand herunterfiel und krachend auf dem Boden landete und dort seinen Inhalt überallhin verstreute.

„Vielleicht hättest du mir ein wenig mehr erklären müssen. Oder haben deine Auftraggeber – das war ja nicht deine Idee, oder? – dich auch nicht richtig eingeweiht? Ich glaube, das wird es sein! Ihr hattet eine politische Intrige geplant."

„Quatsch! Es gibt keine Auftraggeber, es gibt einen Interessenten bezüglich meiner Arbeit."

„Mein Gott! Wie das klingt!? Selten so einen Mist gehört. – Aber mir kann es egal sein. Ich habe alles getan und nun bin ich raus. Die 80.000 – bitte! Ich musste leider den Preis anpassen. Denn Stillschweigen kostet extra und eure Politik schert mich nicht. – Und immerhin ist ja nun wirklich etwas Großes daraus geworden." Jakunovic konnte ein dröhnendes Lachen nicht mehr verhindern.

„Die zwei alten Herren, die mein Interessent damit im Auge hatte, sind auch tot", meinte der andere trocken. In seinem Gesicht war keine Regung zu erkennen.

„Und? Was willst du damit sagen? Alles umsonst? Pech gehabt! Ich habe, gelinde gesagt, grandiose Arbeit abgeliefert, wenn du es in diesem Fall zu eilig hattest, ist das dein Bier."

„Der eine hatte einen Herzinfarkt und der andere wurde von seiner Frau erschossen."

„Gute Frau! Die ist jetzt wohl alleine. Gib mir ihre Adresse! Die muss ich kennenlernen."

„Sie säße hinter Gittern, wenn sie nicht auch tot wäre."

„Hast du irgendwas eingeworfen oder gesoffen? Die Story ist ja nur blöd! Aber wie gesagt, kann mir alles egal sein. Du kennst ja meine Vorgeschichte."
Wieder lachte er auf.

„Das Geld habe ich logischerweise nicht hier, sondern auf einem Konto in Dubai." Er öffnete eine Schublade seines Schreibtisches und zog einen kleinen Umschlag heraus, den er Jakunovic über den Schreibtisch zuschob.

„Klar! Auch logisch! Und wenn ich da hinwill, freut sich am Flughafen ein Typ von der Polizei, dass er mir Handschellen anlegen kann."

„Ich begeh doch keinen Selbstmord, nur weil du eine Stunde später mich verpfiffen hast."

„Die werden mich das Gleiche fragen, wie ich dich, nämlich, ob ich irgendwas eingeworfen oder gesoffen habe. – *Die* kennen nämlich meine Vorgeschichte! Für mich Arschloch bist du bei denen mindesten drei Nummern zu groß. Also das Geld will ich hier haben. Hier an diesem Platz."

In seiner Jackentasche ließ er die Fingernägel auf dem Metall der Walther herumspielen.

„Ich habe es nicht hier. – Und nichts, was ich so schnell flüssig machen könnte. Ich gebe dir noch ein Flugticket obendrauf und dann kannst du machen, was du willst."

Jakunovic glaubte ein paar Schweißperlen auf der Stirn gegenüber zu sehen und stand auf. Langsam ging er um den Schreibtisch herum, blieb hinter dem Stuhl des anderen stehen und schaute gelangweilt wirkend aus dem Fenster hinaus. Gleichzeitig zog er die Hand mit der Walther heraus und klopfte mit dem Lauf der Pistole leicht auf der Fensterbank herum. *Tick – tick, tick, tick – tick – tick.* Es klang, als würde er morsen.

„Lass das!", hörte er den anderen hinter sich zischen.

„Lieber das?", gab er zurück und drückte den Lauf in dessen Nacken.

„Damit kann jeder den Starken spielen. Tot bring ich dir überhaupt nichts, damit machst du mir also keine Angst. – Falls du das Geld willst. Du weißt doch, wie die Spielregeln sind."

„Ja. Kommen. Doof gucken. Handschellen. Knast."

„Blödsinn! – Nichts, was einen Verdacht erzeugen kann, ist im Umschlag. Wenn ich weiß, wann du unten bist, schicke ich dir per SMS eine in diesem Moment gültige PIN. – Anders kommst du gar nicht an das

Konto. – Vertrauen ist allerdings nicht in ihm drin, sondern nur meine Telefonnummer."

„Und wenn du mich verarscht hast?"

„Wäre ich wahrscheinlich wenige Tage später hinter Gittern oder wie alle anderen tot. Leider schützt meine Profession vor nichts mehr, wenn du quatschen müsstest. Ich stehe genauso unter Druck wie du."

„Wer hatte eigentlich von allem gewusst?"

„Von allem?"

„Mein Gott, glaubst du etwa, du kannst mich für blöd verkaufen … Da gibt es doch Verbindungen, wenn du von Druck sprichst? Die Sache stinkt zum Himmel!"

„Ich kann es dir nicht sagen", schnaufte er.

Plötzlich wurde er nervös, wischte sich den Schweiß von der Stirn, stand schwungvoll auf und fing an im Raum umherzulaufen. Vor einem der Regale blieb er stehen und betrachtete die Ordner darin. Jakunovic glaubte, er suche etwas. Stattdessen hörte er:

„Es ist anders, als du denkst. Ich habe einen Verdacht. Der ist aber so abstrus, dass ich diesem selber nachgehen möchte. – Rufe mich in Dubai an. Ich habe dich nicht verladen. Vertrau mir!"

12. Oktober, 16 Uhr 10

In der Schatzkammer der Basilika hätten sie schon ihre Ausweise vorzeigen müssen, um schneller an die Vitrinen treten zu können. Collassos Uniform reichte nicht. Polizisten kamen zu häufig herein. So standen sie für gute zehn Minuten in der wartenden Schlange der Neugierigen. Berlingui war der ungeduldigste von den dreien und schaute nach links und rechts und wieder nach links, vielleicht auf der Suche nach einer Lücke.

Dann betrachtete er das wirklich hübsche Profil von Loretta. Intensiv und genau.

„Sie tragen Ohrringe?"

„Ja. Große. Das sind aber Piercings. Allerdings im Dienst mit Schmucksteinen gefüllt", erhielt er ohne ein Zögern, aber mit einem leichten Lächeln zur Antwort: „Dass Sie das erst jetzt erkennen?!"

„Ihre Haare vielleicht!?", versuchte er zu erklären.

Sie rückten wieder eine Fußlänge vor.

„Wenn Sie bei uns wären, hätte, würde ich behaupten, keiner was dagegen", fügte der Berlingui hinzu.

„Glauben Sie?"

„Fragen Sie Benito. Er hat ja eine eigene Geschichte unter den Kollegen. – Die brauchen im Übrigen nicht wirklich was Besonderes, um sich das Maul zu zerreißen. Stimmt's Benito?"

Der Ispettore verzog das Gesicht und Loretta sah es. Eigentlich wollte er die Geschichte für sich behalten. Dieses Detail hatte er Loretta noch nicht erzählt. Aber jetzt, wo der Commissario wieder zurück und er nicht nur mit Loretta unterwegs war, würde wieder geredet werden und sie es wissen wollen.

„Irgendwann haben sie mir wegen Chiara und meinem Vornamen den Spitznamen *Nuttolini* verpasst."

„Bitte?" Loretta war lauter geworden, als sie wollte, und prompt zischte einer der ebenfalls uniformierten Aufseher ein scharfes *Pscht*. Sie ließ sich nicht beirren und meinte:

„Morgen mache ich mir die ganz schwarzen Ringe rein und zieh was anderes an. Mal sehen, was sie dann zu sagen haben. – Wenn ich vorbereitet bin, weiß ich mich zu wehren!"

Nun waren sie endlich an den Stufen. Schon in der ersten Vitrine waren irgendwelche Goldreliquien und Votivbilder zu sehen. Als Loretta sich vorbeugte, um sie näher zu betrachten, hörte sie neben sich Benitos Stimme sich fast überschlagen. Wieder ein *Pscht* von hinten. Und der leise Zusatz, *Beim nächsten Mal ...,* der blieb allerdings unvollendet, als der Commissario nun seinen Ausweis doch vorzeigte. Dann war Ruhe in diesem von Stuckarbeiten und Putten überschwemmten Barockbau. Collasso grinste und zeigte wieder auf die mittlere Vitrine, auf eines der Brettchen direkt über dem Reliquiar mit der Zunge des Santo.

„Sehen Sie? Die Kelche haben sie nicht zurückgestellt. Die Löcher für die kleinen Nummerntäfelchen mit den römischen Ziffern sieht man immer noch. Sie haben nur alles neu verteilt, damit es voll aussieht."

Nun beugte sich der Commissario auch vor, tippte auf das Glas der Vitrine und erklärte flüsternd:

„Der zweite Kelch ist ja auch nie gefunden worden. Was glauben Sie, was für Fragen gestellt werden würden, wenn nur einer von ihnen hier wieder auftauchen würde und der zweite nicht. Dann lieber keinen und keine Fragen. – Immerhin konnten wir uns seinerzeit denken, was mit ihm passiert ist."

Er drehte sich um und tätschelte einer der vier Statuen auf der Balustrade den Kopf.

„Glaube, Demut, Buße und Nächstenliebe, so heißen die vier, an sich auch heute noch gültig. Aber was will das schon heißen. Lasst uns an die frische Luft gehen. Dieser Pomp hier lässt mich nicht frei atmen. Und ich befürchte, das, was wir noch herausfinden werden, auch nicht."

Sich an den anderen Besuchern vorbeiquetschend ging er wieder zurück ins Kirchenschiff und betrat, als sei er in Eile, wenige Sekunden später wieder die *Piazza del Santo.* Vor lauter Menschen, die auf die Basilika zuströmten, konnte man fast weder den Boden des Platzes noch die Verkaufsbuden mit all den Kerzen und Souvenirs erkennen. Mitten in dem Gewusel blieb er stehen und atmete tief durch.

Diesmal war es Loretta, die ihn am Arm fasste und lachend meinte:

„Sie mögen den Pomp nicht? Das lassen Sie aber besser nicht den Papst hören. Wenn es Sie tröstet, ich habe nicht nur blaue Haare und Piercings, sondern bin auch noch Agnostikerin. Auch weil ein Gott, sofern es ihn geben sollte, keine Plätze zur Bewunderung auf dieser Erde verteilt. Weder für sich, noch an diese Alvaroti in einer Kirche, noch an die Di Marchios und ihre Gefolgschaft, selbst wenn sie aus bekannten Juristen besteht. Es ist die Einbildung der Menschen, die glaubt, so etwas mit ihm rechtfertigen zu müssen." Sie deutete in den Himmel.

„Ich hab' damals zwar nicht mit dem Papst, aber mit einem Bischof gesprochen, der versuchte, sich für ganz andere Dinge zu rechtfertigen. Das hat bis zum Öffnen der Kirchenpforte seinerzeit funktioniert, danach kam er auf Ihre Liste und bekam keinen Schrein unter einem Kirchendach, sondern ein Posten in der Mongolei. – Manchmal hat das Eingreifen der Polizei doch Sinn und Zweck. Ich hoffe, auch in diesem Fall. Selbstgefällige Typen wie diese Bauunternehmer gehen mir nämlich auch mächtig auf den Geist. – Im Übrigen ist es auch bei mir ein paar Jahre her, dass ich in der Kirche war – und Sfarzi, unser Vice Questore", Berlingui grinste, als er den Titel sagte, „ist nicht nur Sarde, sondern auch noch Protestant. Der Papst hat auf ihn also keinen Einfluss, allerdings Gott – wenn es ihn denn gibt. Wovon Sfarzi allerdings ausgeht."

Nun schaute Loretta ihn etwas ungläubig an, verzog ihren Mund zu einem leisen Lachen und schüttelte den

Kopf. Ohne weiteren Kommentar ging er los und wendete sich dabei nun mit ganz andern Dingen an seine beiden Begleiter.

„Wenn ich alles richtig verstanden habe und ich mich nun vielleicht wiederhole, kennen wir alle Tatverdächtigen. Einige der Hauptverantwortlichen sind tot. Zumindest einer der Täter noch nicht inhaftiert. Und der Verursacher, Initiator oder Nutznießer – egal, wie wir ihn nennen – noch nicht genau identifiziert. Von Verhaftungen oder dergleichen habe ich nämlich noch nichts gelesen oder gehört. Doch die Zusammenhänge habt ihr schlüssig dargestellt. Wir sollten uns die Netzwerke der Übriggebliebenen noch einmal genau anschauen. Hier in der Basilika wird von denen ganz bestimmt keiner mehr einen Platz finden. Glaube, Demut, Buße und Nächstenliebe sind auch nicht Bestandteile ihrer Vita. Aber ich vermute, ihre Aushängeschilder stehen in der ganzen Stadt herum und sind aus Beton. Und falls sie dachten, irgendwo Votivbilder präsentieren zu können, haben sie ihre Konterfeis in die Foyers ihrer Firmen aufgehängt oder versucht in lobhudelnde Artikel der Presse unterzukriegen. – Lasst uns da drüben einen Kaffee trinken.“

Sofort steuerte er auf einen Tisch des *Caffè al Santo* zu und wunderte sich nicht darüber, dass dieser gerade nur zufällig frei wurde. Dieser Umstand schien für ihn selbstverständlich zu sein.

„Glauben Sie, Ihr alter Fall steht damit in Verbindung?“

„Wegen des Pomps oder der Mistretti oder Gräber?“, lächelte er Loretta an.

„Ich fand das auf jeden Fall sonderbar, dass sich die beiden kannten“, meinte sie, „als ich dann nachforschte, stellte ich fest, dass sich Di Marchio und Tossatello seit

Ewigkeiten gekannt haben müssen. – Finden Sie nicht auch?"

„Kirche und Gönner sind sich aus den verschiedensten Gründen noch nie aus dem Weg gegangen. Schauen Sie sich den Prachtbau dort drüben doch an. Die Kirche hat das Wenigste daran bezahlt. Und für ein Grab an prominenter Stelle wurde manche Münze hergegeben. Würde mich auch nicht wundern, wenn sie zusammen studiert hätten. Vom Alter her täte es passen."

„Aber ausgerechnet diese zwei?!", stellte sie fest.

„Wir haben nie herausbekommen, für wen Tossatello die Untersuchungen gemacht hat. Er war zwar bei dem Prozess in Venedig anwesend und wir haben seine Unterlagen studiert, aber wir suchten nach andern Zusammenhängen. Es kann gut sein, dass er bestimmte Leute decken sollte, unter Umständen sogar im *Palazzo Apostolico*. Im Vatikan war man nicht besonders kooperativ und man erzählte uns das ein oder andere Märchen. Dass wir Hoti überführen konnten und passenderweise an einem Kirchenportal festnehmen konnten, lag sicher nicht an den Kardinälen und Bischöfen. Und die Mistretti war nach ihrer *Entführung* auch nicht besonders redselig in dieser Hinsicht."

„Man stelle sich vor, es gäbe noch mehr Verbindungen", sinnierte Loretta.

„Lieber nicht!", warf der wieder mal stille Collasso nun ein und verdrehte die Augen. Im gleichen Moment hörten sie neben sich *Posso? Quindi ... Ecco qua! Signorina ...* Der Kellner schob sich mit dem Tablett zwischen sie und statt auf die Tassen zu achten, sah er Loretta von oben bis unten an und ließ sich damit entsprechend Zeit. Dann stellte er alles eher beiläufig auf den Tisch. Doch fast auf Tuchfühlung. Loretta beugte sich zum Commissario und fragte:

„Hier sind wohl alle mit ihrem Polizisten verwandt, oder?"

„Sie wissen, was gut aussieht, und sind fürchterlich ungelenk. – Männer eben", stellte er mit einem väterlichen Grinsen fest und kam gleich darauf auf die Aussage von vorher zurück.

„Nein! Das hier hat eher mit Mafia und Politik zu tun. Mit Größenwahn. Dann kommt noch das berühmte Quäntchen Eitelkeit hinzu, die Sucht, das viele Geld noch mehr werden zu lassen. Beim besten Willen, Tossatello passt in diesen Fall nicht hinein. Die Kirche hat mit Beton für gewöhnlich nichts zu tun. Aber dieser Fall. Den hat ein anderer angemischt und der führt jetzt eine ganze Menge Leute mit einem Ring durch die Nase durch die Arena."

„Also doch eine politisch motivierte Tat."

„Der ursprüngliche Plan sollte vielleicht tatsächlich politisch aussehen oder wirken. Ich sagte ja, vielleicht sind es zwei Fälle, weil einer dieser Pläne irgendwie außer Kontrolle geraten war. Vielleicht brauche ich noch ein paar Stunden, aber dann …"

Mira, 15. April, desselben Jahres, 11 Uhr 20

Sie saßen im selben Raum wie damals, als er sich beschwerte, Di Marchios Tochter nicht bekommen zu haben. Jetzt hatte er den Eindruck, dass sich innerhalb dieser Wände seitdem rein gar nichts verändert hatte. Alles stand noch genauso da wie seinerzeit. Er konnte sich sogar noch daran erinnern, wie er das Foto – vermutlich Di Marchios Großmutter und Großvater – hinter seinem Gegenüber anstarrte, weil es schief in dem silbernen Rahmen saß. Und an die altmodische Schreibunterlage, auf der mit einem Klebestreifen ein Zettel mit einer Notiz angebracht worden war, der nun immer noch dort klebte. Wer las all die alten Bücher? Oder waren die großen Bände nur alte Folianten, die man als dekorative Fülle für die Regale brauchte? Alles machte den Raum zu einem dräuenden Büro, das es nicht sein sollte, denn es wurde das Herrenzimmer genannt.

Di Marchio öffnete ein Fach in dem Regal und holte eine Flasche *Vecchio Amaro del Capo* heraus. Die passenden Gläser standen bereits auf dem Tisch. Gleich darauf waren sie gut gefüllt.

„Mach dir keine Sorgen. Ich kenne Mittel und Wege, Neugierige fernzuhalten."

„Für wie lange?"

„Die Staatsanwaltschaft wird Ruhe geben und die *Guardia di Finanza* hat erst letzte Woche drei Kartons Unterlagen von mir bekommen. Dicke Ordner, mit denen sie eine Weile beschäftigt sein werden. – Und weil sie nichts darin finden werden, werden sie wiederkommen und die nächsten abholen. Das wird dauern. Und dann ist das alles längst schon vergessen. Die Zeiten, in denen ich unter Druck stand, sind schon Jahre her. Inzwischen stehe ich besser da als je zuvor."

„Der Sog könnte in diesem Fall auch andere erfassen", wendete Sullavenga ein.

„Nein! Glaube mir! Capato, der zuständige Staatsanwalt, ist ein zu guter Freund von mir, als dass er sich hier festbeißen möchte. Seiner jungen Freundin möchte er lieber sein Können auf dem Golfplatz bei Valsansibio beweisen und anschließend in der Zweiergrotte der Terme des dortigen Hotels."

Di Marchio füllte die Gläser zum zweiten Mal und lehnte sich in seinem ledernen Sessel zurück. Hätte er eine Zigarre gehabt, hätte man nun blaue Ringe erwarten können, die aus seinem Mund emporsteigen. Stattdessen schien er einen Punkt an der vertäfelten und mit verblassten Blumenranken bemalten Decke zu fixieren. Dann schaute er sein Gegenüber unvermittelt an.

„Falls die Luft dünn werden sollte, wird dieser Jakunovic für sehr lange Zeit Bötchen fahren dürfen. Das sollte dir klar sein. Und wen will man dann noch fragen?"

„Wer soll *das* erledigen?"

„Es gibt auch hierfür Leute."

„Die du kennst?"

„Solche wie ich, mit einem solchen Geschäft, sollten für alles gewappnet sein, vor allem, wenn nicht alles nach Plan läuft oder laufen kann."

„Das heißt, du weißt von den fünfen im FIAT?"

„Ich weiß von gar nichts, mein Lieber."

„Aber ..."

„Ich weiß von gar nichts! – Und wenn du heute diesen Raum verlässt, weißt du einfach auch nichts mehr. Es wird dich auch nicht interessieren. Es ist alles wunderbar gelaufen. Jeder hat bekommen, was er gewollt hat. Auch eine Person, die mir das Leben schwer machen wollte. – Ist das nicht ein herrliches Tröpfchen?" Di Marchio hob sein Glas hoch, schaute durch die Flüssigkeit ins Licht und trank es anschließend leer: „Sogar die Polizei hat nun einen Fall, über den sie sich immer mehr wundert, weil er inzwischen für niemanden mehr interessant genug erscheint. Sie können alles Mögliche hineininterpretieren und bekommen keinen richtigen Deckel drauf. – Auch Capato nicht. Inzwischen gibt es einfach zu viele Leichen. – Kennst du seine Freundin? – *Una bonazza!*"

12. Oktober, 18 Uhr 15

Sie schauten auf die Berge der Papiere und dachten daran, die ganzen Sachen auf dem Schreibtisch einzupacken und irgendwo hinzugehen, um alles besser ausbreiten zu können, um es nach Belieben neu zu sortieren, um andere Verbindungen zu schaffen, um klarer zu denken. Nur wohin? Irgendein großes Besprechungszimmer hier im Gebäude würde sicher frei sein. Im Notfall ein Nebenraum der Uni. Die Frage sollten die beiden anderen beantworten. Collasso schien die Aufgabe zu akzeptieren und verschwand. Berlingui rollte im Wissen, dass sie erfolgreich etwas finden würden, derweil mehrere Bahnen Flipchartpapiere zusammen und steckte verschiedene Mappen, Stifte und Scheren in seine Jackentaschen.

„Wir sollten versuchen, in kurzer Zeit zu einem Ergebnis zu kommen. Wenn die Staatsanwaltschaft von unserem Vorhaben Wind bekommt, ist es mit unserer Ruhe vorbei. Die reißen sich den ganzen Fall wieder unter den Nagel und servieren uns Taschendiebe, um die wir uns stattdessen kümmern sollen", meinte er und steckte noch ein paar Kugelschreiber ein.

„Unter Umständen werden wieder nur die Kleinen dingfest gemacht", fuhr er fort, „und solche wie Sullavenga kommen mit einem blauen Auge davon."

„Der Staatsanwalt hat sich bei uns aber auch erst sehr spät eingeschaltet und lediglich ein paar Namen wissen wollen", antwortete Loretta.

„Hmh, vielleicht wollten sie nur herausfinden, wie nah ihr an unangenehme Dinge herangekommen seid."

„Unangenehme Dinge?"

„Die Liste der Namen der Toten ist länger als die der möglichen und vor allem noch lebenden Verdächtigen.

189

Namen wie Marino oder Jakunovic sind für die Großen der Stadt keine Bedrohung."

„Ich verstehe nicht ganz."

„Staatsanwaltschaften schützen manchmal das Gesetz und unsere Rechte und manchmal ..." Er schaute erst sie an, dann das scheinbare Durcheinander auf dem Tisch. Dabei rieb er sich sein Kinn und pustete laut aus. Loretta hatte das Gefühl, dass der Commissario wohl nun zu viel gesagt hatte, und steckte ein paar weitere Blätter zusammen, als hätte sie den Unterton nicht gehört. „... die Hygiene städtischer und kommunaler Apparaturen", fuhr er dann Augenblicke später fort.

„Sie meinen ..."

„Ich behaupte! Sagen Sie es ruhig. – Staatsanwaltschaften agieren bisweilen politisch. Das mag manchmal auch richtig sein."

„Auf jeden Fall hatte ich nicht den Eindruck, dass sie unsere Arbeit behindern wollten, oder auf sie einwirken wollten."

„Das ist seltener der Fall. Sie entziehen einem höchstens die Zuständigkeit und lassen anschließend genehmere Dienststellen agieren. Natürlich mit der Maßgabe, entsprechende Ergebnisse zu liefern."

„Haben Sie das schon mal erlebt", Lorettas Frage klang etwas ungläubig.

„Nur einmal, vor vielen Jahren, als wir den Tod eines Bürgermeisters aufklären wollten, sollten wir Selbstmord feststellen", antwortete er, gerade als der Ispettore wieder gut gelaunt ins Büro kam und dadurch von diesem Thema ablenkte.

„Also?", fragte der Commissario daher sofort.

„Ich habe den Salone okkupiert", grinste Collasso.

„*Den* Salone?", fragte Berlingui verblüfft.

„Warum nicht? Um 19 Uhr ist die Besuchszeit zu Ende und ich habe wichtige, unaufschiebbare Gründe gemeldet. Die Ausstellung darin wird uns nicht stören. Der Vice Questore wird uns gegen 21 Uhr sogar einen Besuch abstatten. Und Mario, unseren jungen Sergente, hab' ich auch für uns abgestellt. Wir können im Übrigen die Infrastruktur des *Palazzo della Ragione* ohne Weiteres nutzen. Wir nehmen unsere Laptops mit."

„Ist Mario etwa der ...?", wendete Loretta ein.

„Er ist handzahm", erklärte der Ispettore lächelnd, „und ansonsten werde ich dich beschützen."

„Das erwarte ich natürlich", lächelte sie zurück, „sonst wende ich mich an Chiara."

„Den Salone. Da muss man erst draufkommen."

„Sie kennen ja die Legenden, Commissario?", dann zu Loretta gewandt: „All die Fresken in ihm haben im Grunde genommen ja mit unserem Beruf zu tun. Die mittelalterlichen Darstellungen in der unteren Reihe zeigen fast ausnahmslos, zumeist Furcht einflößende, wilde Tiere. Symbole für die damaligen Richter. Wurde jemand einer Tat überführt, erhielt er die Karte des betreffenden Tieres und hatte unter dieses Bild zu treten, dann wusste er, welcher Richter zuständig war, wer ihn also verurteilen und was ihn dann erwarten würde."

„Aber auch nur, weil damals keiner das geschriebene Wort verstanden hatte. Die Menschen damals waren ja alle zumeist Analphabeten. – Sie sehen, ich kenne die Legenden", erklärte Berlingui wissend, schaute auch Loretta an und fügte hinzu, „diese riesige Halle war nämlich im 13. Jahrhundert der Gerichtssaal."

„Der größte der damaligen Welt", ergänzte Collasso mit gewichtigem Blick und erhobenem Finger, als doziere er an einer Uni.

„Gut! Wir werden sehen. Ziehen wir in unser neues Büro. Platz haben wir dann wirklich. Und Loretta lernt nebenbei tatsächlich noch etwas über die Geschichte Paduas kennen. Hatte sie ja so gewollt. Oder?"

„Besichtigt habe ich ihn schon dreimal", erwiderte sie kleinlaut.

„Deine Wohnung liegt doch auf dem Weg. Hast du große Decken? Wir haben riesige Tische zu Verfügung. Die sollten wir besser abdecken", meinte der Ispettore.

„Decken? Ich kann ein paar Laken holen, die können wir auf die Tische legen. Wenn sie schmutzig werden sollten, gebe ich sie dir mit. Chiara wird sich sicher freuen ...", grinste sie ihn an und meinte noch: „Also bis später."

„Warum? Was ist das für eine Ausstellung?", wollte Berlingui wissen.

„Ach, irgend so ein Workshop. Mit Fotografien von Gebäuden, die Renzo Piano entworfen hat. Heißt: *Pezzo per pezzo,* Stück für Stück. Und im Raum stehen große Tische, drei mal drei Meter. Ich glaube, die wären froh, wenn wir nichts beschädigen würden."

„Renzo Piano. – Pezzo per pezzo. – Und schon wieder Gebäude. Passt in allem ja fast zum Thema. Ich denke, es wird eine Nacht voller neuer Aspekte. – Ich geb' nur zu Hause Bescheid."

***

Unerwarteterweise hörte er keinen Protest, dass der Abend nun nicht bei Lino stattfinden würde, sondern stattdessen:

„Ich wollte dir auch schon Bescheid geben. Ricarda hat meinen Beistand im Moment noch nötiger als du. Ich glaube, jetzt wird ihr die Situation erst langsam klar. Sie klang wirklich vollkommen durcheinander. Heute Abend werde ich also bei ihr sein. Vielleicht sogar über Nacht. Sie hat ja sonst niemanden."

„Und ihre Schwester?"

„Ach die. Wann hat sie das letzte Mal von ihr erzählt oder sie gesehen? Nimmt mich wunder, dass du dich noch an sie erinnerst."

„Giuseppe fand sie unheimlich attraktiv."

„Hat sie aber nicht bekommen, weil Ricarda ihm den Kopf verdreht hat. Darauf ist Arianna immer eifersüchtig gewesen. Sie hat daher schon vor vielen Jahren mal versucht mit ihm für ein Wochenende abzuhauen. Ich befürchte, die Umstände werden zu einer weiteren Krise zwischen ihr und Ricarda führen."

„Ich weiß, er hat mir vor Jahren davon erzählt. Ziemlich offen sogar. Es sei ja nichts passiert, hat er noch gemeint. Und es klang nicht wie eine Beichte oder eine Sorge um seine Ehe. Sondern als sei es das Normalste von der Welt. Es war nicht das erste Mal, dass ich mich über ihn wunderte. Aber andere Frauen anzuschauen ist etwas anderes, als mit ihnen Urlaub zu machen."

„Genau das hat er aber dann doch gemacht. Er war mit ihr vor nicht einmal zwei Jahren eine Woche auf Sardinien in Olbia."

„Olbia? Ach. Ich erinnere mich. Damals lag ein Prospekt eines feinen Hotels auf seinem Schreibtisch, den ich angeschaut habe, da hat er mir gesagt, es sei ein Treffen internationaler Journalisten."

„Das hat er Ricarda auch erzählt, aber sie wusste sofort Bescheid. Sie hatte eine wohl etwas verräterische Mail des Hotels auf seinem Laptop gefunden. Es aber nicht gesagt, sondern geschluckt. Deshalb möchte sie auch, dass ihr erst nächste Woche die Unterlagen von ihm durchschaut. Sie hat keine Lust, dass ihr auf diese Art von vielleicht noch mehr Dingen erfahrt."

„Und ich dachte immer, er hätte seine Ricarda angebetet. Aber es stimmt, wenn wir bei ihnen zu Besuch waren, war zwar alles heiter und entspannt, doch sie erzählten ausnahmslos mit uns. Miteinander haben sie selten gesprochen. Und angesehen hat er sie so gut wie nie. – Manches fällt einem erst später auf."

„Gut, dass ich deine Urlaube bisher alle miterlebt habe. – Was liegt bei euch heute an?"

„Wir ziehen über Nacht in den Salone, Benito hat alles organisiert. Wir brauchen Platz und breiten dort die ganzen Unterlagen aus, die die zwei zusammengetragen haben. Vieles ist jetzt klar, aber der letzte Mörder und sein Motiv fehlen und dem versuchen wir auf die Spur zu kommen. Leider ohne eine gute Espressomaschine. Lorettas Theorie, was den Auftraggeber für einen Teil der Toten auf dem *Prato* betrifft, ist richtig. Tomè war der erste Drahtzieher und nicht dieser Gibellato. Ich muss damals tatsächlich ein paar Details übersehen haben. Vielleicht hat mich diese Tiziana zu sehr durcheinandergebracht, vielleicht wäre ich auch noch dahintergekommen, aber ..."

„... jemand wusste, wie er dich daran hindern konnte, und hat es Gott sei Dank nicht geschafft."

„Loretta ist anders vorgegangen. Unvoreingenommener. Wahrscheinlich hatte sie schon nach der ersten Durchsicht meiner Unterlagen eine Ahnung, die sie ganz konzentriert verfolgte. Und wenn jemand wie sie von etwas überzeugt ist, geht man mit vollem Elan an die Sache. Sie ist tough, so sagt man doch."

„Sie imponiert dir, ich höre jedes Mal die Faszination in deiner Stimme, wenn du von ihr sprichst. Sie scheint nicht nur hübsch, sondern auch intelligent zu sein. – Wenn es sich ergibt, lade sie mal ein und bring' sie mit. Ich will wissen, mit wem *du* vielleicht in Urlaub gehen möchtest", das Grinsen in ihrer Stimme war nicht zu überhören.

***

Eine Stunde später waren sie mit einem vollgestopften FIAT-Ducato der örtlichen Polizeibehörde vorgefahren und hatten auch deshalb gut damit zu tun, die ganzen Sachen über die alten schmalen Treppen nach oben in den Saal zu bringen, weil ein Taubenschwarm in den Schachteln potenzielles Futter vermutete, ständig um sie herumflatterte und hartnäckig bettelte. Oben standen in dem Saal in vier Reihen und in fast militärischer Anordnung dann 32 Tische in Reih und Glied. So viele Decken hatten sie nicht zur Verfügung, stellten sie fest.

„Kein Wunder, der Saal ist ja auch über 80 Meter lang, da passt 'ne Menge rein", konstatierte Berlingui, nahm aus einem Korb eines der Laken und breitete es über einen der Tische aus. Passenderweise genau auf dem, der unter dem Fresko mit dem geflügelten und nahezu menschlich wirkenden Markuslöwen stand und dem auf einem Banner schon mal vorsorglich Frieden gewünscht wurde. *Pax tibi, Marce. Evangelista meus.*

Mestre, 4. April 1957, 10 Uhr 00

Man zögerte nicht eine Sekunde, als er anbot, für die *MSI*, ihre Partei, zu kandidieren. Ein junger und jetzt schon erfolgreicher Bauunternehmer hatte das nötige Prestige für die Kandidatenliste. In der Region brauchte man solche Namen. Solche Leute hatten auch das nötige Gewicht, wenn es etwas zu bewegen galt. Da konnte man nicht den Kopf schütteln. *Wir dürfen uns nicht so einfach hergeben. Europa. Ist ja eine schöne Idee. Aber mit friedlichem Miteinander hat das nichts zu tun. Die einen wollen nur unsere Arbeiter. Die USA unsere Waffen. Wir sollten ein Programm schaffen, die Leute für unseren Aufbau hier zu beschäftigen,* sagte er in einer Sitzung, zu der sie ihn dann eingeladen hatten. Und: *Unternehmen, wie wir eines sind, haben genug Arbeit, für die muss niemand ins Ausland gehen.*

Keiner fragte sich, warum er für sein angeblich so florierendes Geschäft nicht schon längst einige Arbeitslose eingestellt hatte, von denen es auch in dieser Region immer noch zur Genüge gab. Keiner fragte sich, welche Interessen er mit seiner Kandidatur verfolgte. Keiner fragte sich, ob seine Vita die nötige Qualität aufwies. Alle vertrautem dem Namen Gibellato und missachteten das, was hinter vorgehaltener Hand über ihn gesagt wurde. Gegen Europa zu sein reichte. Den Beitritt zum 1. Januar des nächsten Jahres jetzt noch verhindern zu wollen, erst recht. Aus dem allein ließ sich sicher manches Geschäft entwickeln.

Für ihn spielte das wiederum keine Rolle. Europa war nicht sein Problem. Europa war ihm noch egal. Europa würde in einigen Jahren eine Rolle spielen. Vielleicht dann auch für Italien. Aber dann würde er hoffentlich schon längst in Zürich, Lyon oder München bauen. Allein dafür lohnte es sich doch schon zu kandidieren. Und wenn das stimmte, was er gehört hatte, war ausgerechnet Tomè derjenige, der ab nächstem Jahr mit *Italcementi* zusammenarbeitete, da wollte er doch noch auf irgendeinem Weg mitreden können. Am besten als politische Kraft. Dieser kleine Tomè durfte ihm nicht den Rang ablaufen. Wäre doch gelacht, wenn er ihn auf diesem Wege nicht blockieren könnte.

Natürlich musste man die Presse mit den entscheidenden Artikeln versorgen, die darauf aufmerksam machten, wer da nun mitreden würde, wer für die Geschicke der Region Ideen entwickelte – ohne dieses Europa. So viel Kraft musste doch wohl vorhanden sein. Jetzt wo die öffentliche Meinung gegenüber der EWG zu schwanken begann und Stimmen wie seine gehört wurden. Gab es eine bessere Möglichkeit, auf sich aufmerksam zu machen?

Ja, er musste zugeben, dass er zwischen den Extremen hatte wählen können, um seine Vorstellungen zu realisieren. Die populäre *PCI*, die *Partito Communista Italiano*, wäre genauso gut für sein Vorhaben gewesen, wie nun die *Movimento Sociale Italiano*. Beide Parteien sahen, wenn auch aus unterschiedlichen Perspektiven, Europa nicht als gewinnbringenden oder attraktiven Partner. Dass er sich dann doch für die neofaschistische *MSI* entschieden hatte, lag einzig und allein daran, dass er glaubte, später mit der *MSI* die regierende *Democrazia Cristiana* in eine Richtung zwingen zu können, die für Italien wirtschaftlich und für seine Pläne akzeptabel war und Tomè nicht schmecken würde. Mit den Kommunisten würde das nach dem Inkrafttreten der Verträge zur EWG nicht möglich sein. Sie war nur in Italien von Bedeutung und ansonsten zu klein, zu schwach und daher jetzt schon bündnislos.

„Sie werden uns sicher noch ein paar Worte sagen können", platzte der Abgeordnete in seine Gedanken, „die wir dann an die Presse weitergeben werden, um Ihren Standpunkt gegenüber der EWG darzulegen."

„Natürlich. Was halten Sie davon: *Keine Arbeitskräfte für Deutschland und Europa. Unterstützt den Aufbau und Fortschritt in Italien. Wir sorgen für Wohnungsbau und Heimat.*"

12. Oktober, 19 Uhr 55

Berlingui deutete nach oben. Wo er hinsah, Fresken. In gewisser Weise genauso opulent wie in der Basilika. Hier aber ein allegorischer Zyklus über das Werden, Sein und Vergehen auf der Erde im Lauf der Jahreszeiten. Mittendrin die Symbole für die Ordnung der Macht. Sowohl in der Natur als auch in der damaligen Republik. Der Markuslöwe war nur eines davon.

„Padua war schon immer unter der Fuchtel Venedigs. Manchmal war das gut, manchmal nicht. Padua hatte seit dem Mittelalter jahrhundertelang jede Menge Rekorde anzubieten. Wie zum Beispiel diesen Salone. Wegen seiner Größe. Galileo Galilei unterrichtete hier. Genauso wie Pietro d'Abano. Aber seit zweihundert Jahren wird eigentlich nur noch das optische Erbe der Stadt verwaltet. Denn mit dem wirtschaftlichen Anschluss in der Welt hat man nicht mehr viel zu tun. Die großen Firmen haben ihren Sitz und ihre Produktion in anderen Städten. Die Probleme, die dadurch erwachsen, spüren wir von Tag zu Tag mehr. Arbeitslosigkeit, Armut und Migration, die nicht nur über das Meer stattfindet. Da hilft es auch nicht, eine der besten Universitäten Europas zu haben."

„Die Probleme haben sich globalisiert. Nun gibt es Probleme, die es aufgrund der Strukturen vorher nicht geben konnte." Die Sottotenente klang, als würde sie den Inhalt einer ihrer Unterrichtsstunden nacherzählen. „Sie haben mit Reichtum zu tun. Im Süden kommen die Flüchtlinge an, und die allermeisten wollen in den Norden. – England, Skandinavien, weit in den Norden. Und die Staaten dort, die bislang multikulturell geprägt waren, beginnen nun über ihre Freizügigkeit, Liberalität und Toleranz zu diskutieren. Diese Diskussionen sind hier längst in vollem Gange und haben zur negativen Stimmung beigetragen. Man sieht seine Existenz, seinen Arbeitsplatz, sein Zuhause, gar die Heimat bedroht. Das macht manchen zu einem Aktivisten. – Unter Umständen ein Mosaiksteinchen in unserem Fall."

„Sie glauben, der Massenmord hat also doch nicht nur mit Neid oder wirtschaftlichen Interessen zwischen Bauunternehmern zu tun, sondern auch einen politischen Hintergrund?", überlegte der Commissario.

„Wenn ich nach all unseren Gesprächen nun so darüber nachdenke, könnte das doch so sein?! Sie selbst haben es angedeutet. Vielleicht wollte unser letzter Mörder genau das noch mitteilen. Aber es ist ihm über den Kopf gewachsen. Wir kennen den ursprünglichen Sachverhalt. Wenn dieser stimmt, kennen wir auch den Grund für den Tod der drei identifizierten Afrikaner. Aber nicht den für die anderen."

Gemeinsam drehten sie sich um. Der Tisch vor ihnen sah aus, als sei er für ein Kaffeekränzchen vorbereitet. Das Laken wirkte wie eine Tischdecke und natürlich platzierte der Commissario als Erstes seine neue Espressotasse sowie ein paar Wasserflaschen und zwei Teller mit den restlichen Tramezzini. Collasso verwandelte derweil drei weitere Tische in Arbeitsplätze.

Mit Verlängerungskabeln sorgte er für Strom und ließ die Laptops hochfahren. Am Kopfende des Saals, zu Füßen des Freskos „Krönung der Jungfrau", war eine weitläufige Fläche frei, die er zu einem allerdings wesentlich kleineren Teil mit den Flipchartpapieren bedeckte. Berlingui schaute ihm sinnierend zu und fuhr sich gedankenverloren über die Stirn. Unvermittelt sah er die Sottotenente an, die es obendrein wohl mochte, ihr Aussehen mehrmals am Tag zu verändern. Denn sie hatte nicht nur von zu Hause einige Laken besorgt, sondern sich auch noch umgezogen. Nun trug sie ein kurzes dunkles Faltenkleid mit einem Muster aus großen Blumen, das für ihn überraschend gut zu den hellblauen Haaren passte, eine ebenfalls dunkle Baumwolljacke und Strumpfhose und ihre Dockers. Still lächelnd würdigte er ihre neue Optik, war aber dann wieder mit einem Mal ernst und meinte:

„Ich weiß, wir machen nichts anderes die ganze Zeit, aber ich möchte noch mal zusammenfassen: Nicht Gibellato, sondern Tomè ist für den Anschlag als solches verantwortlich. Der Fahrer des Unimogs, Mateo Marino, ist erschossen worden. Sein Mörder ist vermutlich dieser Drago Jakunovic, der damit einen lästigen Zeugen beseitigte und der mit großer Wahrscheinlichkeit zumindest auch die drei identifizierten Schwarzafrikaner auf dem Gewissen hat. Von ihm wissen wir leider derzeit nicht, wo er sich aufhält. Hintergrund des Ganzen ist: Tomè fühlte sich von Gibellato drangsaliert und wirtschaftlich in die Enge getrieben und wollte sich rächen. – So die emotionslose Variante, denn nun kommt Tiziana Gibellato mit ins Spiel, die nicht nur eine Mitwisserin ist, sondern wohl auch eine Mittäterin. Sie verteilte ihre Zuneigungen und Liebe so lange, bis sie davon auch noch profitieren konnte."

Berlingui verzog sein Gesicht. *Sie verteilte ihre Zuneigungen.* Ja, das Spiel hatte sie gut verstanden. So gut, dass ihm erst später, eigentlich erst in den letzten zwei Tagen aufgefallen war, dass außer ihrem Äußeren, ihr eigenes Handeln nichts in dieser Hinsicht provozierte. So wird sie es auch bei den anderen Männern geschafft haben. Denn allmählich glaubte er, dass es noch ein paar mehr gab, die sich ihren gekonnten Verführungen gerne hingegeben hätten, oder es schlussendlich vielleicht sogar getan hatten, weil sie glaubten, eine neue, in vielerlei Hinsicht erfüllende Zukunft zu erhalten. Er hörte sich selbst seufzen und versuchte wieder einmal abzulenken:

„Benito hat schon den Boden mit Papier belegt. Vielleicht sollten wir diese Fläche nutzen und alles aufzeichnen und sortieren, damit wir die Zusammenhänge und Lücken besser erkennen."

Nun war es die Sottotenente, die lächelte und schon nach wenigen Augenblicken auf dieser Fläche ihre von zu Hause mitgebrachten Bilder, Fotos und Notizen verteilt hatte. Er schaute ihr dabei mehr oder weniger konzentriert zu:

„Die Gibellato schrieb in ihrem Brief, ihr Mann wollte alles verkaufen. Wie passt das Ihrer Ansicht nach in den Fall? Okay, sie hätte unter Umständen viel Geld verloren, aber als Erstes hätte sie doch das, was sie in die Firma gesteckt hatte, wiederhaben wollen."

„Doch im besten Fall nur von einer der Firmen wiederbekommen. Wenn überhaupt. Ihr Verlust wäre weit über eine Million Euro gewesen. – Wahrscheinlich mehr. Das konnte nicht in ihrem Interesse sein. Nicht für den Plan, den sie geschmiedet hatte. – Ich sagte ja, sie hatte beide Firmen immer wieder über Wasser gehalten und dann schien sich alles in Luft aufzulösen."

„Obwohl sie ja noch die Konten in Dubai oder sonst wo hatte."

„Aber plötzlich wäre sie um die Hälfte ärmer gewesen. Die *Finanza* meinte, man könne sogar behaupten, sie wäre dann so gut wie pleite gewesen."

„Und die Millionen in Bologna?"

„Hatte sie zwei Wochen zuvor Tomè gegeben."

„Das haben Sie mir noch gar nicht gesagt."

„Wann auch?"

Berlingui zog die beiden zusammengefalteten Blätter aus seiner Jackentasche, erinnerte sich sogleich an den Tag als er „Liebster Piero" las und zitierte:

„*Nicht einen Cent davon gönne ich ihm. Nicht Avis Geld.* So gesehen macht der Satz auch Sinn. Also hat sie ihn nicht der Liebe zu Tomè, sondern des Geldes wegen umgebracht. Ich bleib dabei, wäre sie schnell gewesen, hätte sie noch türmen können."

Loretta musste leise schmunzeln. Prompt wurde Berlingui rot.

„Sie haben immer noch Sympathien für sie?! Aber Frauen denken manchmal nicht nur in eine Richtung. Es wird eher wegen vieler Dinge gewesen sein. Sollten Sie also den anderen Sätzen in diesem Brief Glauben geschenkt haben, waren diese jedoch nicht der Grund."

Der Commissario schien die Seiten zu studieren, dann faltete er kommentarlos die Blätter wieder zusammen und steckte sie ein. Es folgte ein verlegenes Lächeln, bevor er sich umdrehte und so tat, als würde er nochmals die Fresken im Saal studieren. Loretta kannte ihn gerade einen Tag und er hatte das Gefühl, schon seit Jahren. Sie beobachtete genau. Auf ihre eigene Weise intuitiv und lag meist damit richtig. Zudem konnte sie mit der modernen Technik umgehen. Ein klares Manko auf seiner Seite.

Er würde mit Sfarzi darüber sprechen. In jedem Fall. So ein – er scheute sich Mädchen oder *ragazza* oder selbst an das Wort Kraft zu denken – musste bei ihnen bleiben können. Sicher gab es dafür eine Lösung. Aber die bürokratischen Wege waren lang. Hatte sie gesagt, wie lange sie noch bleiben würde? Oder hatte sie nicht sogar gesagt, dass sie bleiben wollte? Er konnte sich im Moment nicht daran erinnern.

Nun stand sie neben ihm. Die Jacke hatte sie ausgezogen und über die Lehne einer der Stühle geworfen. Das Kleid war ärmellos und er schielte deshalb auf nackte Schultern und Arme. Er sah Carla, er sah Loretta, er sah Tiziana. Nein, sie dann doch eher nicht.

Aber: Knapp über dem Ellenbogen des linken Arms zwei tätowierte Bänder. Er beugte seinen Kopf unmerklich hinunter und versuchte in diesen etwas zu erkennen. Was aber nicht gelang. Also fasste er ihren Arm, hob ihn hoch und versuchte es wieder.

„Buchstaben?", glaubte er zu sehen.

„Namen. – Es sind die Vornamen meiner Geschwister, Eltern und besten zwei Freundinnen, meiner bisherigen Lebensbegleiter. Sie sind in verschiedenen Schriften zum Teil übereinander tätowiert. Wie Glieder einer Kette aneinandergereiht. Teresa, Morena, Emilio, Maria und ja: Luca. In diesem Band sind es fünf. Und in diesem erst drei. Ich glaub', viel mehr werden es nicht. Im Leben sollte man sich nicht zu vielen Personen anvertrauen. Mehr als diese beiden Bänder möchte ich auch nicht. Aber diese Menschen habe ich immer gerne um mich herum. – Im wahrsten Sinne des Wortes."

„Insgesamt auch das eine ehrgeizige Einstellung. Würde ich so etwas tragen, müsste ich wohl inzwischen einen Namen streichen, wenn dies bei einem Tattoo möglich wäre."

„Hat er Sie als Freund oder Mensch enttäuscht? Letztere tun dies häufig. Echte Freunde nie. Sie sind höchstens hilflos."

Hilflos wie ich, erinnerte sie sich stumm. Damals. Doch hatte sie ihren Weg gemacht. Machen können. Auch wegen ihrer Freunde. Der Freunde, deren Namen sie an ihrem Arm trug. Es gab nämlich einmal schlechte Zeiten und wenn sie jemand fragte, könnte sie nicht sagen, warum. Das Glück hat manchmal eigene Ansichten und manchmal keine Einsicht mit sich selber. Deshalb lässt es Unglück für die anderen zurück. *Ma tutto il male non vien per nuocere.* Aber Unglück hat auch seinen Nutzen. Das war die Einsicht ihres Glücks und am Ende der Wunsch etwas für die Gerechtigkeit zu tun, als sie sich für einen Beruf bei der Polizei entschied und so ihren Geist beruhigen konnte, der sie genau die Dinge in der Zeit davor hatte machen lassen, die sie nun nicht mehr erklären könnte. Die vielen, inzwischen blassen Narben an ihren Armen waren die letzten Zeugen, und diese hatten ihr einst geraten, in der Welt Erfahrungen zu sammeln, um neu anfangen zu können. Vielleicht gäbe es in den nächsten Tagen Zeit, dem Commissario das alles zu erzählen und zu gestehen. Dinge aus den geschwärzten Seiten ihres Tagebuchs.

„Die Kunst versagt", begann der Commissario, der von ihren Gedanken wohl keine Ahnung hatte und nach oben schaute: „Der Mut sinkt, und so oft eine Welle herankommt, so oft scheint der Tod daherzustürzen."

„Aus der Bibel?", wollte Loretta wissen, froh, abgelenkt worden zu sein.

„Nein! – Könnte aber passen. Gestorben und gemordet wurde in beiden Büchern. Vielleicht haben sie sogar gegenseitig abgeschrieben. – Es ist von Ovid, aus den *Metamorphosen*." Er räusperte sich, auch, weil er wieder auf ein anderes Thema kommen wollte: „Es passt in diesem Moment zu Giuseppe und auch der Gibellato. Und um diese geht es heute Nacht. Denn wenn ich Sie so höre, erinnert sie mich nun an eine der Hauptpersonen in diesem Buch, nämlich an Eurydike. Sie heiratete Orpheus, starb durch den Biss einer Schlange, durfte wieder zurückkehren und wurde, weil sich Orpheus nicht an die Spielregeln hielt, von Hermes – diesem Schönling – wieder fortgebracht, der ihr dann die schönere Wohnung geschenkt hat."

„Ich verstehe nicht ganz."

„Lassen Sie Orpheus Gibellato sein und Tomè Hermes. Die Griechen sehen das sicher anders, aber mir kommt dieses Durcheinander irgendwie bekannt vor."

„Also lesen wir die *Metamorphosen* und finden vielleicht unseren Mörder.“

Berlingui schaute immer noch auf die Fresken und schüttelte den Kopf.

„Beides bringt uns wahrscheinlich nicht weiter. Befürchte ich. Weder diese Bilder noch der gute Ovid.“

„Aber demnach hat sich in den letzten Jahrhunderten nicht viel geändert. Mord und Totschlag, Neid und Missgunst, die Gier nach Macht und Geld, alles alte Bekannte.“

„Und unsereins versucht seit eh und je dem ganzen Herr zu werden. Leider gibt es keine genügend weit zurückreichenden Statistiken, die uns zeigen, ob wir mittlerweile beim Räuber- und Gendarmspiel erfolgreicher geworden sind. Aber ich befürchte nicht, sonst gäbe es doch auf der anderen Seite sicher längst Nachwuchssorgen. – Wir legen jetzt einmal alles aus, was wir an Fakten haben. Wäre doch gelacht, wenn wir nicht hinter die Dinge schauen könnten.“

Dann drehte er sich zu ihr und umfasste mit einer Hand wieder ihren Arm genau an der Stelle, an der diese Narben waren.

„*Audentes deus ipse iuvat!* Wagenden hilft ein Gott“, stellte er nahezu beiläufig fest und streichelte unmissverständlich zärtlich die zarte und inzwischen verheilte Haut, „oder gute Freunde. Wie gestern schon gesagt: Wenn wir helfen können ...“

Padua, 26. März desselben Jahres, 5 Uhr 35

Er hatte sich nicht getäuscht, denn schon von Anfang an hatte die Chemie zwischen dem neuen Finanzier, diesem Deutschen, und ihm, irgendwie nicht gestimmt.

Nur dieses Projekt als solches und die Strategie, wie dieser Bau umgesetzt werden sollte, hatte ihn bei der Stange gehalten. Und natürlich das Geld, das sein Partner in den Bau hineinbringen wollte. Von diesem war er leider sogar zu abhängig geworden. Die modernen Zeiten funktionierten leider nicht mehr so, wie damals, als sein Vater noch die Geschäfte nahezu per Handschlag besiegelte und anschließend zu einem abschließenden Umtrunk einlud. Heutzutage bestimmten Europas Regeln und ein ungleich härterer Preiskampf das Ganze und den Wert eines Unternehmens. Diesen immer hochzuhalten, bedeutete durchweg steigende Ausgaben. Was früher mit großzügigen Geschenken klappte, bedeutete nun, nicht nur *eine* Person zu korrumpieren und bei Laune zu halten. Daran konnte das Telefonat jetzt auch nichts mehr ändern. Der am anderen Ende war nämlich in keiner Weise besser. Der hatte längst für sich einige Dinge zurechtgelegt, mit denen er sich noch besser darstellen konnte, das lag nicht nur an seinem Namen, der nach Fertigstellung des Baus über einem der fertiggestellten Abschnitte prangen sollte. Er, Gibellato, baute und die anderen nagelten ihren Namen dran. – Und nun wurde ihm auch noch gedroht.

„Im Moment fallen mir nur schändliche Sachen ein. Äußerst schändliche, wenn Sie verstehen, was ich meine."

Er hatte verstanden und wusste nicht, wie er reagieren sollte. Was er bislang in dem Gespräch alles gesagt hatte, war ohne Hand und Fuß. Schon allein, weil dieser Deutsche ihn im Stich gelassen und sein Geld wieder herausgezogen hatte. Dessen Frau, diese blonde Waffe, die ja überhaupt die Idee hatte, konnte die männlichen Blicke nicht nur auf ihren Hintern lenken, sondern mit diesem von den wichtigsten Sachen ablenken. Hätte er doch nur auf seine innere Stimme gehört. Woher also nehmen, wenn nicht stehlen?

Alles, was er aufgebaut hatte, stand nun auf tönernen Füßen. Aber wenn er untergehen sollte, würde er andere mitreißen. Überhaupt hatte er das Gefühl, nun *zwischen* die Fronten geraten zu sein und nicht an dem ein oder anderen Ende zu sitzen, von dem aus er noch hätte lenken können. Wer war der andere? Tomè? Hatte der etwa den Senatore nun auch noch auf seine Seite gebracht? Womit? Was hatte der in seiner Hand? Der hatte sich doch das Geld auf die gleiche Weise beschafft. Und dazu Tiziana! Die ihn inzwischen auch noch unterstützte. Sie war es, die ihn zusätzlich noch fertigmachte. Er würde sie einfach zurückholen. Einsperren, wenn es denn sein musste. Und sich die Wohnung holen. Hatte Tomè sie nicht ihr geschenkt? Dann gehörte sie ihr und damit auch ihm. Immerhin war sie ja noch seine Frau. Er würde sie also zu Geld machen. Geld, das er dringend brauchte.

Oder hatte der Senatore Tomè geködert? Für seine politischen Spielchen? Die Karriere war ja sein Ein und Alles. Aber warum hatte er nicht ihn gefragt? Er war damals extra in die richtige Partei eingetreten. Und eine Frau hatte Sullavenga auch nie abbekommen. Einst war er wohl sogar hinter Tiziana her. Wer nicht? Wie er inzwischen feststellen durfte. Das war also auch danebengegangen. Ein weiterer Grund, sie zurückzuholen. Sollte der sich doch von der Deutschen den Kopf verdrehen lassen, dieser Serena von Falkenberg, die eigentlich ganz anders hieß und wohl mit diesem Namen Karriere machen wollte. Dann wäre alles fein aufgeteilt. Wenn sein Deutsch ihn recht erinnerte, war ihr ursprünglicher Name Erna Hammerschmidt auch nicht wirklich hilfreich.

Komischerweise fiel ihm nun der neue Betonliefe-
rant ein, war der nicht auch so ein Weiberheld? Der
hatte zwar ein ganz verschobenes Gesicht, markant
bestenfalls, aber das nötige Kleingeld. Das erzeugt An-
ziehungskraft. Vielleicht sollte er etwas zwischen denen einfädeln!? Dann könnten plötzlich ganz andere an
der Lösung seiner Probleme beteiligt werden. Genug
Sumpf gab es ja, da würden sich die Spuren leicht verlieren. Doch viel Zeit blieb ihm dafür nicht. Am anderen
Ende wartete der Senatore auf eine Antwort. Egal, wie
freundschaftlich man früher miteinander gearbeitet
hatte. Auch hierin hatte sein Vater womöglich recht, als
er ihn warnte, bei jedem Geschäft darauf zu achten,
dass immer der andere unter Druck handeln musste
und nicht man selber.

Seine Gedanken sortierend ging er auf und ab und
suchte in dem Durcheinander in seinem Kopf nach einem Ausweg. Aber ihm fehlten die Ansatzpunkte. Alles
wurde zu einem dicken Brei, der nur zu einer Lösung
mit einer gewissen Gewalt führte. Er schüttelte den
Kopf. So konnte es einfach nicht weitergehen. Aber zuerst musste er den Senatore loswerden und dann in aller Ruhe noch mal darüber nachdenken.

Gibellato ging zum Fenster. Draußen war es noch
dunkel. Durch die Scheiben sah er den Verkehr auf der
Hauptstraße. Die Scheinwerfer und Rücklichter hinter-
ließen Bänder aus Licht und schienen das Bild vor ihm
durchzuschneiden. Dann drehte er sich um und setzte
sich wieder an den Schreibtisch. Der Senatore erzählte
nun was von Kassen, Ruhm und Padua sei keine Klein-
stadt mehr. Irgendwas lief gerade schief. Langsam dämmerte es ihm: Da ging es um mehr, als er dachte. Sie
wollten ihm den Hahn zudrehen, ihn aus dem Projekt
rausdrängen.

„... bis zehn erreichen Sie mich unter der alten Nummer", hörte er den Senatore von ganz weit sagen.

Den Tonfall kannte er. Der Tonfall ließ keinen Widerspruch zu und er atmete tief durch. Ihm fiel nur eine Antwort ein. Alles in allem eine Lüge:

„Ist in Ordnung, Senatore."

12. Oktober, 20 Uhr 30

Der Saal sah inzwischen wie die Einsatzzentrale zu einer Katastrophenübung aus. Gefühlte Hundertschaften liefen ameisenhaft hin und her. Zu viert waren sie also auch nicht mehr, wo sollte da Ruhe eintreten? Denn nicht nur Collasso und der Sergente waren damit beschäftigt weitere Verlängerungskabel zu verlegen, sondern allein ein halbes Dutzend Polizisten stellte irgendwelche Wände auf, deckte Tische mit Papierbahnen ab und andere verlegten zusätzliche Telefonleitungen und Schnüre, deren Bedeutung Berlingui nicht verstand. Er war kein Techniker. Neben dem Ispettore stand der Leiter des Museums und echauffierte sich über das Vorgehen.

„Sie hatten gesagt, die Fläche am Kopfende des Salone würde reichen!? Das hier grenzt an eine Beschlagnahmung des ganzen Gebäudes. Für wie viele Wochen wollen sie es requirieren? – Wenn der Vice Questore nachher kommt, werde ich dafür sorgen, dass nicht nur er meinen Unmut darüber mitbekommt. – Die Polizei denkt wohl in diesen postfaktischen Zeiten, sie könnte sich alles erlauben."

Collasso lächelte ihn an, als sei er ein kleiner ungeduldiger Junge, der die weihnachtliche Bescherung noch abzuwarten hätte.

„Und ich sagte: Morgen früh sehen Sie davon nichts mehr." Damit wendete er sich ab, ließ ihn stehen und gab dem Sergente die nächste Anweisung.

„Sind Sie eigentlich Ihren Vorgesetzten bei den Carabinieri berichtspflichtig?", wollte Berlingui plötzlich von der Sottotenente wissen.

Loretta schaute ihn erstaunt an. Es dauerte zwei, drei Sekunden bis sie antworten konnte.

„Ich habe keine Vorgesetzten im Moment, außer Ihnen und dem Vice Questore. Ich bin bei den Carabinieri für diesen Fall freigestellt worden. Ich glaube, das habe ich Ihnen erzählt."

„*Bè, sì!* Nun ja, aber ich glaube, wir werden heute Nacht ein paar Sachen nachspüren und vielleicht Dinge zutage fördern, die man an anderer Stelle auch wissen möchte. Das würde ich gerne verhindern. Ich bin kein Zuarbeiter für die anderen, sondern ..."

„... keine Sorge!", unterbrach ihn Signora Dugiorni indigniert und mit einer nicht gewollten Schärfe im Ton: „Und ich bin kein Wasserträger für andere."
Sie wendete sich ab und wusste für einen kurzen Moment nicht, wohin sie gehen sollte. Dass der Commissario glaubte, sie müsse in Modena oder sonst wo ihren Aufenthalt in Padua rechtfertigen oder erklären und den Fall schildern, kränkte sie. Wie kam er nur darauf? Gerade als sie nach draußen gehen wollte, um Luft zu schnappen, spürte sie eine Hand auf ihrer Schulter, die sie festhielt und wieder sanft umdrehte.

„Eine Gesinnung, die sich des Rechten bewusst ist, lacht über die Lügen des Gerüchts", hörte sie Berlingui sagen und:

„Die *Guardia di Finanza* hatte mich angerufen, kurz bevor wir hierher aufgebrochen sind und Sie bereits auf dem Weg zu sich nach Hause waren, um die Tücher zu holen, und nach Ihnen gefragt. Ich bot an, Auskunft zu geben, aber man lehnte ab. Ein *Tenente Colonello* wollte ausdrücklich nur Sie. Deshalb meine Frage."

Loretta wurde rot und, was ungewöhnlicher war, nervös. Andererseits schien sie still in sich hineinzulächeln. Die Antwort dazu kam keine Sekunde später.

„Luca. Ein Freund aus Genua. Wir waren zusammen auf der Schule. Ihn hatte ich in den letzten Monaten öfter angerufen. Er kennt sich mit den rechtlichen Details besser aus als ich. Das hat mir geholfen an den richtigen Stellen zu suchen. – Fast wäre damals etwas aus uns geworden. Aber ..." Sie biss sich auf die Unterlippe und schaute an die Decke, die sich wie ein riesiger umgedrehter Schiffsrumpf über sie wölbte. Damals, dachte sie, damals, dann berührte sie mit einem Finger so beiläufig wie möglich die Narben und zuckte mit den Schultern: „... ich weiß nicht ... der Alltag hat es nicht zugelassen, nicht zulassen wollen. Trotzdem sind wir gute Freunde geblieben."

„Schade?"

Kurz schloss sie die Augen, sah Lucas Finger die Saiten zupfen, als sie auf dem Bett saßen. Sah sich, wie sie das Instrument in den Händen hielt, seine Hand sinken und von ihren Füßen beginnend über ihre Beine streicheln. Fühlte dabei etwas, was er vielleicht nicht fühlte oder es in seiner Konsequenz nicht zulassen wollte, und sie ließ es doch geschehen. Als wäre er, als wäre dies, als wäre die Zukunft vertraut und ihre Hingabe bis zu einer glücklichen Erschöpfung selbstverständlich. Auch für eine Zeit danach. Sie hatte nie eine Gelegenheit mit ihm darüber zu reden. Denn schon zwei Tage später wurde sie nach Padua beordert und ein Vierteljahr darauf übernahm sie die Aufgabe hier in der Questura. So gesehen war fast ein Jahr vergangen. Trotz der Telefonate wurde das nie wieder zwischen ihnen ein Thema. Schon ein Treffen scheiterte. Sie fuhr sich langsam mit der Zunge über die Lippen und sah den Commissario unvermutet ernst an.

„Nein! Nicht mehr. Er hat schnell Karriere gemacht. Sein Dienstgrad verrät es. Dafür hat er alles gegeben. Ich meine es nicht böse, aber egal, was war, es hätte andere Entscheidungen erzwungen. Vor allem von mir. Dem konnte ich nicht nachgeben. Manche Sachen wären wieder hochgekommen, die ich endlich begraben hatte."

Sie machte eine Pause und Berlingui lächelte, dann:

„Der Satz gerade über die Gesinnung gefällt mir. Von wem ist der?"

„Auch von Ovid. Carla hörte ihn in ihren Vorlesungen und mein Professor sagte ihn auch immer wieder. Doch es gibt noch einen anderen Spruch, der für Sie in Ihrer Situation passen könnte: *Das Gute hat Vorrang vor dem Rechten.* Eine Theorie aus der Politikwissenschaft. Carla hat das studiert. So lernten wir uns kennen."

„Also suche ich mir jetzt einen Politikwissenschaftler?", lachte Loretta und ging zu den mittlerweile ausgelegten Papierbahnen am Kopfende des Saals zurück.

Als sie sich schwungvoll bückte und ihr Kleid deshalb mädchenhaft die Beine hinaufrutschte, sah Berlingui Carla vor sich, wie sie damals in der Uni über den Büchern der Kommunitaristen und Essentialisten hockte und über deren Sprüche fluchte. Ihr fast ungebändigtes langes dunkles Haar floss dabei wild gelockt aus einem bunten dicken Haargummi hoch am Kopf in rauschenden Wellen auf den Rücken hinunter und faszinierte ihn. Dann schaute sie ihn funkelnd an.

„Ach so", war seine nicht besonders intelligente Antwort, während er von oben ihre Nase entlang auf ihren Mund schaute, ihr wütendes, aber überaus hübsches Gesicht in sich aufsog und nach einem weiteren

Satz suchte, um das kleine Gespräch auf für ihn verständlichere Themen lenken und dadurch in die Länge ziehen zu können.

Still schüttelte er wegen dieser Bilder jetzt den Kopf und sah Loretta an. Dann lachte auch er.

„Leider kenne ich gerade keinen", seine Antwort.

Padua, 25. März, 2 Uhr 10

Es würde für genügend Verwirrung sorgen. Da war er sich sicher und lachte. Etwas Großes sollte es ja sein. Da kamen ihm die fünf *africani* da vorne gerade recht. Wahrscheinlich waren sie vor Tagen nach einer zermürbenden Überfahrt mit einem viel zu kleinen Schlauchboot irgendwo gestrandet. Seitdem unentwegt unterwegs und glaubten nun in einem Gebüsch ihre Ruhe zu haben, bevor sie im Schutz der Nacht oder bei schlechtem Wetter weiterkonnten. Jetzt waren sie wohl auf der Suche nach genau solch einem Schutz und liefen einen offensichtlich selten genutzten und daher fast zugewachsenen Feldweg hinein, an dessen Ende sich ein kleines Wäldchen abzeichnete. Er macht die Scheinwerfer aus, dann den Motor und ließ den Wagen ausrollen. Wenige Meter später stellte er den Wagen am Straßenrand ab, drückte die Tür leise zu und schlich hinterher. Tief und laut in ein Gespräch verwickelt nahmen sie ihn nicht wahr. Sich gegenseitig schubsend hatten sie ihren Spaß. Und je weiter sie gelaufen waren, umso sicherer fühlten sie sich.

Er erinnerte sich, wie er damals in der Nähe eines Hofes nördlich von Runik in einem waldigen Gebiet mit drei Kameraden in einen Hinterhalt geraten war. Wie gefräßige Tiere war eine Horde tumber Idioten, Freischärler oder Soldaten irgendeiner Seite ihnen gefolgt und hatte sich ihnen gleich aus mehreren Richtungen genähert. Als das Feuer eröffnet wurde, sah ihn Sergeij nur kurz an, als wollte er fragen, was sie nun machen sollten. Doch im nächsten Moment hatte eine Salve seine linke Gesichtshälfte und die Stämme von zwei kleinen Bäumen direkt neben ihm zerfetzt. Aus Sergeijs Hals sprudelte das Blut wie aus einem Brunnen in die Höhe und er sackte lautlos mit dem immer noch fragenden Blick aus nur noch einem Auge zusammen, während er, Drago, das da schon leer geschossene Magazin seiner Zastava hektisch wechselte und im Schutz eines größeren Baumes zurückschoss.

Die ersten beiden Schwarzen fielen nun wie die ersten beiden Angreifer damals, wie gefällte Bäume. Steif, aber still und ohne Geräusche. Die anderen drei erkannten instinktiv die Situation und begannen zu rennen. Automatisch und ohne sich umzuschauen. Gejagten Insekten gleich. Dort wo sie herkamen, war diese Reaktion normaler Alltag. Jeder von ihnen kannte jemanden, der zur falschen Zeit und am falschen Ort unterwegs gewesen war und diesen Gang deshalb mit seinem Leben bezahlen musste, ohne zu wissen, welchen Fehler sie vorher gemacht hatten. Hamza, Amir oder auch Farid hatten von da an keine Freunde mehr, sondern nur noch ihre schnellen Beine, die ihre Leben retten konnten. – Vielleicht. Wenn sie denn schnell genug laufen konnten. Jetzt aber war auch ihres zu Ende. Ohne dass auch sie wussten, wofür sie es hatten hergeben müssen. Schon der Versuch, zu entkommen, war zum Scheitern verurteilt. Im Abstand von höchstens drei Metern stürzten sie zu Boden. Auch sie lautlos. Still. Ohne Chance, Abschied nehmen zu können.

Minuten später hatte er sie wie eine Ladung Kartoffelsäcke in dem Opel Combo verstaut und mit einem der alten Bettbezüge, die er aus dem Container mitgenommen hatte, bedeckt. „Schlaft gut!", meinte er gehässig. Kaum saß er hinterm Steuer und hatte den Wagen wieder ins Rollen gebracht, begann er ein sardonisches Lachen. Eine Idee, die ihm gerade durch den Kopf geschossen war, würde das spätere Rätselraten auf allen Seiten wunderbar komplettieren. Er müsste nur noch den Transport organisieren. Aber so etwas ergab sich meistens von selber. Mit einer Faust schlug er grölend auf das Lenkrad ein und setzte Sekunden später zurück. Beim nach hinten Schauen sah er die fünf leblosen Körper unter den Betttüchern. Wieder ein paar weniger von denen, dachte er, lachte ein weiteres Mal auf und gab Gas. Er würde ein prächtiges Begräbnis gestalten und den Preis erhöhen.

12. Oktober, 21 Uhr 5

Wievielmal hatte er heute Abend schon nach oben geschaut und sich die Fresken angesehen? Er hatte längst aufgehört mitzuzählen. Wieder studierte er die Darstellungen, die den Oktober charakterisierten. Die von Krieg und Gewalt erzählten. Wieder fragte er sich, ob es wohl Zufall sei, dass der aktuelle Monat und der gleiche, der über ihm dargestellt war, so gut zu dem Fall passten. Kämpfende Männer, zwei Duellanten und ein Krieger, vielleicht auch ein Sterbender waren links von dem runden Fenster zu erkennen. Rechts davon Soldaten und ein Mensch, der gefoltert wurde. Verzweifelt versuchte sich dieser zu wehren und hob die Arme schützend über sich, als könne er damit das ganze Ungemach abhalten. Noch ein Stück weiter der heilige Thaddäus, einer der zwölf Apostel, ihm wird am 28. Ok-

tober gedacht, in seiner Funktion als Heiliger für aus-
weglose Situationen zuständig. Hier aber schaute er zur
anderen Seite, als ginge ihn das Ganze nichts an.
Schwer vorstellbar, dass er ausgerechnet jetzt nun helfen würde oder konnte. Dabei war die Situation an diesem Abend doch schwierig genug und somit seiner
Aufgabe angepasst.

Was Loretta auf dem Fußboden versuchte zu arrangieren, ließ der Commissario in den Fresken zu einem
Lösungsansatz werden. Langsam schien dieser Fall ein
zweites oder drittes Mal eine neue Gestalt anzunehmen,
oder besser, einen neuen Ablauf darzustellen. Die beiden Duellanten, Tomè und Gibellato. Jeder in einem eigenen Feld dargestellt. Eifersüchtig aufeinander schie-
lend. Alles neidend, was der andere machte und
erreicht hatte. Die kämpfenden Männer hätten sie auch
sein können, doch Berlingui dachte an die, die in der
Politik und Wirtschaft dafür sorgten, ohne Rücksicht
und Verluste selber voranzukommen und andere aus-
schalteten, Sullavenga, Di Marchio und, ja, wohl auch
Tiziana. Merkwürdigerweise fiel ihm zu ihr nun das
Wort *Padrona*, Mätresse, ein. Wie eine solche hatte sie
wohl – dies aber aus eigenem Antrieb und Interesse –
Verträge mit ihren Männern abgeschlossen. Erben oder
Nachfolger lieferte sie allerdings nicht, aber das Geld
nahm sie an. Des wirtschaftlichen Nutzens wusste sie
sich zu bedienen. – Dieser Deutsche war höchstens einer der Soldaten. Der Gefolterte vielleicht dieser Marino, von ihm hätte er gerne gewusst, was er zu allem
hätte sagen können.

Egal wie er die Rollen verteilte für den Krieger, der
in der Darstellung zu sterben schien, hatte er von den
bisher bekannten Figuren nur noch einen Namen übrig,
Drago Jakunovic. Von ihm wusste die Sottotenente,

dass er tatsächlich in einem realen Krieg, dem im explodierenden Jugoslawien, sein eigenes Spielchen getrieben hatte. Sein Ziel ähnelte mindestens einem der Politiker und Typen aus der Wirtschaft. Macht und Geld. Am besten beides. So einer hatte keine Bedenken, wenn die Anzahl der Scheine stimmte, ganze Dörfer niederzubrennen. Seine Vorgeschichte hatte ihn emotionslos genug gemacht. Ihm traute er daher auch zu, bei dem Massaker auf dem *Prato* falsche Spuren gelegt zu haben. Wenn es so war, gab ihm der Erfolg recht. Denn als Hauptverdächtiger kam er erst zu einer Zeit aufs Papier, nachdem die meisten Verantwortlichen bereits tot waren. Ihn galt es zu finden, lebend, so schnell wie möglich, dann hätten sie sicher einen Zeugen gegen die anderen in der Hand. Aber der Commissario befürchtete, dass nicht nur er diesen Jakunovic suchen und finden wollte.

Als er wieder zu Loretta schaute, sah er einen Sergente eilig auf sie zugehen. Vor ihr blieb er stehen, salutierte und übergab ihr Papiere in einer Klarsichtfolie. Wieder salutierte er und sie quittierte es mit einem militärisch ernsten Blick und einem gleichzeitigen leichten Lächeln. Trotz ihres Kleides kam nicht ein Hauch von Zweifeln bezüglich ihrer Autorität auf. Diese schien ein natürlicher Bestandteil ihres Wesens zu sein. Berlingui schüttelte ein weiteres Mal anerkennend den Kopf. Dann drehte er sich vollends um und rief durch das Redegewirr in Lorettas Richtung, die sich wieder auf den Boden gehockt hatte und die neuen Papiere zu den anderen sortierte. Danach fragen wollte er nicht.

„Wann haben Sie eigentlich Geburtstag? Ich müsste es zwar wissen, aber ..."
Im Gegensatz zur Sekunde vorher stand sie nun mädchenhaft und anmutig auf und kam auf ihn zu, währenddessen antwortete sie:

„An Weihnachten. Am 26. Dezember. Wäre ich ein Junge geworden, hätten mich meine Eltern sicher Stefano getauft."

Berlingui nickte, als hätte er in einem Verhör eine Frage gestellt, und ging die Nordseite des Saales weiter entlang. Fast am vorletzten der kleinen runden Fenster angekommen blieb er stehen und wies nach oben.

„Dann haben Sie es zumindest besser getroffen, als uns die Bilder vom Oktober zeigen. Dezember. Schauen Sie nur: Die Darstellungen zeigen es: Hier haben wir ein Schlachtfest. Und dort gibt es Liebende." Seine Hand wies den Weg für ihren Blick: „Der ganze Zyklus hier ähnelt einem Horoskop. Also wollen wir ihm glauben. Denn dann bleiben Sie nicht allein. Element Erde für Dezember, Element Wasser für Oktober. Beides ergänzt sich."

Er deutete auf den Berg im Feld daneben, der ansonsten die Einsamkeit darstellte. Mächtig zwar, aber vielleicht gerade deshalb verlassen.

„Bei unserem letzten Mörder könnte es sich aber unter Umständen um einen Einzelgänger handeln", fügte er hinzu, „ich sehe ihn nur noch nicht vor mir. Das macht mich etwas nervös. Ich finde immer wieder einen Ansatz, bekomme aber nicht das letzte Türchen auf, hinter dem alles klar wird."

„Ich habe deshalb auf dem Boden unsere ganzen bekannten Details verteilt", erwiderte Loretta und wendete sich wieder dem Kopfende des Salone zu. Gerade als sie an dem Tierkreiszeichen unter dem Heiligen Thaddäus vorbeiging, öffnete sich vor ihnen die Justina-Tür zur *Piazza Frutti*, die Tür unterhalb des Bildes der Justina von Padua, der Schutzpatronin, und – Vice Questore Sfarzi trat ein. Hinter ihm unverkennbar Laura, seine Freundin. Er vollkommen hektisch wirkend, sie aufgedreht wie ein Mädchen, das gerade aus

218

einer Disco kam. Zumindest ihre Kleidung hätte zu einem solchen Tanzabend gepasst. Selbst für einen südeuropäischen Oktober war diese nämlich zu dünn. Keine Jacke, keine Strumpfhose, nicht mal einen Schal. Nur ein weißes blumengemustertes Trägerkleidchen, das wie das Negativ von Lorettas aussah. Ihr Gesicht verriet, dass sie keine fünf Meter zuvor noch gelacht haben musste. Jetzt wirkte es, als hätte sie Mühe, nicht wieder loszuprusten.

Sofort änderte Loretta die Richtung und eilte, jetzt gar nicht mehr mädchenhaft wirkend, auf die beiden zu. Es fehlte nur noch, dass sie vor Sfarzi salutierte. Berlingui wusste es zu verhindern, da er Sfarzi gleichzeitig erreichte, ein wenig dazwischentrat und als Erster meinte:

„*Bon di,* Laura! Wie geht's? Wie immer eine Augenweide."

Dann gab er Sfarzi die Hand und nickte nur leicht zur Begrüßung. In all den Jahren hatten sie ein anderes Verhältnis zueinander entwickelt.

„Piero! Machen Sie keine fremden Frauen an!", lächelte dieser deshalb auch zurück. Dann: „Und?"

„Diese Nacht wollen wir es wissen", mit diesen Worten nahm der Commissario ihn zur Seite und ging mit ihm die paar Schritte bis zu den Fresken zurück, die er vorher betrachtet hatte.

„Möchten Sie mitkommen?", fragte er noch zu Loretta gewendet. Unter den Fresken angekommen nahm er sich ein paar Stühle, machte es sich auf einem bequem und verschränkte die Arme vor der Brust. Die Füße von sich gestreckt fing er nach einer Handvoll Sekunden an zu reden. Dabei wiesen seine Hände auf die verschiedenen Darstellungen, als wären sie die von Loretta zusammengetragenen Papiere. Sfarzi hatte manchmal Schwierigkeiten zu folgen, aber er gab auch zu, nicht so tief im Fall zu stecken. Nach einem fast zwanzigminütigen Monolog hatte der Commissario seine Ansicht zu dem Fall erklärt.

„Loretta und Collasso haben gute Arbeit geleistet", fügte er noch hinzu, „wenn Sie es wünschen, lasse ich mich in den Innendienst versetzen."

Sfarzi stach einen Finger in Berlinguis Oberarm.

„Reden Sie keinen Quatsch! – Wir brauchen Sie noch! Allein schon deswegen, weil auf Ihrem geistigen Notizblatt noch ein Name fehlt – wenn ich das alles jetzt richtig verstanden habe. Dieser Jakunovic will Ihnen nicht als Täter genügen. – Oder wie sehen Sie das, Signora Dugiorni?"

„Ich bin inzwischen zu derselben Meinung gelangt", entgegnete sie trocken, „vielleicht möchten Sie dazu einmal das sehen, was ich dort drüben zusammengestellt habe?"

Schon stand sie auf und ging an das östliche Kopfende zurück, das nahezu vollständig mit Zetteln, Fotos, mehreren Stellwänden und irgendwelchen Kartons bedeckt war. Sfarzi wendete sich währenddessen an Berlingui und meinte:

„Die Staatsanwaltschaft, ausgerechnet im Auftrag von diesem Capato, hat angerufen und gefragt, was das Theater soll. Der Museumsleiter hat gepetzt und sich beschwert. Ich hab' denen gesagt, dass es sich um eine der üblichen nächtlichen Übungen handelt, um die Einsatz- und Organisationsfähigkeit der Dienststelle zu dokumentieren und zu beweisen. Morgen früh wären wir wieder draußen. Gut gelogen?"

„Sehr gut gelogen. Trotzdem müssen wir schnell sein. Denn morgen früh stehen die sonst hier und wollen entweder feststellen, ob wir Wort gehalten haben oder gleich unsere Ernte beschlagnahmen."

Mittlerweile standen sie über Lorettas Planspiel. Notizen, Dokumente, unzählige Fotos und ein paar Utensilien umrahmt von den Stellwänden. Dazwischen schienen Dutzende Kugelschreiber und Stifte Verbindungen zwischen diesen Dingen herzustellen. Auf diese Weise ähnelte es eher einer künstlerischen Performance.

„Das ist der Tatort mit den acht Toten", begann sie, ohne abzuwarten, und zeigte auf ein großes Blatt Papier, auf dem der *Prato* gezeichnet war und die Fotos der Schwarzafrikaner lagen. „Diese drei konnten wir identifizieren. Sie arbeiteten mal für Tomès Firma, mal für Gibellatos. Zuletzt für die Gibellato S.r.l. Wie ja in meinem Bericht nachzulesen ist, wissen wir inzwischen, dass Tomè dafür sorgen wollte, diese drei zu neutralisieren. So sein Wortlaut aus einem Telefonat, das eine Einheit der Carabinieri aufgezeichnet hat. Allerdings wissen wir weder den Grund dieser Aufzeichnung, noch Tomès Grund, der zur Tat führt."
Berlingui stutzte und machte sich eine Notiz.

„Das dort ist Mateo Marino, der vermutliche Fahrer des Unimog. Die Zusammenhänge schienen eigentlich klar. Das ist Signora Gibellato, die mit ihrem Vermögen zunehmend beide Firmen und deren Projekte finanziert hatte. Ihr Vater Bruno Tommaso Di Marchio war im Hintergrund sicher einer der Drahtzieher. Wir haben eine Menge Indizien dafür, aber leider keine Beweise. – Noch nicht. Unter Umständen fänden wir in seinem Umfeld die Gründe und weitere beteiligte Personen."
Wieder stutzte der Commissario, bückte sich und schaute sich das Foto genauer an. Dieses hatte er noch nie gesehen. Tiziana von hinten in einem dunkelgrauen, leichten halblangen Mantel. Unter ihre rechte Schulter hat sie eine große hellbraune Ledertasche geklemmt und in ihrer rechten Hand hielt sie ein großes Heft oder einen großen Umschlag. Ihre Haare wehten

offen über der Kleidung auf dem Rücken. Wenn er richtig sah, ging sie gerade durch die Arkaden der *Via San Martino e Solferino* kurz vor der *Piazzeta del Ghetto*, also dort, wo Loretta nun wohnte. Ohne eine Reaktion zu zeigen, legte er das Foto wieder zurück und beobachtete Loretta, die ihn aber nur kurz ansah und dabei ebenfalls keine Reaktion zeigte.

„Dasselbe trifft auf Carlo Sullavenga zu", fuhr sie fort: „Senator, Rechtsanwalt und Ziehsohn Di Marchios. Allerdings mit dem Unterschied, dass die Kollegen der *Guardia di Finanza* inzwischen Beweise für Schwarzgeldkonten haben. Nur würden sie allzu gerne auch die Verbindung zu Di Marchio erklärt bekommen haben, von denen wir wissen, dass es sie gibt. Es gibt einige dokumentierte Treffen der beiden. Im Grunde genommen kennen wir die Zusammenhänge. Aber ein Zugriff fand noch nicht statt. Wir können den ganzen Lug und Trug darin erahnen. Aber durch den Tod der meisten Beteiligten sind die Hauptschuldigen nicht mehr greifbar. Ich weiß, das klingt alles etwas seltsam. – Für Nichteingeweihte auch verworren. – Wie es auch sei, die Fragen, die wir uns jetzt stellen, sind: Wer waren die fünf nicht identifizierten Opfer? Warum wurden sie umgebracht? Wer war ihr Mörder, beziehungsweise der Auftraggeber für diese Tat? – Warum stellen wir uns diese Fragen?"

Die hübsche Loretta schaute, trotz ihres Äußeren nun wieder zu einer echten Sottotenente mutiert, erwartungsvoll in die Runde. Diese schaute genauso erwartungsvoll zurück, oder besser gesagt, sie eher fragend an.

Der Commissario hob das Foto wieder vom Boden auf und fragte:

„Wann wurde das aufgenommen?"

„Auf der Rückseite steht das Datum. 2. April. Wir fanden das Foto vor etlichen Wochen im Archiv der *Il Padova*. Vermutlich wurde es ...", Loretta stockte, schaute betreten auf den Boden und ergänzte: „... von Ihrem Freund Giuseppe aufgenommen. Ich hoffe, wir können die Zusammenhänge klären, wenn Ricarda uns seine Unterlagen zur Verfügung stellt. Leider ist nichts Näheres auf dem, was sie in Händen hält, zu erkennen." Wortlos schaute Berlingui Loretta lange an, ohne aber mit seinem Blick einen Vorwurf zu verbinden. Vielmehr wurde ihm langsam klar, welche Ausmaße *sein* Fall nun noch annehmen könnte.

„Der Mörder der drei könnte nicht auch der Mörder der anderen fünf sein?", fragte derweil Sfarzi.

„Das ist in meinen Augen wenig wahrscheinlich", erwiderte die Sottotenente, „es ging laut den ganzen Unterlagen, die wir inzwischen haben, darum, dass entweder Tomè oder Gibellato die Oberhand in den regionalen Bauprojekten bekam. Tomè war immer die kleinere und auch gesündere Firma. Die Gibellato S.r.l. kam durch einige falsch finanzierte und zu großzügig geplante Vorhaben ins Straucheln. Die Pläne zu diesen Bauvorhaben erhielt sie durch zumindest eine Person, die Zugang zu nicht öffentlichen Stellen hatte. Wir glauben die Person zu kennen ..."

„Sullavenga", warf der Vice Questore ein.

„Davon bin ich überzeugt. Er hätte bei erfolgreicher Umsetzung damit – ich sage das absichtlich einfach – wunderbar protzen können. Aber wir fragten uns, wofür? Daher haben wir versucht, uns weiter in diese komplizierte Materie hineinzudenken, und nun spielen Di Marchio und Signora Gibellato und der Deutsche, Franz-Herbert Korte, eine Rolle. Fangen wir von hinten an: Korte glaubte durch seine Investition einen anständigen Zins zu erzielen und sich ein neues, einfach zu bespielendes Geschäftsfeld eröffnen zu können. Er hat aber bald gemerkt, dass ihm dazu einiges fehlt. Geld allein ist nicht alles, was man dazu braucht. Ihm fehlten vor allem die Kenntnisse, die in der Baubranche nicht ohne Bedeutung sind und auch die logistischen Fähigkeiten. Würstchenbuden auszustatten ist dann doch etwas anderes."

„Er zog sein Geld raus und verabschiedete sich nach Mallorca, wie wir inzwischen wissen. Keiner weiß, was er nun dort treibt. Ein seltsamer Kerl. Seine Frau ist erheblich jünger und war Model. Vielleicht ist ihm Geld als Bauunternehmer auszugeben zu umständlich oder er versucht's dort, wie andere Deutsche vor ihm, wieder mit Würstchen", sinnierte Sfarzi und sah dabei Berlingui an. Der hatte sicher eine ähnliche Meinung, aber sein Gesicht verriet ein weiteres Mal keine Regung.

„Bleibt die ehemalige Contessa Di Marchio und ihr Vater, wenn ich die Zettel und dieses Bild dort unten auf dem Boden richtig betrachte", meinte Berlingui nur und runzelte die Stirn.

„Bis vor zehn Minuten hieß sie noch Tiziana", meinte der Ispettore plötzlich erwähnen zu müssen.

„Sie hatte sich, das kommt in den besten Familien vor", fuhr Loretta fort, ohne auf die beiden einzugehen, „in Tomè verknallt. Das hat sie gegenüber dem Commissario zumindest behauptet. Nehmen wir an, es wäre nicht gelogen gewesen. Dann können wir davon ausgehen, dass auch ihr daran gelegen war, ihren Mann daran zu hindern, Tomès Firma zu übernehmen. Dies war sicher auch im Interesse ihres Vaters. Er hatte in dieser Branche ganz anderes vor. Er wollte Gibellato wieder loshaben. Dass dieser seine Tochter abbekommen hatte, war ihm seit jeher ein Dorn im Auge, da dieser zu

machthungrig war. Ich erlaube mir dazu ein Schriftstück vorzulegen, das ich erst heute Abend erhalten
habe. – Vielleicht war dieses zuvor in jenem Umschlag."

Mira, 17. Februar desselben Jahres, 11 Uhr 45

Draußen tobte ein Unwetter. Wind und Wassermassen
schlugen gegen das Haus und die Fenster. Vor Jahren
waren Gott sei Dank Scheiben vor den Bleiglasfenstern
angebracht worden, die verhinderten, dass das Nass
durch die alt gewordenen Bleiruten nach innen eindrin-
gen konnte. Der Ast einer alten Pinie draußen im Park
hämmerte nur knapp neben einem dieser Fenster immer wieder gegen die Wand. Die beiden Männer in dem
Raum dahinter missachteten den Furor der Natur und
waren in ihr Gespräch vertieft.

Wenn es etwas zu besprechen gab, zog man sich
auch bei diesem Wetter in die Villa und in diesen Raum
zurück. Er konnte selbst dem schwächsten Gesprächspartner etwas Adeliges verleihen. Doch heute war dies
nicht notwendig. Di Marchios Reputation war unbe-
stritten und das Gewicht des anderen in seinem Umfeld
war seit Jahren wohlbekannt. Viele Projekte wurden
unter seiner Mitwirkung zu internationaler Beachtung
und Bedeutung geführt. Und nun hieß es, auch bei regionalen Bauplänen nicht den Anschluss zu verlieren.
Auch diese Aufträge brauchte man, sie finanzierten
häufig genug diejenigen, die im Ausland abgewickelt
werden und vor allem zu noch größerem Renommee
führen sollten. Die Bandagen, die dafür manchmal benutzt werden mussten, zeigten, dass es immer wieder
auch ein Kampf ohne Rücksicht werden konnte.

Di Marchio hatte gerade zwei Schwenker gefüllt und sich wieder hinter den Schreibtisch gesetzt. Sein Gegenüber untersuchte derweil die dunklen und fast dräuenden Bücherregale hinter ihm. Jede Menge alte, häufig in Leder gebundene Bücher standen, was ihre Themen anbelangte, recht ungeordnet nebeneinander. Allein deshalb schon vermutlich weder von der jetzigen, noch den vergangenen Generationen je in die Hand genommen und schon gar nicht gelesen worden. Er sah zwei Werke von D'Azeglio, dem Romantiker, neben welchen von Manzoni und Raffaelo Zeno stehen. Darunter verschiedene Bände und Kommentare des *Codice civile del 1865*, des *Regno d'Italia* und *Rosminis Codice d'Italia*. Di Marchios Vorfahren waren demnach Rechtsanwälte? Oder sollten diese Bände gegenüber Gästen lediglich den nötigen Eindruck schinden? Oder diese sogar einschüchtern? Er zog kurz die Augenbrauen hoch und lächelte in sich hinein.

„Mir gefällt nicht, was sich da gerade entwickelt." Di Marchios Finger klimperten plötzlich auf der lackierten und polierten Tischplatte. „Die Zusammenarbeit, die ich mit dem Senator angestrebt habe, läuft beileibe nicht so, wie ich es mir vorgestellt habe und wie es sinnvoll wäre. Ich hätte jetzt gerne einen Störfaktor eingebaut. Deshalb sitzen wir hier. Und leider habe ich in diesem Zusammenhang eine Aufgabe für Sie, die unser beider Zukunft sichern wird. Ob Tomè oder Gibellato am Ende überlebt, ist mir egal. Wenn ich das Geld aus den Firmen ziehe, stehen sie zum Verkauf."

Sein Blick verließ das Regal und Zoppelli schaute Di Marchio immer noch lächelnd an.

„Sie verteilen gerne Aufgaben", stellte er sogleich ohne zu zögern fest.

„Was soll das heißen?", erwiderte der.

„Das, was ich gesagt habe."

Immer noch dieses Lächeln.

„Ich verstehe nicht."

„Im Moment treffen zwei verschiedene Interessen aufeinander. Ich habe Aufträge zu retten und Sie haben einen Disput in Ihrer Familie. Es wird nicht leicht, eine Lösung zu finden."

Di Marchio schaute ihn verblüfft, wenn nicht sogar entrüstet an. Er hatte daher Mühe, sich zurückzuhalten. In diesem Raum hatte man seit jeher nicht anderer Meinung zu sein. Und wenn es dennoch so war, galt es, sich zu fügen und still zu sein. Fast schien das Wetter draußen auf seiner Seite zu stehen und ihn unterstützen zu wollen, denn in diesem Moment ließen Donner und Blitze zusammen mit dem prasselnden Regen die Villa zittern. Trotzdem ließ seine aktuelle Situation keine – normalerweise emotionalere – Reaktion darauf zu.

„Mein Schwiegersohn", sein Ton war dennoch ungehalten, „drängt sich in Dinge, die bisher aus verschiedenen Gründen ..."

„... ich habe vor wenigen Tagen ein längeres Gespräch mit Tiziana gehabt. Ich kann inzwischen verstehen, warum sie sich inzwischen von allem distanzieren will. Sie ist dabei, diesen Kleinkrieg zwischen Ihnen, Flaviano und Signor Gibellato für sich zu beenden. Seit Monaten treibt sie das schon um. Sie wird ihre Zahlungen einstellen und die gemachten Investitionen zurückfordern. Ihren patriarchalischen Anforderungen wird sie auch nicht mehr nachkommen. Nicht nur mir erschließen sich nämlich diese nicht mehr."

„Sie wollen mir drohen", stellte Di Marchio fest.

„Ändern Sie Ihr Vokabular, dann können wir zu den Sachverhalten zurückkommen. Mit einer Drohung hat dies herzlich wenig zu tun." Zoppelli machte eine kleine Pause, trank einen Schluck aus seinem Schwenker und sein Gesichtsausdruck bewies deutlich, keinen weiteren Einwand zuzulassen. Dann fuhr er fort:

„Sie wollen Ihrem Schwiegersohn eine auswischen. Okay. Ihr Bier. Tiziana hat mir davon erzählt. Auch davon, wie Sie es gedenken zu tun. Nun gut, es ist Usus in unserem Gewerbe für personellen Nachschub zu sorgen. Auch in einer Art, die uns erlaubt, anderen zu sagen, dass ihre Kollegen leider über Nacht wohl weitergezogen sind. Dazu kommen die Unfälle, die nun mal geschehen. Aber an Gerüsten zu manipulieren oder einen Streit vorzutäuschen, um so etwas anderen in die Schuhe zu schieben, daran wird sich niemand von meiner Seite beteiligen. Deshalb ist die Fortführung dieses Gespräches im Grunde eigentlich schon jetzt nicht mehr sinnvoll. Dennoch bin ich gekommen, um Ihnen nicht zu drohen, sondern eine Warnung auszusprechen, die bei Nichtbeachtung innerhalb von kurzer Zeit zu einer Implosion aller beteiligten Unternehmen führen wird. Das macht sie für einen Verkauf wertlos. Auch für Sie und Ihr Konsortium haben sich die Zeiten geändert. Und das schon seit viel längerer Zeit, als Sie glauben wollen. Da spielen Ihre Millionen keine große Rolle."

Das leere Glas auf den Tisch zurückstellend, erhob er sich und schloss sein Jackett, verfolgt von den ungläubigen Augen Di Marchios.

„Sie haben vergessen, woher das ganze Geld stammt", sagte der mit einem beißenden Ton.

„Keineswegs. Es sind allerdings immer weniger davon abhängig. Fragen Sie Ihre Tochter. Sie weiß inzwischen, welche Pläne Sie mit Tomè schmieden. Und sie weiß auch, wozu das führen wird. Bevor aber alles in ihrem Leben an einem solchen Verrat scheitert, sichert sie sich ihre Zukunft. Dass Sie die Schwäche Tomès dazu nutzen, ihr Leben ein zweites Mal zu zerstören, wird sie nicht zulassen. Lassen Sie Tomè in Ruhe, Ihr Schwiegersohn wird spätestens mit dem nächsten Projekt scheitern, weil Sie oder andere ganz einfach nur den Geldhahn zudrehen müssen. Beziehungsweise die kommunalen Entscheider merken, dass sie die undichten Stellen in ihren Behörden eliminieren und ihre Entscheidungsprozesse ändern müssen. – Dann können Sie sich ohne ihn austoben. Was stört Sie da eine weitere geschiedene Ehe oder eine Tochter, die nicht mehr in der Nähe wohnt. Denn auch dafür haben wir inzwischen Vorsorge getroffen."

Der himmlische Fotograf ließ Di Marchios nahezu hasserfülltes Gesicht für den Bruchteil einer Sekunde aufblitzen, bevor dieser meinte:

„Wer glauben Sie zu sein? Mir so etwas ins Gesicht spucken zu können?"

„Derjenige, der zurzeit über 70 Großbaustellen im ganzen Land mit simplem Beton beliefert und dies, ohne auch nur mit einem Cent von Ihnen abhängig zu sein. Im Gegensatz zu Gibellato und nun auch Tomè. Sie haben nämlich dabei vergessen, dass Menschen in Abhängigkeit sich im Moment der größten Not manchmal eigene Lösungswege ausdenken. Dafür hat Tiziana inzwischen gesorgt. Und ich lasse es nicht länger zu, dass Sie mit Ihren Machenschaften dazwischenfunken und glauben, die Zeiten verändern zu können. Um Ihnen dies in aller Deutlichkeit zu sagen, bin ich gekommen. Das ist mein Beitrag zur Sicherung unserer Zukunft. Und mit dieser meine ich Tizianas und meine. Ich werde bei allem die wahren Absender hinterlassen. Der erste Name in dieser Liste wird Ihrer sein. Der zweite Ihr Ziehsohn, der dritte dessen Kampfmaschine. Wollen Sie noch mehr hören?"

12. Oktober, 22 Uhr 25

Berlingui ging langsam zwischen den auf dem Boden verteilten Dingen umher. Die freien Flächen dazwischen ließen alles wie ein Labyrinth wirken. In einer Hand die nahezu obligatorische Espressotasse, die er aber schon vor Minuten leer getrunken hatte. Sfarzi und die anderen beobachteten ihn. Es war offensichtlich, dass er nach etwas suchte, doch hatte er dies vorher nicht klargemacht.

Sfarzi wendete sich an Loretta, die mit Laura zusammenstand und ihr wohl einige dieser Dinge dort unten erklärte. Gerade bückte sie sich und griff nach einem der Fotos, als der Vice Questore feststellte:

„Was hat er denn? Eigentlich ist doch das Wichtigste jetzt dargestellt ..."

„... die Metalldose, diese Geldkassette oder was auch immer es war, fehlt", kam plötzlich von hinten.

„Ihr wisst, das Ding mit dem Beton-Rätsel", fügte der Commissario hinzu.

Alle drehten sich um und schienen augenblicklich nach der vermissten Sache zu suchen.

„Sie lag unter dem Wagen, wie der Ersatzkanister", stellte Berlingui fest. „Haben wir damals eigentlich herausgefunden, wie viel Benzin im Tank war?"
Nun war es der Ispettore, der zu einem der Tische zurückeilte und in den Stapeln nach etwas suchte. Eine Handvoll Sekunden später zwängte er sich an zwei Polizisten vorbei, die einen riesigen Bildschirm hereingebracht hatten.

„Ja! Unter dem Wagen", wiederholte er. „Die Geldkassette unter dem Motor und der Ersatzkanister unter dem Heck. Fiat Bravo, älteres Baujahr, der Tank mit vermutlich knapp fünfzig Litern Benzin gefüllt und der

Kunststoffkanister mit fast zwanzig Liter. Das gibt natürlich einen kräftigen Wumms."

„Es könnte doch sein, dass beides erst später dazukam?"

„Sie meinen, jemand hätte es nachträglich daruntergeschoben?"
Berlingui nickte.

„Vielleicht wollte jemand verhindern, dass man die Opfer sofort identifizieren konnte, damit daraus keine politischen Spielchen werden. Vielleicht stammt die Kassette also von jemandem, der uns etwas ganz anderes damit sagen wollte. Oder sogar einen ganz eigenen Plan verfolgte. Ein Kunststofftank schmilzt zunächst, dann läuft das Benzin sehr schnell aus, entzündet sich, bevor es explodieren kann. Die Hitze reicht, um die Menschen verkohlen zu lassen. Woher die Opfer kamen, erklärt sich später. Das verursachte Desaster ist wichtiger als der Umstand, dass es Schwarze waren."
Sfarzi hob seine Hände wie zu einem Gebet nach oben und stöhnte:

„Bitte nicht jetzt noch eine dritte Version, Piero! Signora Dugiorni hat doch genug herausgefunden."

„Zweifelsohne!", erwiderte Berlingui, kam wieder zurück und füllte am Tisch die kleine Tasse, die er mit einem Schluck austrank.

„Was haltet Ihr davon", fuhr er fort, „jemand hat von dem Ganzen erfahren, vielleicht sogar aus erster Hand, und hat sich entschlossen, alles etwas anders aussehen zu lassen."

„Ich verstehe wieder mal nichts." Sfarzi war neben ihn getreten, dieses Mal die Arme weit auseinandergestreckt. „Gut, ich muss zugeben, ich war ja auch nicht so sehr vor Ort."
Hinter ihnen tauchten mit einem Mal zwei Polizisten auf, salutierten und meldeten:

„Telefone und Fax-Geräte sind nun angeschlossen, eingegangene Schriftstücke haben wir geparkt, in den nächsten fünf Minuten sollten sie aus dem Speicher ausgelesen sein. Telefone funktionieren sofort."

Sfarzi nickte nur, Collasso hingegen salutierte und bedankte sich, dann ging er an das Fax und wartete ab, was es wohl ausdrucken würde. Berlingui beobachtete ihn kurz und versuchte seine Gedanken in kurze Sätze zu fassen.

„Tomè hat diesem Anschlag, aufgrund des Einflusses von Di Marchio, zugestimmt. Di Marchio schaltete Sullavenga als politisches Moment dazwischen, denn er kann durch seine populistische Einstellung diejenigen organisieren, die ihn bedingungslos unterstützen und so eine Tat durchführen. Ohne dass man ihn damit in Verbindung bringen würde. Ein Politiker wiegelt auf und seine Gefolgschaft handelt. Den Parteisekretär der Lega-Nord wird es freuen. Loretta konnte dafür diesen Jakunovic identifizieren. Das ist aufgrund der Indizien, Fakten, wie abgehörte Gespräche ziemlich eindeutig. Wäre es bei den drei toten Afrikanern geblieben, die ja für beide Firmen tätig waren und die unter Umständen ganz woanders hätten gefunden werden sollen, hätte man einen politischen Vorteil für sich noch herausziehen und daraus Kapital schlagen können. Ich bin kein Journalist, aber Headlines wie: ‚Jetzt auch noch ein Asylanten-Krieg unter Schwarzen' oder ‚Saubermachen in den eigenen Reihen – Opfer des schwarzen Drogendeals' hätte man durchaus dafür gebrauchen können. Ausgerechnet für das populistische Lager. – Was ich damit sagen will, ist, ich glaube jetzt vielmehr, dass es gar nicht darum ging einen Konkurrenten auszuschalten, sondern mit diesem Anschlag politische und damit finanzielle Unterstützung zu erhalten."

„Was natürlich zu passenden journalistischen Reaktionen geführt hätte", meinte nun Loretta von hinten.

„Nicht nur das, sondern sie hätten neuen Sympathien erhalten. Aber weiter: Es hat nebenbei etwas von einem Agenten- oder Politthriller, die drei sollten auf der Baustelle gefunden werden, aber Jakunovic dachte sich etwas Neues aus, denn jemand anderes hat sich eingeschaltet und ihm gesagt, wie er es sich nun vorstellt. Und derjenige wusste auch, was mit Tomè und Gibellato passieren würde, wenn das so herausgekommen wäre. Doch so haben wir nicht viel in der Presse gefunden, außer ‚Rätselhafter Massenmord' oder ‚Bauarbeiter ermordet'. Denn nachdem der Wagen organisiert war, hat jemand den Schluss etwas anders gestaltet und die Sache auf dem *Prato* zu Ende gehen lassen, und das passte nicht mehr in das vorgesehene Kalkül. – In dieser Blechkassette war die Nachricht zu dem Beton enthalten. Finden wir den, der ihn geliefert hat, und fragen ihn. Würde mich nicht wundern, wenn wir dann der Lösung sehr nahe wären. Was sollte die Nachricht sonst? Tomè hätte sich doch nur selber belastet, wenn er eine solche Nachricht verkündet hätte. Warum hat er seine Zulieferer nicht besser kontrolliert? Und die Sache Gibellato in die Schuhe schieben, hätte nach kurzer Zeit zu einem wunderbar schmutzigen Prozess geführt."

Collasso schüttelte den Kopf, tippte sich gegen die Stirn und meinte:

„Und Mandroni wusste natürlich einen Tag später, was los war und damit gleichzeitig, er würde damit in Verbindung gebracht werden können, kämen einige Details heraus, wenn Sie den Fall untersuchen würden. Jetzt versteh ich auch, warum er uns in den ersten Wochen immer wieder angerufen hat, und sich nach dem

Stand der Dinge erkundigte. Als Loretta ihm unsere Sicht erklärte, war er beruhigt."

In diesem Moment trat wieder einer der Polizisten neben sie und salutierte. Wieder mit einem weiteren Dokument in der anderen Hand. Wohl aus einem anderen Faxgerät als das, das Collasso bewachte. Ihr Blick zeigte vollkommenes Erstaunen.

Padua, 26. März, 2 Uhr 30

„Ich habe die Spielregel ein wenig verändert. Die Ausgangssituation war mir zu unsicher. Ich nehme nämlich dann doch lieber Bargeld. Du nicht auch?"

Er schubste Marino vor sich her. Kinder, die Trecker fahren wollen, konnte er noch nie leiden. Dieses Kind allerdings war dazu noch störrisch.

„Er hat mir tausend dafür gegeben. Ich brauch das Geld."

„Tausend? Mein Gott! – Hier! Hier hast du noch mal tausend! Bargeld. Ist das nicht prima? Und nun troll dich! Zweitausend für nix, das schafft nicht mal 'n Fußballspieler!"

Mateo Marino sah die Scheine an und war hin- und hergerissen. Wenn das herauskommen sollte, konnte ihm weiß Gott was drohen. Nein, er hatte die Karre auf diese verdammte Baustelle zu fahren. Nein, er wollte auch nicht wissen, was das mit der Ladung sollte, die da hinter ihm gelegen hatte.

„Die bringen mich um", sein verängstigter Einwand.

„Wenn du dein Maul hältst, erfährt niemand davon."

„Was ist das überhaupt für 'ne Scheißkarre da?"

„Ein FIAT Bravo. Ein Kunstwerk!" Jakunovic lachte schallend. „Vollgestopft mit Elektrik. Bespielt nachher den ganzen Platz. Du wirst sehen, da kommen Leute aus

aller Herren Länder, um sich das anzuschauen. Denen kannst du erzählen: Luigi, der Künstler, hat wieder zugeschlagen. – Und jetzt troll dich, verdammt noch mal."
Mateo hüpfte wie ein Kind, dem ein anderes, viel stärkeres Kind das Spielzeug weggenommen hatte, hin und her und wedelte mit den Armen. Am liebsten hätte er dem anderen eine in die Fresse gehauen.

„Ach, fick dich!", zischte er aber nur, trabte los und lief dann schneller werdend davon. Einerseits, weil es plötzlich anfing zu regnen und andererseits ihm eine seltsame Angst sagte, dass er sich nun besser aus allem raushalten sollte. Fast hätte er keine zwanzig Meter später einen alten, ärmlichen Trottel umgerempelt. Kurz blieb er stehen, murmelte irgendeine Entschuldigung und sah, wie der andere nun schon im Unimog sitzend den FIAT mit einer Stange mitten auf die *Isola Memmia* schob.

12. Oktober, 23 Uhr 10

Die drei Männer schauten auf das Blatt. Sfarzi, Berlingui und Collasso. Es brauchte eine Weile, bis sie verstanden.

„Ich hab' die Details nicht mehr so genau im Kopf", entschuldigte sich Sfarzi.

„Können Sie leider auch nicht. Tiziana Gibellato hat mir das erzählt. Es ist mir die ganze Zeit nicht aufgefallen. Wir suchten immer nur einen. *Den* letzten Mörder. Aber es stimmt, sie hat mir damals, ganz am Ende des Nachmittages gesagt, zwei von den Männern, die vor Jahren Violetta Baù vergewaltigt hätten, würden durch uns gesucht, wegen der Morde am *Prato della Valle*. Sie würde sie leider zu gut kennen. Denn diese zwei arbeiteten in Fabrizios Firma. Sie wären ihm ergeben. – Ich müsste es doch irgendwo notiert haben."

Damit ging er auf einen der großen Tische zu und suchte in den Mappen und Ordnern.

„Warum habe ich nicht mehr daran gedacht?"

In einer dieser Bewegungen hielt er inne und wendete sich an Collasso:

„Sie hat die Männer also gesehen. Wir haben also die Täterbeschreibungen."

Wieder öffnete er Ordner und Mappen und schloss sie nahezu im selben Moment. Verflucht noch mal! Warum wollte ihm nicht einfallen, wo er es notiert hatte?

„Oder die Gibellato wollte ein letztes Mal ablenken", hörte er hinter sich den Ispettore und ein paar Papiere schwebten in dessen Hand vor das Gesicht des Commissarios. „Jetzt wird ihr Selbstmord klarer", meinte Collasso noch.

Der Commissario studierte das Blatt und musste sich setzen, als er den Inhalt verstand. Die Aussage des Clochards. Zwar eine weitere Version von ihm, aber sie erklärte nun die Lücken: Zwei Männer, die sich kurz um den Unimog gestritten hatten. Bis einer von ihnen weglief. Der hatte ihn sogar noch angerempelt. Der andere stieg in den Unimog und schob den FIAT auf die Insel, danach fuhr er mit dem Ding davon. Gegen später, er könne nicht sagen wie viel später, denn er war wieder eingenickt, war noch ein dritter Mann aufgetaucht und hatte etwas unter den Wagen geschoben. Zwei Behälter oder so. Zehn Minuten darauf sei alles in die Luft geflogen und abgefackelt. Auf die Frage, ob tatsächlich erst danach, hätte er nur gesagt: Glauben Sie etwa, ich war besoffen?

Das Protokoll war von einer Einheit der Carabinieri ein paar Wochen danach aufgenommen worden, als der arme Kerl in einem anderen Zusammenhang befragt worden war. Da war er wohl Zeuge einer Schlägerei am *Prato* gewesen, in der es um Drogengeschäfte ging. Das Schriftstück hatte es allerdings bislang nicht geschafft, den Weg in die Abteilungen der *Polizia di Stato* zu finden. Die Zusammenarbeit der beiden Organisationen war trotz Lorettas Einsatz ausbaufähig.

Das nächste Papier war eine Auswertung der angeforderten Handydaten für die Nacht am *Prato*. Berlingui war erstaunt, wie viele dieser kleinen Apparate in diesem dann doch relativ kleinen Areal zu finden waren. Tatsächlich gab es für den abgebildeten Zeitraum nur wenige Bewegungsdaten. Das hätte ganz anders ausgesehen, wenn man solche nach einem erfolgreichen Attentat auf ihn angefordert hätte. Tatsächlich gab es nur sieben Nummern, die passende Charakteristika aufwiesen. Die erste war durchgestrichen. Es handelte sich wohl um einen Passanten, der aus der *Via Cavaletto* kommend schnurstracks den Platz passierte und in die *Via Cavazzana* hineinlief. Auch die nächsten waren abgehakt. Die Besitzer dieser Nummern betraten Häuser. Doch die letzten zwei Nummern zeigten den ganzen Hergang. Es waren mit Namen und Adressen gemeldete Verbindungen.

Auch wenn Jakunovic nicht den Fehler gemacht hatte, zu vergessen, sein Handy, wenn er denn eines hatte, gänzlich auszuschalten, konnte Berlingui in einer weiteren Darstellung erkennen, an welcher Stelle er Mateo Marino davongejagt hatte. Minuten später kam aus der Altstadt aus der *Via Seminario, Via A Memmo* und *Via Angelo Bristot* eine weitere Linie dazu. Versehen mit einem Namen. Sogar auf dem Ausdruck mit einem Marker erkennbar gekennzeichnet. Massimo Zoppelli. Der Mann für den Beton. Anfängerfehler, dachte der Commissario. Aber auch er hätte damals eine solche Liste längst anfordern müssen, doch war er aufgrund der vielen Menschen, die sich in dieser Nacht auf dem Platz befanden, erst gar nicht darauf gekommen. Auch alle anderen nicht. Er stieß einen leisen Fluch aus.

13. Oktober, 0 Uhr 40

„Piero, Ihr Leitspruch in so einem Fall ist doch: Es geht immer nur um Macht, Geld und Frauen." Er schaute Laura an, als würde er sie in diesem Moment das erste Mal sehen. „Also fangen wir noch mal von vorne an. Di Marchio. Ein regelrechter Impresario. Hüter der Finanzen. Leiter seines Unternehmens. Wächter des Erfolgs und Herrscher über seine Familie und damit über seine Tochter. Er begann zu scheitern, als seine Tochter ihr Spiel mit den mächtigen Männern begann und sie einen nach dem anderen sozusagen auffraß. Jugendliche würden sagen, vernaschte. Zuerst Gibellato, dann Tomè, Sullavenga und am Ende diesen Massimo Zoppelli, den Betonmischer, aus geschäftlichen Gründen allen ergeben. Jedem pflanzte sie – man könnte sagen – einen Ohrwurm ein und nannte beiläufig den Namen des nächsten. Setzte sie unter Druck und bekam das, was sie sonst nur durch bitten und betteln von ihrem Vater bekam, Geld – vor allem Geld – und eine kurzfristige Zuneigung. Und dann begannen die Dominosteinchen eines nach dem anderen umzufallen und das nächste mitzureißen. Sie hinterließ – gewissermaßen – eine Schneise der Verwüstung. Doch das Schicksal wollte es anders und sie fiel in diese Schneise am Anfang des Jahres selbst hinein. Nämlich als sie herausfand, welche gemeinsamen Vergangenheiten alle hatten. Jeder von ihnen wollte den Untergang des anderen

238

und blies den Plan des anderen immer weiter auf. Federführend allerdings immer wieder Di Marchio, der seinen Schwiegersohn noch nie leiden konnte und alles tat, damit er nicht zu der befürchteten Größe wurde. Weder auf dem Bau noch in der Politik. Also setzte er demjenigen, den er viel lieber zum Schwiegersohn gehabt hätte, auch einen Floh ins Ohr. Tomè sollte Gibellatos Bestreben, seine Firma zu übernehmen, unterbinden, indem er ihn in seine Schranken weisen, er ihm ein politisches Grab schaufeln sollte. Folge: drei Tote. Ein gut zu verwertender Umstand, wenn es darum ging seine Gesinnung bloßzustellen. Auch wenn die Zeiten sich in unserem Italien zurzeit ändern, der Wirbel hätte gereicht, um Gibellato die Zukunft zu vermasseln. Di Marchio wusste aber auch, dass Tomè nicht das hatte, was er selber immer gerne anhäufte, nämlich Geld. Also gab er seiner Tochter welches und versprach ihr ein feines Leben, wenn auch sie Gibellato in die Bredouille bringen würde. Auf dieser Idee baute sie sich ihr Dasein auf. Nachdem sie aber zu mächtig wurde, hetzte Di Marchio Sullavenga auf das Trio und als dieser ihr auch noch seine Liebe gestand, die er schon seit Jahren pflegte, kannte Di Marchio einen Vierten, von dem er wusste, dass er ihr verfallen würde, Massimo Zoppelli, den Betonmischer aus Argentinien, von dem wir nun wissen, dass er auch noch ein Cousin Tossatellos und somit auch der Mistretti ist."

Er atmete tief durch und schnippte gegen das Blatt Papier. Dann fuhr er fort: „Wohlgemerkt die einzige beste Freundin der Contessa. Ich sage es nur ungern, aber Violetta Baù hat sie genauso ausgenutzt wie der olle Gibellato ihren Freund. Diese Tiziana war einfach auf der Suche nach Liebe, die sie durch ihren Vater nie erhalten hat. Ausgerechnet ihre erste, die ja nie eine war, aber mit der sie versuchte unabhängig zu werden, stellte sich

239

als genauso schlecht heraus und brandmarkte sie, Tomè wies sie ab, wahrscheinlich bis zum Schluss. Seine Liebe war bei der Geburt seiner Tochter Gianna gestorben und mit deren Tod der letzte Rest Liebe. Sullavenga, der sie verehrte, war derweil verbittert geworden, da kam ihr Zoppelli gerade recht. Für ihn tat sie dann alles, wirklich alles, und hat nicht bemerkt, dass immer ihr Vater im Hintergrund der Verantwortliche war. Erst in dem Moment, als sie erfuhr, was ihr Massimo alles in die Wege geleitet und getan hatte, dämmerte es ihr. Wen wollte sie da noch haben. Ihre Welt war zerstört. Deshalb der Selbstmord."

Berlingui pustete gefühlte zwanzig Liter Luft aus sich heraus und versuchte sich zu fassen:

„An Tizianas Aussage war also nur das mit zwei beziehungsweise mehreren Männern richtig. Und der letzte Versuch, den sie noch mit einem Rest von Liebe unternommen hatte, war von ihm abzulenken. Denn er war in derselben Nacht am *Prato*, weil er nämlich von der Kassette wusste und diese wenigstens so deponieren wollte, dass sie ein Hinweis auf die Machenschaften werden könnte. Im Unimog hätte sie nichts genutzt. Aber so verwirrte sie zunächst mehr, als dass sie half aufzuklären. Und Tiziana wollte sich mit einer weißen Weste aus dem Leben verabschieden."

Er sah Loretta an. Ihrer Arbeit hatten sie es zu verdanken, dass ein ohnehin schon großer Fall ein noch größeres Ausmaß angenommen hatte und nun gelöst werden konnte. Ehrlich wohlmeinend nickte er ihr mit dem Kopf zu.

„Es hat etwas von großer Politik, wenn die Eitelkeiten ihre Forderungen an das Ego stellen. – Es ist spät geworden. Lorettas Bericht ergänzen wir morgen", ergänzte Sfarzi mit hochgezogenen Augenbrauen: „Vorher werden wir wohl doch die Staatsanwaltschaft verständigen müssen, *die* wird dann die nächsten Schritte einleiten. – Leider. Ich befürchte, es wird gemauschelt werden. Di Marchio wird aus deren Sicht kaum etwas nachzuweisen sein. Der Einzige, der auf der Strecke bleiben wird, ist dieser Zoppelli. Der letzte Mörder. Der hat schon alles verloren. Vor vielen Jahren schon seine Ehre. Und durch sein Mitwirken auch seine Geliebte. Beides für immer."

„Was glauben Sie, geschieht mit Sullavenga?"

„Er wird seine Kandidatur zurückziehen und sich aus dem politischen Geschäft verabschieden. Nach einem Jahr stiller Nachforschungen, zu denen wir jetzt das Material geliefert haben, wird in den Tageszeitungen auf Seite 7 oder 9 ein kleiner Artikel stehen, dass die Ermittlungen gegen den bekannten Anwalt und ehemaligen Abgeordneten Carlo Sullavenga eingestellt worden sind und er sich aus Altersgründen auf Elba zurückgezogen hat. – So geht das heutzutage. Irgendwann kommt dann der Nächste, den Sie überführen werden. Manche von denen haben es vorher sogar bis zum Posten des Ministerpräsidenten geschafft."

„Vice Questore Sfarzi!", lachte Berlingui und hob mahnend einen Finger, „sagen Sie nicht solche Sachen. Der hatte kein Blut an den Fingern!"
Dann wendete er sich Loretta zu und erlaubte sich eine intime Geste. Er tätschelte ihre Wange:

„Aber vielleicht stand davon auch nur nichts in der Zeitung?!", fuhr er gleichzeitig fort: „Und wer weiß, wer ihn alles geliebt hatte. Auch im Zeitalter der modernsten Kommunikationsmittel und Auswertungsmöglichkeiten wissen wir nicht alles. Nicht welche Wünsche und welche Vorstellungen als Befehl missverstanden wurden. Viel zu viele hören einfach nur fasziniert zu und wundern sich später über die Ergebnisse.

Aber dann ist es schon zu spät. Auch ich hätte in diesem Zusammenhang manches bedenken müssen."

13. Oktober, 2 Uhr 55

Ihre Betriebsamkeit hatte nun etwas Schläfriges. Es fehlte die letzte Dynamik. Der Tag hatte doch viel abverlangt. Sfarzis Ausführungen waren viel zu dicht an der Wahrheit, waren viel zu logisch, um sie einfach abtun zu können, waren Bestätigung vieler Ergebnisse, warfen aber gleichzeitig weitere Fragen auf. Die aber nun nicht mehr gänzlich beantwortet werden würden. Aber sie waren auch wie ein letzter Satz in einem Buch, das nun zugeklappt werden konnte. Sie schauten sich an und ihre Blicke verrieten, dass sie mit einem letzten Zweifel dasselbe dachten. Jetzt blieb nur noch, letzte Notizen zu machen und langsam einzupacken. Allein das würde sicher noch ein paar Stunden dauern.

Loretta sah sie zuerst. Zunächst nur ihren Schatten, aber in der Sekunde drauf erkannte sie sie sofort.

„Ricarda?", rief sie verwundert und war schon aufgestanden, während sich Sfarzi, Berlingui und Collasso weiter ansahen und erst dann aufzuwachen schienen.

„Was führt Sie denn hierher?", fragte Loretta sogleich, ging auf sie zu und nahm Ricarda in die Arme, als sei dies das Selbstverständlichste von der Welt. Die ließ sich regelrecht in Lorettas Arme fallen und konnte ihre Tränen nicht länger zurückhalten. Schluchzend und nach Luft ringend hatte sie irgendetwas sehr leise gesagt, denn die anderen verstanden nichts und Loretta reagierte plötzlich laut und entsetzt:

„Was? – Was hat er getan?"

Nun stand auch der Commissario neben ihnen und kämmte sich müde mit einer Hand durch die Haare.

„Ciao Ricarda", meinte er bloß und merkte, ihr die Hand zu geben und sie mit Küsschen links und rechts zu begrüßen, wäre falsch gewesen.

„Wären sie jünger, hätten sie sicher auch Kinder bekommen", ihre tonlose Antwort. Gleichzeitig griff sie in eine Tasche ihres kurzen Mantels und zog einen USB-Stick heraus.

„Ich hab' den Ordner doch nicht gelöscht. Und einen Pfad G.S.r.l. habe ich auch gefunden. – Ist alles da drauf. Habt ihr einen Kaffee für mich?"

Ricarda griff, ohne abzuwarten, nach Lorettas Händen, zog sie an einen der Tische und ließ sich auf einen Stuhl sinken. Minutenlang schauten sie sich stillschweigend an. Auch Berlingui wusste nichts zu sagen und stand stumm mit zusammengekniffenen Lippen neben einem Tisch, dann meinte er:

„Dann wollen wir mal." Er streckte kurz die Hand mit dem USB-Stick in die Luft, ging zu einem weiter entfernten Tisch und setzte sich dort so vor den Computer, dass nicht jeder sah, was er aufrief. Doch schon Augenblicke später stellte er fest:

„Er war in Dubai." Er wies auf den Bildschirm und blickte nach hinten. Collasso beugte sich vor und sah sich das Dokument auf dem Display an.

„Mit ihr", ergänzte der Commissario, „mit Arianna, Ricardas Schwester. Rose Rayhaan Hotel. 26. Stock. Deluxe-Doppelzimmer. Guck dir die Ausstattung an! Da hat man natürlich die beste Sicht – auf alles. Kein Wunder, dass weder er noch Ricarda mich im Krankenhaus besuchen kam. Er hatte die ganze Zeit schon längst anderes im Kopf und sie war zu sehr geschockt, als sie es erfahren hatte."

Er scrollte weiter und fand Buchungsunterlagen und Fotos vom Hotel. Wahrscheinlich aus dem Internet heruntergeladen, um sich in Stimmung zu bringen. Große

Räume, breites Bett, luxuriöses Bad mit Riesendusche, die für alle Unanständigkeiten groß genug war. Vor seinem geistigen Auge sah er Arianna und Giuseppe herumturnen. Wieder deutete er auf den Bildschirm:

„Benito, sehen Sie? Sogar ein Privattaxi hat er für die zehn Tage gebucht. Kann man natürlich mit den 50.000 prima finanzieren."

Berlingui spürte eine Wut hochkommen. Und wusste im gleichen Moment, dass sie ihm nicht zustand.

„Die anderen Bilder habe ich gelöscht", sagte Ricarda, plötzlich neben ihnen stehend, „es muss euch reichen, zu wissen, dass es noch andere gab."

Dann machte sie einen Schritt zur Seite und nahm Loretta wieder mit zu ihrem alten Platz. Der Commissario und der Ispettore sahen sich an. Ihr Blick sagte alles.

„Was muss das für ein Gefühl sein, solche Dinge nicht nur zu erfahren, sondern auch noch zu sehen?", überlegte Collasso.

„Ich bin fassungslos", gab Berlingui mit stockender Stimme zurück: „Klingt vielleicht wie eine Ausrede. Klingt vielleicht komisch. Klingt ... ach, ich weiß auch nicht. Sie tut mir unglaublich leid. Und was noch schlimmer ist, das alles beantwortet noch eine ganze Menge dieser kleinen Fragen am Rande. Er war der Einzige, mit dem ich manchmal, außer mit Ihnen Benito und Sfarzi, über unsere Fälle sprach."

„Mein Gott!" Der Ispettore hielt sich entsetzt die Hand vor den Mund, „glauben Sie etwa ..."

Er mochte den Satz nicht zu Ende sprechen. Berlingui schaute erst ihn, dann die Decke an. Dann zuckte er nur mit der Schulter.

„Wir werden sehen ..."

Kurz danach beugte er sich wieder über die Tastatur und suchte weiter. Neben weiteren Buchungen von Hotels in der Toskana, den Dolomiten oder an der Adria, alle für ein, zwei Nächte, mal innerhalb der Woche, mal am Wochenende, fand er noch diverse Artikel. Nacheinander öffnete er einige Dateien. Nach einer Weile stutzte er und klickte zurück.

„Ich dachte, sie alle zu kennen", sagte er, „aber wussten Sie, dass er mit diesem Pseudonym geschrieben hatte?"

Nun beugte sich der Ispettore vor und las den Namen, den Berlingui größer zoomte.

„Francesco Rossi … um Gottes willen!"

„… und hier." Berlingui war vollkommen blass geworden.

„Lorenzo Ferrari." Der Ispettore zog sich einen Stuhl heran und setzte sich, andauernd den Kopf schüttelnd, hin. Plötzlich spürte der Commissario zwei Hände auf seinen Schultern. Fast ertappte er sich dabei, eine davon zu küssen. Doch die Stimme hinter ihm bremste ihn in seiner Bewegung aus. Loretta. Sie fragte nur:

„Und?"

Berlingui tippte mit einem Finger auf das Display, auf den Namen des Verfassers des Artikels, der nun zu lesen war:

„… nach wie vor tappt die Polizei im Fall der ermordeten Migranten im Dunkeln. Der leitende Beamte teilte gestern Abend in einem kurzen Gespräch mit, dass in alle Richtungen ermittelt werden würde. Auch ein Racheakt innerhalb einer Drogenbande, die noch andere kriminelle Geschäfte betreibt, würde nicht ausgeschlossen werden. Aus ermittlungstaktischen Gründen würden nicht alle Namen der Opfer bekannt gegeben."

Er verschränkte die Arme vor seiner Brust und streifte dabei kurz Lorettas Finger, die sich in seiner Schulter eingegraben hatten. Eine kurze, nur im ersten Moment peinliche Situation. Berlingui entschärfte sie intuitiv dadurch, dass er beide Hände erfasste und meinte:

„Machen Sie sich keine Gedanken. Im Lauf Ihres Polizistendaseins werden Sie auf noch sehr viel mehr unerklärliche Hintergründe stoßen. – Viel schlimmer ist, eine solche Aussage habe ich ihm gegenüber nie getroffen. Wie finden wir heraus, ob es überhaupt abgedruckt wurde? Und damit", er zeigte auf die Namen, „wollte man mir und nicht ihm eines auswischen."

Loretta hatte ihre Hände bereits zurückgezogen und sich ihnen gegenüber auf den Tisch gesetzt. Ihr hübsches Blumenkleid wollte jetzt einfach nicht passen und schien dabei sogar noch zu grinsen, als sie sagte:

„Sie hatten im Juni begonnen über Scheidung zu sprechen. Da wusste Ricarda schon seit sechs Wochen Bescheid. Dann bekam er durch einen Zufall ein paar Wochen später die angeblichen Namen der Motorradfahrer mit und begann durchzudrehen. Sie konnte ihn nicht mehr beruhigen. Er schrie herum, sie sei schuld mit dem ewigen Geschwätz über die VIPs, sie hätte erst alles hochkommen lassen, sie hätte keine Ahnung. – Sie wusste sich nicht anders zu helfen und rief deshalb ihre Schwester an. Die stand keine Stunde später auf der Matte und nahm ihn mit zu sich. Er kam erst an dem Tag wieder zurück, als er dann zu dem Parkplatz fuhr. Er hatte nur die Pistole aus einem Versteck geholt."

13. Oktober, 7 Uhr 25

Auf dem speckig glänzenden Boden begann sich an der Fensterseite allmählich das werdende Licht des Tages zu spiegeln. Dadurch breitete sich langsam ein matter Schimmer in dem riesigen Saal aus. Berlingui, von der langen Nacht gezeichnet, tippte dem Ispettore auf die

Schulter und deutete durch eine der Türen nach draußen, durch die die Sonne ihren ersten Strahl schickte.
Postwendend musste Collasso gähnen. Im gleichen Moment öffnete sich genau diese Tür und Berlinguis Sohn
Alessandro trat wie in einem Film durch einen Licht-
quader ein und schaute sich suchend um. In seinen Armen ein großer Karton.

„Hallo mein Junge! Was machst du denn hier?", rief
Berlingui verblüfft.

„Mutter schickt mich. Ich soll dir die hier bringen",
antwortete er wie ein kleiner Junge, „sie meinte, ohne
die würdest du nicht überleben."
Gleichzeitig ging er auf einen der Tische zu, an dem
eine junge, auffallend hübsche Frau in einem blumen-
gemusterten Kleid und mit lustigen hellblauen Haaren
letzte Bilder, Fotos und Notizen zusammenpackte und
in einen großen Umschlag steckte. Interessiert schaute
er sie an und stellte den Karton ab. Ohne den Blick von
ihr abzuwenden, machte er die Box auf und packte eine
Espresso-Maschine aus. DIE Espressomaschine. Natürlich erkannte der Commissario sie sofort.

„Schade, dass wir schon fertig sind", sagte Berlingui
ehrlich enttäuscht und strich über die alte Maschine,
die an dem einen Nachmittag damals in Carlas heller
und gar nicht studentisch eingerichteten Wohnung und
dann all die Jahre danach den zweitbesten Espresso der
Welt gebrüht hatte, wenn man Filippos einrechnete.

Loretta verfolgte das Geschehen aus den Augenwin-
keln, musterte dabei Alessandro von oben bis unten
und hob unmerklich die Augenbrauen.

„Aber dann können wir immerhin noch ein paar Ab-
schiedstassen trinken", fuhr der Commissario fort.

„Der Fall ist gelöst?", fragte Alessandro und steckte
den Stecker der *Saecco*, immer noch mit einem Blick auf
Loretta, in eines der vielen Verlängerungskabel.

„Der Fall als solches war wenige Wochen nach dem Attentat auf mich gelöst. Signora Sottotenente Dugiorni", seine Hand wies auf die junge Frau, die Alessandro immer noch so unauffällig wie möglich ansah, „hatte sich ihn noch mal vorgenommen und eine schlüssige Variante herausgefunden. Wir haben die Nacht über nach fehlenden Schnittstellen gesucht, weil wir uns den Tod von fünf Schwarzafrikanern nicht erklären konnten, die auch in diesen Fiat Bravo hineingequetscht waren. Wir wussten bisher nur, dass sie in keiner Weise etwas mit den anderen Beteiligten zu tun hatten. Dafür brauchten wir ein wenig mehr Platz, wie du siehst. Die Psyche der Menschen führt manchmal zu seltsamen Zufällen und Zusammenhängen. Und nun werden wir den Fall tatsächlich vollständig abschließen und endlich die, die wir nun besser kennen, finden. Einen von denen haben wir den letzten Mörder getauft. Es wird vielleicht noch ein paar Tage dauern, aber auch den schnappen wir uns."

Alessandro beugte sich zu seinem Vater und flüsterte:

„Du meinst, sie dort hat den Fall gelöst?"

„Ich sehe im Moment nur eine Frau hier", lächelte der zurück, „oder siehst du noch jemanden?"

„Wow!"

Dann wendete sich Alessandro an Loretta:

„Sie trinken doch sicher auch einen?!"

Loretta lächelte ihn an. Die Szene, die folgte, hätte auch in einen kitschigen Film gepasst, denn in diesem Moment fiel ihr der Umschlag aus der Hand und verstreute seinen Inhalt auf den Boden.

„Warten Sie!", meinte Alessandro sofort, griff im selben Augenblick nach einer Hand von ihr und bückte sich neben sie: „Ich helfe dir!"

(Andreas Heßelmann, Tuschezeichnung von Rainer Simon)

1958, Duisburg, Niederrhein. Kaum drei Jahre alt, die ersten Märchenplatten, dann Jim Knopf, die ersten (Kinder)-Krimis von Enid Blyton und später die von Jean-Bernard Pouy. Eine von Anfang an spannende und überaus fesselnde Welt, in der ich versank und die ich als Kind mit eigenen Figuren ergänzte. Meine Fantasie war angeregt. Das gilt auch heute noch. Ich wurde Buchhändler, schreibe seit 30 Jahren, erwecke Personen und Handlungen zum Leben und mache daraus Bücher, die ich gerne selber lese. Das ist in meinen Augen entscheidend: Man sollte die eigenen Bücher mögen.

Rainer Simon
Einer der bekanntesten Zeichner, Cartoonisten und Illustratoren Deutschlands. Er arbeitete für das Handelsblatt, die Stuttgarter Zeitung und den Playboy. Illustrierte Bücher von Michael Ende für den Weitbrecht Verlag und gestaltete Bücher unter anderem von Gerhard Konzelmann, Arturo Pérez-Reverte und Salim Alafenisch. Rainer Simon gewann unzählige Preise und Auszeichnungen. – Er lebt in Böblingen.

Danke!

In Gesprächen mit einem ehemaligen Carabiniere habe ich von manchen Merkwürdigkeiten im Arbeitsalltag seiner Kollegen mit der Kriminalpolizei erfahren. Mir persönlich ist nach wie vor das Bild des flaggengeschmückten, fast villenartigen Gebäudes in Abano Terme im Kopf, das mit einem (fast) gepflegten Vorgarten sich nahezu dräuend hinter dem nüchternen Gebäude der Polizei erhebt und somit eine entsprechende Autorität kundtut.

Allerdings hat sich in den letzten Jahren die Zusammenarbeit der beiden Organisationen verändert und damit verbessert. Trotzdem schilderte er mir auch, dass mancher Fall, am Anfang klar und eindeutig bewertbar, sich im Lauf der Aufklärung in einem vollkommen neuen Licht darstellt. So auch damals im Fall der Mafiaorganisation „Mala del Brenta". Hier stießen viele verschiedene Interessen aufeinander. Vor allem, wenn es auch um Bauvorhaben ging.

Dies nach meinem Krimi „Zementschlacht" darzustellen, war nun mein Anliegen. Frei nach dem Motto: Krimis entsprechen nicht unbedingt den 45 oder 90 Minuten langen Folgen der verschiedenen Serien im Fernsehen.

Somit möchte ich in diesem Fall Signor A. T. für seine Informationen danken. Sowie Ernesto und Paola. Und Brigitte Bausch, die eigentlich keine Krimis mag, die in Italien spielen, aber trotzdem wissen will, wie meine enden, und sie daher lektoriert und korrigiert.

Andreas Heßelmann
Keine Rückkehr
Ein Mallorca-Krimi

ISBN: 978-3-7407-1523-6
Oktober 2016

Verlag Twentysix/Random House

13,- €

Ausgerechnet als er sich auf Mallorca von einem Mordanschlag erholen soll, findet der aus Padua stammende Commissario Berlingui schon nach wenigen Tagen in unmittelbarer Nähe zu einem kleinen Kloster die Leiche einer jungen Frau.
Am liebsten würde er sich aus den Untersuchungen heraushalten, doch Inspector Sanchez Olivero bindet ihn in einen immer komplexer werdenden Fall mehr und mehr ein.
Ein rasanter, harter, mitunter dunkler und leider immer aktuell bleibender Krimi.

„Andreas Heßelmann entspinnt geschickt eine Geschichte auf Mallorca, in der es nicht allein um das Katz-und-Maus-Spiel einer Mördersuche geht."

(Peter Bausch, Feuilleton, Sindelfinger Zeitung)

Andreas Heßelmann
Keine Zeugen
Der zweite Mallorca-Krimi

ISBN: 978-3-7407-4341-3
Januar 2018

Verlag Twentysix/Random House

14,- €

„Ich hatte tatsächlich gehofft, derartige Fälle vorerst nicht wieder untersuchen zu müssen."
„Und doch landen solche früher oder später weder bei uns auf dem Tisch. Die Kundschaft dafür geht einfach nicht aus. – Die Nachfrage wird immer perfider, und die Angebotsseite passt sich an."
„Vielleicht ist es auch umgekehrt", seufzte Inés.
„Könnte sein, es geht ja dabei um viel Geld."
„Mein Gott, die armen Mädchen."

„Auch in ‚Keine Zeugen' geht es Heßelmann um mehr als die Suche nach dem Mörder. Er schaut hinter die Bühne des Postkarten-Mallorcas. Das schafft er nicht nur durch einen gelungenen Plot, sondern vor allem durch glaubwürdige Figuren. Allen voran der liebenswerte, keineswegs perfekte, aber stets Gerechtigkeit suchende Inspector Sanchez Olivero. Eine Ermittlerfigur, mit der man als Leser gerne seine Abende verbringt, mit der man mitleidet, mitfiebert und mitliebt."

(Tim Schweiker, Sindelfinger Zeitung)

Andreas Heßelmann
Der Tote unter der Explanada
Ein Alicante-Krimi
Teil 1

ISBN: 978-3-7407-1125-2
Neuauflage 2018

Verlag Twentysix/Random House

11,99 €

Nur noch wenige Tage bis zur Johannisnacht, den
Hogueras de San Juan, eines der größten und buntesten
Feste in Spanien. Doch ein grausamer Fund unter den
Steinen der Flaniermeile Explanada de España in
Alicante bedroht die Durchführung des Festes.
Inspector Xarneracomte, manchmal etwas langsam,
bisweilen ungelenk und viel zu lang schon allein, stößt
bei seinen Ermittlungen zusammen mit seinem besten
Freund und Kollegen und mit viel Intuition auf merk-
würdige und ungewöhnliche Spuren.
Ein aufwühlender und aktueller Krimi vor dem Hinter-
grund der Flüchtlingskrise in Spanien.
„Kennen Sie einen Afrikaner, der freiwillig nach Europa kommen würde? Das ist kein Wunschtraum, sondern nur der letzte Ausweg.“

Andreas Heßelmann
Der Tote auf Tabarca
Der zweite Alicante-Krimi

ISBN 978-3-7407—5050-3

Verlag Twentysix/Random House

13,- €

Spanien ist einfach zu nah, als dass die Menschen des afrikanischen Kontinents nicht den riskanten Weg über das Mittelmeer in die vermeintlich bessere Welt wählen würden.
Doch sind sie angekommen, sind die Verlockungen in dieser Welt genauso groß. Inspector Xarneracomte und sein Freund Primo müssen im neuen Fall einen weiteren Mord aufklären, der wohl mit dieser Sehnsucht nach Freiheit in Verbindung steht.
Wären die beiden weniger mit ihren Angehimmelten, Mónica und Cristina, beschäftigt, würden sie sich sicher besser auf die Antwort darauf konzentrieren können.

Auch „Der Tote auf Tabarca" spielt vor dem hochaktuellen Hintergrund der Flüchtlingskrise in Spanien.

Andreas Heßelmann
Schlammschlacht
Ein Padua-Krimi

ISBN: 978-3-7407-3027-7
Oktober 2017

Verlag Twentysix/Random House

12,50 €

Abano Terme bei Padua. Ausgerechnet in diesem welt-
bekannten Kurort wird in einem Hotel Monsignore
Tossatello mit einem Eimer Fango umgebracht. Commissario Berlingui hat es nicht nur mit einer unge-
wöhnlichen Methode von Mord zu tun, sondern auch
der Ermordete ist als kirchlicher Würdenträger des Va-
tikans nicht gerade alltäglich. Aber es bleibt nicht bei
dieser Leiche, und Berlingui findet sich in einem zunächst unübersichtlichen und viele Jahre zurückreichenden Fall wieder, dessen Ende überrascht.

„Einmal mehr hat Andreas Heßelmann einen Kriminal-
roman verfasst, der den Leser nicht mehr loslässt. At-
mosphärisch dicht, voller historischer und politischer
Bezüge und vor allem: spannend bis zum tatsächlich
überraschenden Ende.“
(Tim Schweiker, Sindelfinger Zeitung)

Andreas Heßelmann
Zementschlacht
Der zweite Padua Krimi

ISBN: 978-3-7407-1495-2
August 2019

Verlag Twentysix/Random House

12,- €

Acht tote Schwarzafrikaner.
Mitten auf dem Prato della Valle in Padua.
Zwei Bauunternehmer, die sich seit ihrer Kindheit im Krieg kennen.
Spuren, die unglaublich erscheinen und Commissario Berlingui ein Rätsel sind, bis ihn die Ehefrau eines der Bauunternehmer zu einem Gespräch einlädt.
Berlinguis härtester Fall birgt nicht nur unvermutete Schicksale der Beteiligten, sondern beeinflusst auch sein eigenes Leben.
Ein ungewöhnlicher Krimi mit historischen Bezügen, die bis in die Zeit des faschistischen Italiens zurückreichen.

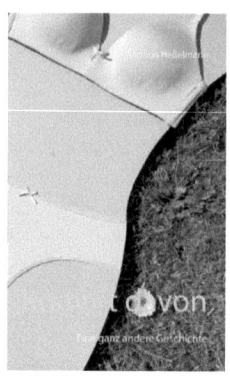

Andreas Heßelmann
Kommt davon
Eine ganz andere Geschichte

ISBN: 978-3-7407-4828-9
Juli 2018

Verlag Twentysix/Random House

10,99 €

„Kommt davon" ist eine (ganz andere) Geschichte rund um die Liebe.
Offen, ehrlich, sensibel, erotisch, pikant und nachdenklich. Mitunter eine Reise durch vergangene Jahrzehnte und ein „Versuch" der männlichen Hauptperson mit Kinofilmen etwas über die Liebe zu erfahren, damit er endlich seine Angebetete erobern kann.
Und dies verführerisch unbedarft und oft vollkommen überfordert.
Aber auch unschuldig, manchmal naiv … und vor allem zärtlich und schüchtern.